이것이 아빠란다

이것이 아빠란다

승부의 세월

2

신형범 지음

좋은땅

여기 이야기는

제가 2012년 뇌경색으로 불구가 된 이후

애비에 대한 것을 전혀 모르는

나의 사랑하는 자식들에게

‘이것이 아빠란다’를

알려 주기 위하여

쓴 글입니다

| Prologue |

나의 지난 이야기를 쓰면서

이제 60 중반(이 글을 쓴 2010년 당시)에 접어들어 하나하나 지난 일을 생각하니, 어느 사람들은 사람의 일생이라는 것이 순간이라고 하지만, 이 아빠는 사람의 일생이라는 것이 너무도 길게만 느껴지는 구나.

그렇게 수많은 일을 겪으면서 살아왔건만, 아직도 불구의 고통 속에 얼마를 더 살아야 되는 것인지….

하지만, 아빠는 내가 결정한 것에 대하여서 평생 두 가지만 빼고는, 후회를 하지 않고 살아왔다고 생각하였단다.

그 두 개의 후회는 아빠의 첫 여인과의 약속과, **할아버지**와의 약속을 지키지 못하여 사랑하는 두 사람을 멀리 떠나보낸 것에 대한 후회란다.

그런데, 지금 와서 생각하니 또 하나의 후회가 생각이 났단다.

“내 일생이 왜 이렇게밖에 살지 못하였을까?”

하는 후회가 지금 이 마음을 아프게 하는구나.

하지만, 모순과 위선, 그리고 편법이 삶의 기준이 되는 것도 눈을 감아 주는 사회와는 타협하기 싫었던 것은 후회의 원인이 절대로 될 수 없단다.

세상을 살아감에 있어 아빠가 한 가지만 너희들에게 꼭 얘기하고 싶은 것이 있단다.

사람들은 무엇이든지 '여건'이라는 것을 얘기한다.

공부할 여건이 안 돼서, 운동할 여건이 안 돼서, 사업할 여건이 안 돼서 등등, 무엇이든지 여건부터 생각을 한다.

여건이라는 것은 게으른 사람이나, 능력이 부족한 사람, 그리고 핑계 대기를 좋아하는 사람들이 찾는 구실의 단어일 뿐이다.

여건보다 중요한 것은 '생각'이란다.

공부할 여건, 운동할 여건이 되어 있어도 공부나 운동을 할 생각이 없다면 아무리 좋은 여건도 필요가 없단다.

생각은 사업할 여건이 안 되어도 사업을 할 수 있고, 공부할 여건이 안 되어 있어도 얼마든지 공부를 할 수 있단다. 아빠는 지금껏 그렇게 살아왔고, 또 지금도 비록 불구의 몸이지만 그렇게 살고 있단다.

한 예로, 지금 아빠는 약간만 움직여도 엄청난 통증 속에 몸부림치는 이러한 몸이지만 이를 악물고 운동을 한단다. 그 고통을 내일의 즐거움으로 만들면서,

더욱이 아빠는 예전에 자동차 사고로 인하여 목의 경추가 다 부서져 현재 경추는 완전히 조립하여 목 부분은 마치 터미네이터란다.

그래서 힘을 주면 목의 볼트가 빠질까 봐 목에 힘을 주지 않으려고 신경을 쓰면서 운동을 한단다.

이렇게, 아빠 같은 불구자가 어떻게 운동을 할 수 있겠니?

신체적, 환경적으로 최악의 여건이지만 생각만으로도 훌륭하게 고통 속에 즐거움을 만든단다.

이와 같이, 무엇을 하든지 여건이라는 것을 기다리거나 찾지를 말아라.

대신 너희들에게는 '생각'이라는 훌륭한 재산이 있다는 것을 언제나 잊지 말아라.

이제, 아빠는 아빠의 지난 얘기가 너희들에게 조금이라도, 교훈이 되었으면 하는 바람으로 수없이 많은 지난 이야기를 쓰려고 한다.

이 이야기를 쓰기 전에, 먼저 나를 알아서, 또는 나와 함께 일을 하다가, 그리고 나를 미워하고, 다투고, 또, 그리고…, 자의든 타의든 피해를 입은 분들에게는 진심을 담은 안타까운 마음을 전하고, 또한 그 옛날, 못난 놈을 형이라 따랐던 그리운 동생들에게도 고맙다는 말을 전한다.

그리고 그리운 긴 머리의 **지영**과 또, 한 여인에게도…….

이것이 아빠란다

승 부 의 세 월

| 목차 |

계속되는 액운

1976

남들은 시간이 지나면 헤어짐이 잊혀진다고들 하는데, 내 마음속에 있는 **지영**은 더욱 깊이 나의 마음속에 들어오고 있었다.

그녀는 자주 나한테 찾아온다.

찾아와선, 함께 시장도 가서 순대도 먹고, **지영**의 반주에 함께 노래도 부르고, 그리고 절대 슬퍼하거나 우울해하지 말고 항상 강하고 즐겁게 살라고 한다.

그녀가 떠나고 나서 한동안은 그녀와 함께 듣고 부르던 노래를 들으면 그리움에 눈물도 흘렸지만, 지금은 노래를 들으면 기쁜 마음으로 그녀와 함께할 수도 있게 되었다.

이제는 나도 30이 가까워졌기에 예전 같은 낭인 생활도 할 수가 없다.

예전엔 먹고 마시는 것은 어디를 가도 해결이 됐지만, 이젠 그런 행동은 하기도 싫다.

언젠가 무교동의 식당에서 식사를 하고, 나도 모르게 무의식적으로,

"누님, 잘 먹고 가요."

하고 나오다가, 전에 **지영**에게 야단맞던 일을 생각하고,

"아차!"

하고 들어가서,

"누님 식사비."

하면서 돈을 주니,

"그냥 가."

"안 돼요, 저 혼납니다."

하고, 식사비를 드리고 나오니 나도 모르게 미소가 지어졌다.

동생들은 만나지 않고 있지만 내가 옥탑방에 있다는 소식이 알려지자, 한 놈, 두 놈, 찾아오기 시작하더니 이제는 매일 혼자 있기도 힘들 지경이다.

동생들이 오면 이놈들은 항상 나가자고 한다.

대부분 거절하지만, 나도 마음이 울적할 때나, 또는 반대로 기분이 좋을 때는 나가는 경우도 있다.

나는 나가서도 식사만 하고 술은 입에도 대지 않는다.

동생들은 처음에는 술 좋아했던 내가 안 마신다고 하면 계속 권하였으나 이제는 나에게 술을 권하는 것은 완전히 포기했다.

그놈들은 내가 술을 마셔도 주정 한 번 부리지 않고 항상 말짱했기에,

"형님은 술을 마시거나 안 마시거나 똑같으시니 안 마시는 것도 좋을 것 같습니다."

하면서 이제는 처음부터 아예 술을 권하지 않는다.

그리고 전에는 여자들이 자리에 앉는 건 질색했지만 이제는 이 여자 저

여자 모두 옆에 앉히니 동생들이,

"형님은 전에는 술을 마실 때, 여자라면 얼씬도 못 하게 하시더니, 술을 끊고 나서는 여자를 앉히시네요."

하면서 나를 놀린다.

나는 이 여자 저 여자를 파트너로 앉혀서 **지영**의 흔적을 조금이라도 찾아보려 하였지만 어려운 일이었다.

동생들하고 같이 있으면 대부분 강남 이야기와 건달들 얘기다.

호남 건달들이 퇴계로에 있는 퍼시픽호텔 뮤겐 나이트클럽에서 칼과 도끼로 피의 잔치를 한 뒤 명동을 장악했고 서울 건달들은 모두 자취를 감추고 말았다.

그래서 몇 명의 동생들도 강남과 미아리 그리고 영등포 쪽으로 갔다고 한다.

그래서 내가,

"멍청한 놈들."

하면서 뭐라고 한 적이 있다.

여하튼 중요한 것은 내가 정상적인 생활을 하기 위하여서는, 하루빨리 다른 곳으로 숙소를 옮겨야 되겠구나 하는 생각이 들었다.

내가 가장 마음이 편할 때는 명동성당에 가서, **어머니**와 **지영**을 위하여 기도를 드릴 때이다.

기도를 드릴 때는 자상하면서도 유머가 넘치는 **어머니**의 모습과 착하고 아름다운 **지영**의 모습이 나타난다.

비록 그녀는 내 곁을 떠났지만, 이제는 기도를 할 때나, 꿈속에서 그녀를 만날 수 있다는 것만도 큰 행복이라고 생각한다.

그러던 어느 날, 부산의 형님이 서울로 이사를 오셨는데 '김천에 공장을 건설하는데, 도와줄 수 없느냐?'라고 말씀하시기에, 내가 계속 있을 수는 없고 공장 Open 때까지만 도와드리기로 하고 김천으로 내려갔다.

공장은 전자 부품을 만드는 공장이었다.

나는 공장 건설은 처음이었지만 건설에서 제조 기계의 설치까지 완벽하게 마칠 수 있었고 이번 김천 Projet는 나에게도 큰 경험이었다.

그런데 마지막 시운전 단계에서 공장 근로자가 기계를 잘못 동작하여, 기계 속으로 장갑이 딸려 들어가면서 손까지 들어가기에 그걸 막기 위하여 내 손을 집어넣고 딸려 들어가는 근로자의 손과 장갑을 빼내 주었다.

그 바람에 내 오른손 장지 끝의 손톱 부분이 날아가 버렸다.

내 손가락에서는 피가 뚝뚝 떨어졌지만, 나는 근로자가 무사한 것을 보고 안심을 했다.

공장 안은 난리가 났고 그 근로자는 나에게 미안해서 어쩔 줄 몰라 하기에 또닥거려 주고 바로 병원에 가서 봉합수술을 받고 돌아왔다.

봉합수술을 받고 돌아오자 모두들 걱정을 하기에, 나는 웃으면서,

"걱정들 하지 마세요. 이제 나는 손톱 깎을 때 아홉 개만 깎으면 되니 얼

마나 행복합니까? 그러니 신경들 쓰지 마세요."

하고 말하니, 모두 어이가 없는 표정들이다.

허지만 당사자가 태연하니 모두들 안심을 하는 것 같았다.

김천 공장 작업을 마치고 서울에 온 지도 한 달이 지났지만, 손가락 봉합한 것이 아물지 않아 불편한 것이 너무도 많았다.

아픈 건 얼마든지 참을 수 있지만 씻는 것이라든지 글씨를 쓴다든지 하는 건 너무 불편하여 그럴 땐 짜증도 났다.

그녀가 떠나고 나서 힘든 매일매일을 보냈고 때로는 숨을 쉴 수 없는 고통 속에 나도 그녀 곁에 가고 싶은 마음에 가톨릭신자이기 때문에 자살은 할 수 없지만 '굶어 죽는 것은 죄가 아닐 것이다.'라고, 생각하고는 한동안은 아무것도 먹지 않고 지냈으나 그때마다 그녀가 나타나 왜, 바보 같은 행동을 하느냐고 울며 호소하면서 제발, 제발 자기를 힘들고 슬프게 하지 말아 달라고, 비록 꿈속이지만 그녀의 아픔이 나에게도 전해져 또 포기하고, 이러한 고통을 수없이 겪으면서

"그래, 이제는 넓은 마음으로 살아 보자."

하면서 동생들과 자리를 함께하면 여자도 앉히고 하는 등, 전과는 다른 생활을 하려고 노력하고 있다.

그러한 생각으로 살아가기 시작하자 그 뒤부터는 그녀가 꿈에 나타나면, 밝은 모습으로 나타나서 나를 즐겁게 해 주곤 하였다.

아버지는 회사를 꾸려 가시기가 힘드시면서도 고집과 자존심으로 다른

영세 업체는 문을 닫고 있음에도 끝까지 버티고 계시고,

어머니는 **지영**의 병이 걱정되셔서 전화를 하면 그것부터 물으신다.

이제, 나는 지금까지의 생활에서 벗어나기 위하여서는 정상적이고도 체계가 갖춰진 사업을 하여야겠다고 생각하고 이에 대한 계획을 세우기 시작했다.

오늘도 옥탑방에서 수출입 업무에 대한 공부를 하고 있는데, 동생 놈 한 놈이 급히 올라왔다.

"형님, 큰일 났습니다. ××가 또 경찰에 끌려갔습니다."

××는 지난번 싸워서 들어갔던 동생 놈이다.

그 녀석은 태권도 사범으로 미국으로 가기 위하여 모레 출국하기로 되어 있다.

오늘 그 녀석의 환송 자리었는데 그 녀석과 동생들이 "형님 꼭 나오셔야 합니다."라고 부탁들 하였지만, 지난번 그 녀석의 일로 인하여 **지영**을 떠나보냈기에, 그 녀석을 보면 조금은 원망스럽기까지 하여 못 나간다 하고 가지를 않았다.

동생 녀석들은 아무 사연도 모르고 내 원망을 할지도 모를 것이다.

그런데 그 녀석이 출국을 앞두고 또 사고를 친 모양이다.

나는 난감했다.

녀석이 원망스러워 환송 연회에도 가지 않았는데, 사고를 쳤다고 나가야

되는가?

안 가면 아무것도 모르는 동생 놈들은 뭐라고 할까?

누가 뭐라 하든 가서 도와주는 것이 도리다.

그 녀석이 나한테 잘못한 것은 없지 않은가!

아마 **지영**이가 있었어도 도와주라고 하였을 것이다.

"야! 가자."

경찰서에 와 보니 동생 놈은 술이 잔뜩 취해서도 내 얼굴을 보자 고개를 숙인다.

내용을 듣고 보니 별것도 아니었다.

헌데, 상대가 공무원인데 목에 힘깨나 주는 놈이라고 한다.

내가 제일 아니꼽게 생각하는 부류의 놈들이었다.

나는 담당한테,

"저놈, 모레 미국으로 출국할 놈입니다, 잘 좀 선처해 주십시오."라고 얘기하니,

상대방 놈이 있다가 큰소리로,

"야! 임마, 네놈이 누군데 참견이야!"

그 말을 들으니 머리까지 피가 곤두섰다.

나는 동생 놈 일로 사정하러 온 것임을 생각도 않고, 상대 놈에게

"이런 쓰레기 같은 새끼가! 너 이 새끼, 오늘 뒈져 보겠니?"

그리고 잡혀 있는 동생 놈에게도,
"야, 이 새끼야, 저런 놈은 박살이 나야 돼! 겨우 닭싸움하고서 경찰서에 끌려와? 못난 놈 같으니."

상대 놈은 경찰서 안에서 큰소리치는 내 위세에 눌려 아무 말도 못 하고 씩씩대고만 있다.

나는 동생 놈 불 꺼 주러 왔다가 불 끄는 건 고사하고 오히려 기름을 부은 꼴만 되고 말았다.

바로 그때, 지난번 이 동생 놈을 담당했던 경찰이 그때 내가 한 말을 잊어버리지도 않고,
"야, 이 새끼야, 너, 저놈 한 번 더 들어오면 네 오른손 장지를 자르겠다고 큰소리쳤지 않아!"
하면서 나를 향해 큰소리로 말했다.

나한테 이놈 저놈 모두가 공격이다.
나는 도저히 분노를 참을 수가 없었다.

나는 그 경찰에게,
"야, 이 새끼야, 너 지금 나한테 이 새끼라고 했냐?"

그러자 그 경찰은 뜻밖에 어린 내가 큰소리로 욕하면서 반말을 하자,
"야, 임마, 네놈 입으로 장 손가락 자르겠다고 큰소리칠 땐 언제고, 바보

같은 놈이 어디서 버릇없이 행패야! 오늘 너 혼 좀 나야 되겠다."

나는 도저히 참을 수가 없어 그 경찰에게,
"나와, 이 새끼야, 난 내 입으로 뱉은 건 지켜, 알았니?"

나는 경찰서를 뛰쳐나와 경찰서 앞 식당으로 문을 차고 들어갔다.
한가한 시간, 식당 사람들이 한쪽에 쉬고 있다가, 내가 험상궂은 얼굴로 후닥닥 들어와, 무조건 주방으로 들어가 큼직한 칼을 들고나오자 강도로 생각했는지 놀래서 겁을 집어먹고 그 자리에들 멍하니 있을 뿐이었다.

나는 주방에서 나오자마자 테이블에 오른손 장지를 올려놓고 이제 거의 아물어 가는 먼저의 상처 아래 장지의 가운데를 힘껏 내려쳤다.
식당 안에서는 "악!" 하는 여자의 비명 소리가 들렸다.

그러나 손가락은 한 번에 잘려지지가 않았다.
그래서 다시 한번 힘껏 내려치자 그제야 손가락은 손에서 떨어져 나갔다.
그때, 동생 놈들이 식당 안으로 들어왔다.
그놈들은 내가 큰소리를 치고 나왔지만 무슨 내용인지는 자세히들 몰랐고, 또 내가 식당에 들어와서 손가락을 자를 때까지의 시간이 그야말로 전광석화같이 끝났기 때문에 어느 누구도 나를 말릴 수가 없었다.

식당 안으로 들어온 동생들은 피가 흥건한 내 손을 보고 망연자실하여 쳐다볼 뿐이었다.

나는 피가 떨어지는 오른손을 잠바를 벗어 감고 나가려 하니, 그제야 동생들이,

"형님, 빨리 병원부터 가시죠!"

하면서 나를 잡는다.

나는 동생들에게,

"식당에 죄송하니 나 대신 사과하고, 요구하는 것이 있으면 조치 좀 부탁할게! 그리고 경찰서 앞에 잠깐들 있어라."

나는 경찰서에 후다닥 뛰어 들어가 그 경찰관 앞에서 손에 감고 있는 잠바를 풀어 오른손을 펴서 흉물스럽게 잘려 나간 손가락을 보여 주면서,

"나 이제 당신하고의 약속을 지켰다."

그리고 아무 말도 없이 놀래서 멍하니 쳐다만 보고 있는 경찰관들을 뒤로하고 경찰서를 나와 버렸다.

봉합수술을 위하여 병원에 온 나는 의사 선생님이 어쩌다 이렇게 됐느냐 묻기에 내가 칼로 잘랐다고 하니 놀라는 표정이었다.

내가 손가락을 잘랐다는 소식은 동생 놈들이 연락했는지 삽시간에 명동 바닥에 퍼진 것 같았다.

병원에는 내가 손가락을 잘랐다는 소식을 듣고 지역 누님들까지 오셨다.

봉합수술에 의사 선생님은 잘린 부분을 봉합하면 나중에 관절 윗부분이 꿈틀거려 보기 싫으니 차라리 관절을 빼서 봉합하는 것이 나을 거라 하기에, 내가 태연하게,

"선생님 그렇게 하시죠."

하니, 옆에서 누님들이,

"너 어떻게 그렇게 태연하니?"

하면서 눈물들을 흘리고 계셨다.

수술을 하는데 관절 아래쪽까지 손가락 피부를 칼로 잘라 내기에

"선생님 왜 그렇게 관절 아래까지 피부를 잘라 내시는 겁니까?"

그러자 의사 선생님은 수술을 하시면서,

"이렇게 피부를 당겨서 봉합해야지 나중에 봉합 부분이 깨끗해진다네."

수술은 펜치처럼 생긴 집게로 관절을 분리시켜 빼고 관절 윗부분의 피부 등을 도려내고 맨 나중에 처음에 잘라 낸 피부를 당겨서 봉합한 뒤 수술은 마무리되었다.

수술을 하는 동안 누님 한 명은 기절을 하여 간호원이 진정제 주사를 놓기도 했다.

수술이 끝나고 수술대에서 내려오면서 바닥에 떨어진 아주 조그만 내 와이셔츠 단추를 줍자 의사 선생님은 나보고 정신력이 대단하다면서 놀라시는 거 같았다.

그러시면서 하시는 말씀이,

"아마 이 세상에서 가운데 손가락이 없는 사람은 자네 하나뿐 일 거 같네. 손가락은 사고가 나면 대부분 새끼손가락이나 엄지손가락부터 다치기에 가운데 손가락 하나만은 거의 다치지 않거든."

"그런가요? 허, 저는 이젠 어디 도망도 못 가겠군요."
내가 이렇게 얘기하자 의사 선생님은,
"자넨 정말 대단해! 손가락 절단 수술을 받고도 농담이 나오는 걸 보니."

내가 웃으면서,
"그럼 어떡합니까? 운다고 손가락이 다시 붙는 것도 아니지 않습니까?"
"그래, 좌우지간, 병원에 자주 와야 되네, 덧나지 않고 빨리 아물어야 되니."
"알겠습니다, 그리고 고맙습니다."

우리는 병원을 나왔다.
그때 동생 녀석 하나가 뛰어오더니 경찰서에 있던 동생 놈이 나왔다고 얘기했다.
내가 손이 피투성이가 돼서 나가고 난 후 상대 놈이 기겁을 하여 없던 것으로 하자고 하였고, 또한 경찰들도 나의 그런 모습을 보고 침통한 표정으로 동생을 풀어 줬다고 한다.

그 녀석이 경찰서에서 나와서 나를 찾았다고 하였지만, 나는 만나 보았자 그놈에게 부담만을 줄 것 같아 만나지 않기로 했다.

나는 동생들에게 녀석을 만나 위로 좀 해 주고 나에 대한 부담은 갖지 말고 미국에 가서 꼭 성공하라고 전해 달라고 한 뒤, 나는 카페 누님과 음식점 누님들과 함께 카페로 향했다.

결국 나는 그 동생 놈으로 인하여 가장 소중한 그녀를 잃고, 또 손가락을 잃었다.

또한, 김천에서 오른손 장지를 다치더니, 오늘은 오른손 장지를 잃고 말았다.

이렇게 나는 계속 액운을 만나고 있었다.

아- 아- 아버지께서도

1976

지영이 내 곁을 떠난 뒤 그녀가 나에게 바라는 것이 내가 강하고 그리고 행복하게 사는 것이리라 생각한 나는 한동안은 꿋꿋하게 살아 보려고 노력하다가도 한번 그녀가 보고 싶어지면 또다시 그녀에 대한 그리움이 계속 이어지면서 모든 것이 덧없이만 생각되는 시간이 계속되었다.

그리고 그녀를 더 이상 볼 수 없다는 현실이 공포가 되어 나를 무섭고 또, 아프게 하고 있다.

그녀에 대한 그리움이 계속되면 하루 종일 그리고 몇 날 며칠을 그녀와 함께 다녔던 곳을 찾아 미친 듯이 그녀의 흔적을 찾아다녔다.

나의 이 같은 생활은 **어머니**에게 커다란 근심을 안겨 드렸다.

몇 번 만날 때마다 나빠지는 나의 얼굴을 보시고 차라리 집에 들어오라고 하시지만 내가 계속 싫다고 하자 급기야 **아버지**께 말씀드렸고 **아버지**로부터 만나자는 연락을 받았다.

동생 녀석들은 가급적 만나지 않으려 하지만 만나게 되면, 그놈들도 나의

얼굴과 몸이 상하는 것을 보고

"형님, 무슨 걱정이 있으십니까?" 하고 물으면,

"응, 요즘 운동을 안 해서 그런가 보다." 하고 대답해 버리고 만다.

아버지 회사 앞 다방에서 **아버지**를 만나자, **아버지**도 얼굴이 많이 상하셨고 또 부쩍 늙으신 것 같으셨다.

그런 **아버지**의 모습에 나는 가슴이 아팠다.

"요즘 어떻게 지내고 있느냐?"

"그냥, 그냥 지내고 있습니다."

"야, 임마, 지금 네 나이가 몇인데 아무 목적도 없이 지내느냐!" 하시며, 야단부터 치셨다.

아마 **아버지**에게 야단을 맞은 것은 어릴 적 이후 처음인 것 같았다.

지난번, 패륜아 같은 행동을 했을 때도 아무 말씀도 안 하시고 침묵으로 일관하셨던 **아버지**다.

나는,

"죄송합니다."

이 말밖에는 다른 말은 할 수가 없었다.

"너 지금과 같은 생활 정리하고 차라리 공무원이 되는 게 어떠하겠니?"

"제가요?"

나는 **아버지**의 뜻밖의 말씀에 어이가 없었다.

"그래, 안 될 것도 없지 않느냐, 너의 실력이면 조금만 노력하면 3급 공무원시험도 가능하고 아니면 4급 시험부터 시작해 보던지."

"글쎄요, **아버지**로부터 갑자기 듣는 말씀이라 금방 결정하기가 힘이 드네요."

"응, 그렇겠지. 허나 **아버지** 말대로 했으면 좋겠다. 네가 3급이나 4급 시험을 준비한다면 우선 임시직으로라도 관공서를 다녀 보는 게 어떻겠니?"

"제가 어떻게 공무원이 될 수 있어요?"

"네가 결정을 하면 우선 **아버지**가 너를 체신부 본부에 넣어 줄게. 부처 본부는 최하 직급이 4급이기에 많은 업무를 경험하기가 좋을 것이다."

"**아버지**, 그게 가능해요?"

"야, 임마, 이 애비 돈은 없어도 그런 힘은 있어."

"알겠습니다, **아버지**. 조금 생각해 보고 전화드려도 되지요?"

"그렇게 하거라."

아버지와 헤어진 나는 **아버지** 말씀을 곰곰이 생각했다.

지금까지 난 넥타이를 매고 양복을 입은 사람들은 나하고는 전혀 다른 세상의 사람들로 생각해 왔다.

"**아버지** 말씀대로 한번 도전해 볼까?"

재미있을 것도 같은 생각도 들었다.

그리고 나 혼자만의 세계에서 공동생활의 세계로 나가 일에 몰두를 하여 보자 하는 생각도 하였다.

아버지를 만난 뒤, 꼭 10일 만에 나는 체신부로 첫 출근을 하였다.

당시 체신부는 얼마 전까지 국회의사당으로 쓰던 건물로서 덕수궁 정문 오른편에, 시청하고는 길 건너에 위치하고 있었다.

군대 시절, 계엄령 때(당시는 국회의사당이었기에) 내가 병력 배치 계획을 만들었던 건물이다.

양복을 입고 간 나는 체신부 보전국 관리계에 소속이 되었다.

보전국은 전국 전화국을 관리하는 부서로 엄청나게 넓고 많은 지역과 시설을 총괄하고 있었다.

보전국에는 3개의 과와 많은 계로 나누어져 있었는데 관리계만 빼고는 모두가 기술부서였다.

출근 첫날은 보전국장을 비롯하여 과장, 계장들과 직원들의 인사와 소개로 시작하였다.

나는 관리계 업무를 빠르게 배워 나갔다.

군대 있을 때 익힌 작전계획과 각종 훈련 계획 기획 등의 작성이 이곳 업무에 많은 도움이 되었다.

체신부에 출근을 시작한 나는 그날부터 3급 공무원시험에 도전하기 위하여 공부를 시작했다.

체신부에 출근한 뒤에는 일주일에 절반은 집에 가서 지냈다.

비록 하루에 한 끼 정도였지만 **어머니**가 차려 주시는 밥상도 만날 수가 있었다.

어머니는 매일 **지영**의 병세에 대하여 걱정을 하시고 성당에 가시면 항상 그녀를 위하여 기도를 하여 주신다.

그러시기에 더욱 더 그녀가 세상을 떠난 것에 대한 사실을 말씀드릴 수가 없었다.

체신부에 출근한 뒤 두 달이 지나고 있었다.

그때 나는 나 혼자서 전국 전화국과 전신 전화 건설국, 그리고 체신청 등의 모든 자산을 집계한 '전무관서 국세록'의 제작을 맡게 되었다.

수백 Page에 달하는 기본 양식을 수백 개의 전국 전무관서에 보내면 각 산하 부처에서는 그 양식에 의하여 시설과 자산을 기록하여 다시 그것을 보전국으로 보내오면 내가 집계를 하여, 최종적인 '전무관서 국세록'이 만들어지는 것이다.

당시는 컴퓨터라는 것이 없었기 때문에 모든 처리를 수작업으로 하였다.

전국에서 우리가 보내 준 양식에 의하여 지역 기자재 현황을 작성하여, 다시 올라온 각 지역 및 전화국의 '전무관서 국세록'은 거의 트럭으로 두 트럭이나 되었다.

그것을 천 가지 이상이 되는 품목에 수백 곳이나 되는 전무관서의 집계 자료를 하나하나 계산기를 두드려 총계를 내는 방대한 작업이었다.

그런데 전무관서에 보내는 양식을 인쇄하는 곳이 체신부 공제조합의 하나인데 그곳에 경리 여직원이 나에게 계속 친절하게 대하고, 또 주산 실력이 5단이어서 내 업무를 도와주는 등 어떤 때는 내가 난처해할 정도로 친밀한 행동을 하여 당황스러울 때가 한두 번이 아니었다.

그녀는 나보다 8살이나 어렸는데 키가 훤칠하고 예뻤으며 아주 글래머의 여자였다.

지영이 청순한 아름다움이라면 그녀는 농염한 아름다움이라고 할까?

여하튼 나는 상대방에게 무안을 주는 행동을 못 하는 성격이기에, 그녀가 좀 지나친 행동을 해도 웃으며 넘어가고 때로는 받아 주곤 하였다.

그러는 과정에 퇴근 후 자주 데이트를 하게 되었고 시간이 지날수록 그녀는 더욱 가깝게 나에게 다가왔다.

더구나 그녀의 집이 의정부이기에 미아리 집에 갈 때는 자연스레 같이 가기도 했다.

그러나 나는 수시로 그녀를 **지영**에게 비교하게 되고, 그러면 모든 면에서 **지영**과는 성격이나 모든 것이 정반대의 여자였다.

어느 날, 그녀와 함께 종로5가에서 의정부행 버스를 탔다.

그런데 버스가 삼선교를 지났을 때 그녀가,

"우리 돈암동에서 내려서 저녁 먹고 가요."

그러면서 자리에서 일어났다.

나도 할 수 없이 자리에서 그녀와 함께 돈암동에서 내렸다.

우리는 저녁 식사를 하고 다방에 들어갔다.

당시 돈암동은 성신여대와 정릉에 국민대학교가 들어서고 또 인근에 성균관대학교 등이 있어 신촌 등과 같이 젊음의 거리로 활기찬 지역이다.

다방에서도 부드러운 팝이 흐르고 있었다.

그녀가 먼저 말을 건넸다.

"항상 말이 없으시니 원래 이렇게 조용하세요?"

"내가 그래 보이나?"
"네, 성격도 아주 내성적이고 온순하실 것 같아요."
"하하, 내가? 그건 miss K이 아주 잘못 본 것 같은데."
"그럼요?"
"하하, 내 성격은 주위 사람들이 '불'이라고 해. 그리고 말이 없는 건 사실이야, 나하고 말할 수 있는 사람이 없었으니깐!"
"그게 무슨 말씀이세요?"
"무슨 말은? 항상 나 혼자 있어서 말할 사람이 없었다니깐."
"애인도 없으세요?"
"애인?, 응 사랑하는 여자는 있어."
"부러워요."
"뭐가?"
"그냥요."
우리는 이런 얘기 저런 얘기로 시간을 보냈는데 나는 거의 노래를 듣고 있었다.
노래를 들으면서,
'저 노래는 **지영**이가 좋아하던 노래데….'
'저 노래는 **지영**이가 잘 부르던 노랜데….'
이렇게 나는 **지영**이와 함께 노래를 듣고 있었다.

이렇게 음악을 듣다가 시간이 꽤 되었다는 걸 느끼고,
"자, 이제 일어나지."
하면서 내가 먼저 자리에서 일어났다.

그러자 그녀는 가기 싫은 표정으로 있다가 할 수 없이 일어났다.

다방을 나오자 그녀는 내 팔에 팔짱을 꼈다.

그 팔짱에 또 **지영**이 생각이 난다,

그녀는 항상 팔짱을 끼고 깡충깡충 뛰면서 즐거워했는데…….

다방에서 버스 정류장까지는 얼마 안 되는 거리다.

그러나 그녀는 팔짱을 풀려고 하질 않는다.

그러면서,

"우리 다음 정류장에서 버스 타요, 네?"

그녀의 말에 나는 할 수 없이,

"그러지."

우리는 아무 말 없이 걷기만 했다.

얼마쯤 가다가 그녀가 멈춰서더니 내 눈을 빤히 쳐다보면서,

"나 오늘 집에 들어가지 않을래요."

나는 어이가 없었다.

그리고 이제 20살이면 너무 어렸다.

"그럼, 어디 가서 자려고?"

이제야 그녀는 부끄러운 듯,

"같이 가고 싶어요."

"안 돼!"

"저, 처음부터 사랑했어요."

"나, 좋아하면 안 되는 사람이야. 아까 나 사랑하는 사람 있다고 했잖아."

"아니 괜찮아요, 우리 벌써 3개월이 넘었잖아요."

“그래도 안 돼. 그리고 집에 안 들어오면 집에서도 야단치실 거 아냐.”
“저, 오늘 집에 못 들어올지도 모른다고 했어요.”

나는 다시 한번 어이가 없었다.
“이거, 완전히 계획적이군.”
“나 오늘 거절당하면 다시는 ×× 님, 얼굴 볼 수도 없어요. 아니 회사도 나갈 수 없어요.”
하면서 흐느낀다.

난감했다.
그녀의 말은 협박이 아니다.
여자가 이렇게 나올 땐 모든 수치심을 각오하고 했을 것이다.

마지막 버스는 벌써 끊어진 지 오래다.

‘**지영**아, 어떡하면 되겠니?’
하기사 너한테 물어보는 내가 바보지.

나는 그녀의 등을 두드렸다.
그리고 그녀의 손을 잡고 가까운 곳의 여관으로 데리고 갔다.

그다음 날, 우리는 그곳에서 나와 함께 출근했다.
나는 무슨 죄를 진 사람처럼 몸과 마음 모두가 무겁기만 한데, 그녀는 방글거리면서 명랑하기만 하다.

헤어지면서도,

“점심 때 꼭 광화문으로 와요. 저, 오실 때까지 점심 먹지 않고 기다릴 거예요. 아셨죠?”

그녀의 사무실은 광화문 국제극장 전이기 때문에 체신부에서는 5분도 채 걸리지 않는다.

나는 일단,

“알았어.”

하고 헤어졌다.

그녀와 그런 일이 있은 지 며칠 뒤, 그녀가,

“집에서 그날 회사에 전화하여 내가 야근하지 않았다는 것을 알고 혼이 나서 사실대로 말을 했어요. 그러니깐 아버지가 ‘그럼 그 친구를 데리고 와라’ 하셔서 알았다고 대답했어요. 어떻게 하죠?”

하면서 잔뜩 겁먹은 표정이었다.

그런 일에 있어 비겁한 짓을 제일 싫어하는 나다.

“걱정하지 마, 오늘 당장 같이 가자.”

그렇게 얘기하니,

그녀는 금방 얼굴이 밝아지면서,

“정말요, 아~ 고마워요.”

그리고 그날 의정부를 가서 그녀의 부모를 만났다.

그녀의 아버지는 큰 키에 거구의 몸을 하고 있었다.

집이 여러 채가 되어 세만 받고도 여유 있는 생활을 하고 있었다.

그녀의 어머니는 아버지와는 정반대로 호리호리하며 상당히 순하신 분이었고, 그녀는 1남 4녀 중 막내딸이며 아래로 남동생이 있다.

제일 큰언니는 미국에 있으며 둘째 언니는 공무원인 남편과의 사이에 1남 1녀가 있으며 바로 위 언니도 공무원이지만 S대 출신 수의사와 약혼을 하고 얼마 있지 않으면 결혼식을 올린다고 한다.

나를 본 그녀의 아버지는 당당하게 이야기하는 나에 대하여 무척 호감이 간 눈치였다.

내가 가기 전 매일매일 집에 놀러 오라고 할 정도였다.

뛸 듯이 좋아한 건 그녀였다.

체신부의 '전무관서 국세록'은 무사히 끝났고, 최종적으로 완성된 국세록을 그녀의 회사에서 인쇄하여 전국 전무관서에 배부됐다.

그녀와는 거의 매일 만나게 되었고, 나는 만날 때마다 마음 한편이 무거운 것을 떨쳐 버릴 수가 없었다.

그러면서도 그녀와의 만남을 거절할 수도 없었다.

전무관서 국세록 작업이 끝난 며칠 뒤, 공무원들이 매년 정기적으로 받아야 되는 정기검진을 받게 되었다.

그곳이 용두동인지 전농동인지 잘 모르겠으나 당시 경찰병원이었는데 이곳저곳 검사를 하고 마지막으로 의사가 내 손에 붕대를 감고 있는 것을 보고,

"이 붕대는 왜 감고 있습니까?"

하고 묻기에,

"다쳤습니다."

하였더니,

"붕대를 풀어 보시죠."

하여 붕대를 푸니 가운데 손가락이 절단된 것을 보고,

"손가락 절단은 공무원 결격사유입니다."라고 말하였다.

지금은 장애인을 우선으로 고용하는데 당시는 손가락만 없어도 공무원 결격사유였다.

그리고 나는 손가락 절단한 것을 부모님에 대한 큰 죄이기에 절단한 것을 보여 드리지 않으려고 항상 두 번째 손가락과 함께 붕대를 감고 다녔다.

어머니께서,

"그 손가락 다친 게 오래 가는구나."

라고 말씀하시면,

"네, 자꾸만 덧나고 상하는 것 같아요."

하면서 속일 수밖에 없었다.

의사의 말에,

"그런가요, 알겠습니다. 내일 사표를 내지요."

라고 간단하게 말하고,

병원을 나왔다.

그간 공무원시험 공부도 열심히 했는데 소용없는 일이 되고 말았다.

다음 날 나는 체신부에 사표를 제출했다.

아버지에게는,

"담당 직원들과 사이가 좋지 않아 그만두겠습니다."

라고 말씀드렸더니,

"임마, 그게 사회생활이야!"

하시면서

다른 말씀은 하지 않으셨다.

아버지에 대한 죄송한 마음은 그 이후 끝내 지울 수가 없었다.

겨우 반년밖에 안 되는 체신부 생활이었지만, 나는 많은 소중한 경험을 할 수 있었다.

먼저 내년도 체신부 예산에 대하여 담당 과장님과 경제기획원에 들어가 예산을 많이 신청했니, 어쩌니 하기에, 다투면서 조리 있게 설명하여 반영시키고, 조직 사회의 경험과 모순을 함께 알 수 있었으며, 마지막으로 전무관서 국세록 작업은 나의 최대의 성과였다.

이제 짧은 기간의 경험을 바탕으로 무언가 하여 우리 **지영**과 약속한 농산물유통구조 개선의 꿈을 만들어야 한다.

내가 체신부를 그만둔 후, 그녀는 무슨 방법으로라도 나를 잡아 두려고 혈안이다.

심지어는 나를 의정부에 데려가 아버지에게 부탁하여 방을 하나 달라고 하여 나를 그곳에 재우는 등, 어떤 때는 내가 도저히 참지 못하여 다투는 것도 가끔 있었지만 내가 참으려고 애를 쓴다.

그러던 어느 날 집에 있는데 **아버지**께서 전화가 왔다.

"××아, 18일에 부여 현장에 좀 올 수 있겠니?"

나는 **아버지**의 말씀에,

"예, **아버지**. 그날 꼭 내려갈게요."

나의 패륜적 행동 이후 **아버지**는 **어머니**에 대한 평생 동안의 술주정을 멈추셨다.

어머니는 그것만으로도 요즘 너무도 행복하시단다.

아버지는 지난봄엔 동네의 노인정에 가 보시더니 집에 와서 **어머니**에게

"여보, 우리 김장 김치 좀 남았니?"

"좀 남아 있는데 왜 그러세요?"

"요새 김장 김치 떨어진 집이 많나?"

"그럼요, 대부분 벌써 다 떨어졌지요."

"그래? 그럼 잘됐어."

"우리 김장 김치 모두 다 좀 담아 줘."

"네? 뭐 하시게요?"

"응, 저기 노인정에 갖다주게. 아까 보니 노인네들이 거의 맨밥만으로 식사를 하더군."

"그럼, 우린 어쩌구요?"

그러자, **아버지**는 웃으시면서,

"거의 모든 집이 김장 김치가 떨어졌다며? 우리 김장 김치도 전부 떨어진 거야 내가 돈이라도 있으면 주겠는데 그럴 형편도 안 되니 이렇게라도 도울 수밖에…."

아버지의 이런 말씀에 **어머니** 또한 미소를 띠우며 아끼고 아끼던 남아 있

는 김장 김치를 모두 기꺼이 담으신다.

우리 **아버지**는 이런 분이셨다.

어머니에 대한 주사만 없으시면 어디에서도 찾을 수 없는 **아버님**이시다.

아버님은 지금 강경에서 부여 간 자동전화 시설 공사를 하고 계신다고 하셨는데, 나를 부르시는 걸 보니 무슨 어려운 일이 있으신 모양이다.

'오랜만에 **아버지** 현장에 가서 멋지게 끝내 드려야지.'

하고 다짐을 하였다.

18일에 나는 그녀와 점심 식사를 한 뒤,

"나 오늘 **아버지** 부여 현장에 가야 되니 그리 알고 있어."

라고 하니, 그녀는 갑자기 얼굴이 변하면서,

"무슨 말이에요, 오늘 제 생일이에요."

나는 황당해서,

"그랬니? 그럼, 미안해서 어쩌니. **아버지**와 약속을 한 것이라서 내가 안 내려가면 안 돼."

그러자, 그녀는 화가 난 말투로,

"안 돼요!"

하면서 강하게 얘기한다.

"그럼, 나하고 같이 부여에 가자. 그곳에서 단둘이 오붓한 파티를 열어 줄게."

"싫어요, 집에서도 내 생일 준비하고 있단 말이에요."

“정말, 미안한데, 나 오늘 내려가지 않으면 안 돼!”

이렇게 시작한 말다툼은 나중에는 내 인내의 한계를 넘어 싸움으로 변했고, 그녀는 사무실도 안 들어가고 울면서 집으로 가고 말았다.

나는 암담했다.
지영이 같으면 어찌했을까?
어려서 그런가?
나는 할 수 없이 **어머니**께 전화하여 “**아버지**께 내일 아침 일찍 출발하겠다고 말씀 좀 전해 주세요.” 하고 의정부로 향했다.

다음 날 아침 일찍, 나는 의정부를 나와 고속버스터미널로 가서 부여행 고속버스를 탔다.
어머니에게 전화를 드리니 **아버지**로부터 전화는 없었다고 하신다.

‘많이 기다리셨을 텐데.’

부여에 도착한 나는 현장을 찾아 **아버지**를 찾았다.
헌데, 오늘은 나오시지 않았다 하신다.
다른 현장은 또 어디냐고 물으니, 강경 전화국 앞이라고 하였다.
나는 그길로 강경으로 향했다.
헌데 강경 현장도 **아버지**는 안 계셨다.
그 현장의 회사 직원은 “서울 가신 거 아닌가요?” 하고 얘기한다.
나는 다시 논산 현장을 거쳐 부여 현장으로 다시 왔다.

어제 나와 만나기로 하셨으니 분명히 부여에 계셨을 것이다 하고 생각한 나는 전화국 현장 책임자를 찾아 어제 **아버지**를 보지 못했냐고 물어보았다.

그러니, 어제 저녁 식사를 같이 하고 술 한 잔씩 먹고 헤어졌다고 한다.

그럼 어디 계시는 걸까?

서울 사무실과 집에 전화를 하니 어느 곳도 **아버지** 전화는 없으셨단다.

부여 숙소에도 어제는 **아버지**를 보지 못하였단다.

나는 왠지 불길한 예감이 들었다.

그날, 부여, 논산, 강경, 모두 가실 만한 곳은 다 찾아보았다.

그리고 다음 날도.

그리고 그다음 날 아침 서울로 올라왔다.

서울에 올라오니 **어머니**도 불길한 생각에 걱정을 하신다.

예전부터 **어머니** 꿈과 예감은 정확했다.

아버지는 일주일, 한 달, 두 달이 지나도 소식이 없었다.

그동안 나는 부여, 논산, 강경 등을 다니면서 공사 현장을 돌보면서 지역의 건달, 기사들을 상대로 **아버지**의 행방을 쫓고 지역 사람들에게도 부탁을 하였다.

그러는 과정에 그녀와는 가끔 한 번씩 만나고 그 와중에 그녀는 불만이 많아지는 것 같았다.

만나면 내가 **아버지**가 이런 사고가 생겨서 그러니 이해를 해라 하여도 판단이 잘 안 되는 것 같았다.

어느 날 하도 오라고 해서 오랜만에 의정부에 가서 지내게 되었다.
그날 그녀의 아버지가 나를 앉혀 놓고
"도대체 결혼식은 언제 할 것이냐?"
하면서 따지면서 나에게 호통을 치셨다.

그 말에 나는 나도 모르게 불끈 화가 치밀었다.
"아버님, 지금 제 **아버지**가 실종되셨습니다. 이 와중에 내 결혼 얘기가 나와야 합니까? 내가 만약 아버님 같은 상황이라면 지 애비가 실종되었는데 결혼하겠다는 자식이라면 저는 그 같은 놈은 절대로 사위로 맞지 않을 겁니다. 지금 이 상황에서 결혼 문제를 얘기하신다면 저는 따님과 결혼하지 않겠습니다."
하고서 그 집을 뛰쳐나와 버렸다.
그렇게 나오자 왠지 마음이 홀가분하였다.

또 시간은 흘러 한 달이 지난 어느 날 아침, **어머니**가 아침에 일어나시더니 아무래도 꿈이 이상하시다고 하셨다.
그래서 내가,
"**엄마**, 무슨 꿈인데 그래요?"
하고 물으니,
어머니는,
"글쎄 꿈에 **아버지**가 나타나셔서 '애들아 내가 왔다.' 하시며 들어오시는데 그 꿈이 그렇게 생생할 수가 없었단다.”

그래서 내가,

“**엄마**, 꿈이니 무슨 소식이 있겠네요.”

하고, 얼마가 지났을까? 싶었는데 전화벨 소리가 울렸다.

부여의 파출소에서 온 전화였다.

강에서 시신이 발견되었는데 **아버지**의 인상착의와 비슷하니 내려와 확인을 해 달라는 전화였다.

우리 가족은 설마 했었는데 모두가 망연자실할 수밖에 없었다.

나는 일단 고모님과 사촌 형 그리고 여동생 식구들 등 모두에게 전화하여 알리고 터미널에서 만나 부여로 향했다.

부여에 도착하니 1월 하순이건만 비가 부슬부슬 내리고 있었다.

파출소 경찰의 안내로 강가로 가니 거적을 덮은 시신이 누워 있었다.

어머니와 고모님 그리고 여동생들은 그것을 보고 통곡을 한다.

나는 다른 사람들은 오지 못하게 하고 시신 앞으로 가서 거적을 벗기니 시신은 많이 상했지만 틀림없는 **아버님**이었다.

나가실 때 입으신 옷과 내가 **아버지** 출장 가시기 얼마 전에 사 드린 RADO 손목시계까지 그대로 있었다.

나는 경찰에게 **아버님**이 맞다고 한 후 어찌된 상황인지 얘기를 해 달라고 하니, 시신이 물속에 잠겨 있다가 그동안 강이 얼어서 올라오지 못하다가 이번에 다행히 날이 조금 풀리면서 강이 녹아 시신이 떠올랐다고 하였다.

그래서 이제 어떡하면 되느냐고 물었더니, **아버님** 시신은 일단 변사이기에 강경 지청의 지휘를 받아 강경 지청에서 지정하는 장소에 매장하여야 한다고 하였다.

그래서 나는 경찰에게 빨리 강경 지청에 연락하셔서 장례를 치를 수 있도록 지휘를 받아 달라고 하였다.

나는 동생들에게 빨리 장의사를 찾아 연락하여 장의 사람과 수의 등을 수배하도록 하고 또 근처 식당에 부탁하여 장례용 음식 등을 준비하도록 하였다.

어머니, 고모, 동생들은 통곡이라도 하지만 나에게는 그럴 시간과 정신도 없었다.

그때 경찰이 와서 나보고 파출소 좀 가자고 하였다.

파출소에 가니 변사 사건 서류였는데, 맨 뒤의 시신 인도증이라는 곳에 도장을 찍으라 하여 사인을 하고 지장을 찍으니 이제 다 끝났으니 매장 위치를 알려 주고 장례를 치르라 하였다.

매장할 위치는 부여에서 논산 쪽으로 가다 보면 공주 쪽으로 가는 길이 나오는데 그쪽으로 2㎞ 정도만 가면 오른쪽에 공동묘지가 나오는데 그곳에 매장을 하면 된다고 하였다.

1월 하순의 겨울비는 계속 부슬부슬 내리고 있었다.

우리 가족은 1월 하순에 내리는 차가운 겨울비를 맞으며 **아버지**의 장례를 지내고 서울로 올라왔다.

서울로 올라온 나는 계속 무언가 걸리는 것이 있었다.

오늘 파출소에서 도장을 찍은 서류에 **아버지**의 사인을 자살로 처리한 것 같아 보였기 때문이다.

당시는 아무런 경황이 없었고 빨리 **아버지**의 시신을 편하게 해 드려야겠다는 마음밖에 없었다.

그러나 장례를 끝내고 오면서 그것이 계속 걸리는 것이었다.

다음 날 나는 다시 부여로 내려갔다.

그날도 버스를 타고 갈 때만 해도 날씨가 맑았는데 버스가 부여에 도착하여 내가 버스에서 내리는 순간 거짓말같이 빗방울이 떨어지기 시작했다.

어제 장례 날도 이 겨울에 비가 왔고 오늘도 버스에서 내리는 순간 맑았던 하늘에서 빗방울이 떨어졌다.

그리고 **아버지**가 실종되시고 정확히 100일 만에 시신이 발견되었고, **어머니** 꿈에도 정확하게 **아버지**가 나타나셨다.

모든 것이 우연치고는 너무도 이상했다.

일단 나는 파출소로 가서 어제 내가 도장 찍은 서류를 보자고 하여, 확인하여 보니 **아버지**의 사인이 자살로 되어 있는 것을 확인했다.

서류를 확인한 나는 일단 서울로 올라왔다.

그리고 군대 있을 때 친했던 청와대 직원에 부탁하여 강경 지청 담당 검사에게 **아버지**의 사인 규명을 위하여 부검을 하게 해 달라고 부탁을 했다.

처음에는 모두 내 말에 놀라면서 어떻게 **아버지**의 몸에 칼을 대냐고 하였지만 내가 '우리 **아버지**는 하늘이 부서진다 하여도 자살하실 분이 아니시다. 오죽하면 자식이 **아버지**를 부검하려 하겠느냐'고 호소했다.

이 일은 **어머니**께는 말씀드릴 수가 없었다.

그렇게 비참하게 돌아가신 **아버지**의 몸에 또다시 칼을 대어 부검을 한다는 것은 **어머니**로서는 상상할 수도 없는 일이기 때문이다.

한 달 여가 지났을 때 강경 지청에서 연락이 왔다.

며칠에 부검을 하고 부검은 묘에서 실시하며 집도의는 검찰에서 지정한다는 내용이었다.

나는 나의 검도 제자이면서 국가기관의 의사인 사회 선배에게 **아버지**의 사인 규명을 위하여 부검을 하는데 선배님이 도와달라고 부탁을 하자 언제냐고 물으시더니 흔쾌히 승낙하셨다.

처음에는 **아버지**를 부검한다는 것에 무척 놀라시며 나무라시더니 나중에 이유를 듣고 나서는 **아버지**가 작년에 돌아가셔서 시신이 너무 오래되었지만 선배님께서 자세하게 확인하겠노라고 말씀하셔서, 강경 지청에 전화하여 나도 의사 한 분을 참여시키겠노라고 부탁하여 승낙을 받았다.

부검은 묘 옆에 해부대를 놔 그 위에 **아버지**의 시신을 올려놓고 부검을 하였다.

그것을 바라보는 나는 **아버지** 시신이 올라오는 순간부터 찢어지는 마음에 숨이 차고 현기증이 나 금방이라도 쓰러질 것 같은 몸을 버티며 흐르는 눈물을 계속 삼키며 끝까지 지켜보았다.

시신은 많이 상하였지만 중요한 부분은 자세히 관찰하고 또 검사할 것을 채취하여 병에 담고 하여 부검을 마치게 되었다.

부검을 한 지 얼마가 경과된 후 선배님으로부터 연락이 왔다.

사인은 무엇에 받힌 흔적이 있는 것으로 보아 교통사고에 의한 사망일 것 같다고 하시며 운전자가 사고를 내고 시신을 강으로 던진 것 같다고 하셨다.

그리고 며칠 뒤 검찰에서도 연락이 와서 선배님과 같은 말씀을 하시고 수사를 시작했다고 연락이 왔다.

몇 달 뒤, 강경 지청으로부터 전화가 왔다.

한번 내려와 달라고….

며칠 뒤, 담당 검사를 만나니,

검사님은 최선을 다해 수사를 했지만 너무 오래돼서 범인을 잡기가 힘들 것 같다며 미안하다고 하셨다,

검사님의 그 말에 나는,

"아닙니다, 애 많이 쓰셨습니다. 나는 우리 **아버님**이 자살을 하신 게 아니라는 것이 밝혀진 것만도 부검을 한 큰 보람이 있다고 생각합니다. 뒤에 내 자식들이 '우리 **할아버지**는 어떤 사람이었습니까?' 하고 물었을 때, '너의 **할아버지**는 자살을 하였단다'라는 말은 할 수 없는 것 아니겠습니까? 이 말을

자식들에게 하지 않게 된 것만도 일차적으로 저는 만족입니다."

이렇게 말하니, 검사도 숙연해하시며 고개를 끄떡이셨다.

그리고 당분간 수사는 계속하겠다고 하면서 무슨 상황이 있으면 연락을 주시겠다고 하였다.

부검을 한 날도, 오늘도 부여의 하늘은 맑기만 했다.

이제야 나의 눈에서는 **아버지**가 돌아가셨다는 슬픔의 눈물이 흐르기 시작했다.

지난번, 장례 때나, 부검하던 날도, 그때의 눈물은 다른 것은 생각할 수도 없는 참혹한 눈물이었다면, 지금의 눈물은 **아버지**에 대한 그리움과 슬픔의 눈물인 것이다.

그리고 **지영**이도, **아버지**도 나하고의 약속에서 내가 그 약속을 지키지 않아 모두 똑같이 교통사고로 돌아가시고 말았다.

아버지!

몇 번이고 보고 싶으시다던 **아버님**의 '**애기**' 지금 하늘나라에 있습니다.

지영아!

그렇게도 당신이 보고 싶다던 '**아버지**' 하늘나라로 가셨단다.

부디, 두 사람 하늘나라에서 만나길 빕니다.

아버님의 며느리

1977

아버지와 **지영**을 나의 잘못으로 인하여 떠나보낸 후, 나는 심한 자책으로 매일매일을 보내야 했다.

힘을 내야지, 힘을 내야지 하면서도 **아버지**와 **지영**이 생각을 하면 또다시 깊은 심연 속으로 떨어지고 만다.

의정부의 그녀는 직장도 그만두고 자기 아버지의 말에 대하여 나에게 몇 번이나 사과를 했지만 **아버지**의 사망원인이 그녀의 생일로 시작됐기에 그런 생각을 하지 않으려 해도 마음속에서 지워지지 않기에 더욱 그녀에 대하여 멀리할 수밖에 없었다.

그녀는 울면서 돌아와 달라고 애원하였지만, "나는 아직 **아버님** 문제로 이것저것 정리하여야 할 것이 너무 많다."라고 하면서 그녀와의 만남을 거절했다.

아버지가 돌아가시자 **아버지**의 채권자들이 회사로 들이닥치기 시작했다.

더욱이, 돌아가시기 직전이 공사의 마무리 시점이어서 사채의 차입이 많으셨다.

회사나 주위 사람들은 '**아버님**이 돌아가셨으니 갚지 않아도 된다. 뭐, 차용증이나 각서 같은 것도 없는데 자기들이 돈 받을 것이 있다는 것을 어찌 믿을 수 있느냐'는 것이다.

허지만 나는 그러고 싶은 생각이 추호도 없었다.

나는, 먼저 **어머니**에게,

"**엄마**, 회사 직원들이나 **아버지** 친구들은 **아버지**가 여기저기서 빌린 돈은 갚지 않아도 된다고 하지만 저는 그러고 싶지가 않습니다. 이번에 공사한 거 수금하면 남을지, 모자랄지도 모르고 그리고 집의 생활비도 문제지만, **아버지**가 빌린 돈은 모두 갚을 작정입니다. **아버지**에게 돈을 빌려주신 분들은 모두 **아버지**를 도와주시려고 빌려주신 분들인데 만일 **아버지**가 돌아가셨다고 갚지 않는다면, **아버지**께서 가뜩이나 비참하게 돌아가셨는데 **아버지**를 도와주신 분들에게 '그 사람 우리 돈 빌려 가서 갚지도 않고 죽었다.' 라는 악담까지 들으시게 할 수는 없어요. 그래서 **아버지**에게 돈을 빌려주신 분들에게는 모두 변제하려고 합니다."

라고, 말씀드렸더니 **어머니**께서도,

"그래, 정말 생각 잘했다. 집 걱정은 하지 마라. 까짓것, 3끼 먹던 거, 두 끼로 줄이고, 밥을 죽으로 바꿔도 되는 거니까!"

하시면서 쾌히 찬성해 주셨다.

나는 회사에서 **아버지**의 마지막 공사의 수금한 돈을 우선 직원들의 급여와 퇴직금을 지급하고 경리 직원에게 물어 밀린 임대료와 공과금 등과 기타 미지급 등을 모두 정리하고, **아버지**가 돌아가신 후, **아버지**에게 받을 것이 있다고 회사에 와서 신고한 사람들을 한 명, 한 명 불러서 빌려준 날자와 받을 금액, 그리고 구좌번호를 받고, 그들에게

"어쩌면 받으실 금액을 전부 드리지 못할 수도 있습니다. 허지만 전부 드릴 수 있도록 노력은 하겠습니다."라고 말하고 모두 돌려보냈다.

개중에는 **아버지**가 돌아가셔서 빌려준 금액보다 적게 적어 그것만 해 주어도 고맙겠다고 하는 사람이 있는가 하면, 어떤 사람은 이자까지 알뜰히 합하여 받을 금액을 적는 사람도 있었다.

나는 이들이 적고 간 금액을 합하여 보니 지금 공사비를 수금한 돈으로 충분히 갚고도 남을 수 있을 것 같았다.

허지만, 아직도 신고를 하지 않은 사람이 있을 수도 있을 것이다.

나는 일단 직원들에게 수고했다는 말을 하고 작별을 했다.

나하고 동대구역 공사 등 몇 개의 현장에 함께 있던 직원들은 몹시 서운해하였다.

다만, 경리 여직원에게는 회사 폐업 신고 등, 의 업무가 있기에 이삼 일만 더 수고 좀 해 달라고 부탁을 했다.

이제 그녀를 처음 만난 지는 **아버지** 실종 후부터니 벌써 1년 가까이 되어 가고 있었다.

그녀는 나보다 두세 살 적다고 알고 있는데 나를 잘 따랐다.

그녀는 **아버지** 회사에 다닌 지 벌써 8년이 넘었다, 고등학교를 졸업하고

바로 **아버지** 회사에 취업하였다.

그러니 나보다 한두 살이 적을 것이다.

그런데도 아직 앳되고 귀엽게 생겨 그 나이로 보이지 않는다.

아버지 회사에서 딸처럼 8년 이상을 있었고, **아버지** 돌아가셨다는 소식에 눈이 퉁퉁 불 정도로 울었던 여자이기도 하다.

1차로 나는 그녀에게 신고하고 간 사람들이 **아버지**에게 차용하여 준 날짜와 금액을 회사 장부, 그리고 현장 장부와 맞춰 보라고 하였다.

아버지가 직접 받았을 수도 있기에 정확하지는 않지만, 그 경우도 현장 장부에는 얼마의 돈이 입금되었을 것이다.

결과, 약 50% 정도는 정확하였고, 20%는 차용한 날 가까이 현장 장부에 **아버지**로부터 받은 금액이 어느 정도 기록되어 있기에 맞는다고 볼 수 있고, 나머지는 금액에 대하여 전혀 차용한 근거가 없었다.

그래서 그녀에게 근거가 있는 사람들에게 차용한 돈은 적어 놓고 간 구좌로 100% 입금시켜 주라고 하였고, 그 사람들에게는 입금 사실을 알리고 그동안 **아버지**를 도와주셔서 고맙다고 인사를 드렸다.

그러니, 그 사람들이 오히려 나에게 고맙다고 하면서 **아버지**의 명복을 빌어 주었다.

그리고 나머지 세 사람은 한 명씩 회사로 다시 불렀다.

그중 한 분은 노인이었는데 그녀가 얼굴을 보고서야 알아보고는 나에게 작은 소리로 저분은 **아버지**를 오래전부터 도와주시던 분이시라고 하였다.

공사 때뿐 아니고, 회사가 어려울 때도 자금을 빌려주시는 고마운 분이라고 하였다.

그 말을 듣고 나는 회사에 오시게 한 이유를 사실대로 얘기하고 결례를 해서 정말 죄송하다고 말씀드리고 그녀에게 바로 입금시키고 오라고 하였다.

그동안 그 어르신은 **아버지**를 애도하시면서 나에게 정말 훌륭하다고 몇 번이고 고맙다 하시고 돌아가셨다.

나머지는 두 사람이었는데, 두 사람이 함께 회사로 왔다.

나는 속으로 두 사람이 서로 아는 사인가? 하고 생각했다.

두 사람은 모두 건장한 것이 인상도 좋지 않고 무슨 건달들 같았다.

나는 그들에게 오라고 한 이유를 설명하자, 그들은 바로 인상이 험악해지면서,

“야, 임마, 그럼 못 주겠다는 거냐?”

하고 거칠게 얘기한다. 그러자 또 한 놈도,

“시팔, 애비 놈이 뒈져 가지고 속 썩이네.”

하면서 **아버지** 욕을 하기에 나는,

“이런 개자식이!”

하면서

아무런 말도 않고, 발로 그놈의 복부를 걷어찼다.

놈은 “억.” 하고 배를 움켜잡고 주저앉았다.

그러자 한 놈이 놀래면서,

"요, 쥐새끼 같은 놈이!"

하면서 주먹이 얼굴로 날아왔다.

허지만 그런 엉성한 주먹으로는 내 몸에 털 하나 건드릴 수가 없다.

나는 그놈의 주먹을 살짝 피하면서, 그놈도 발로 복부를 차 버렸다.

그놈도 "억." 하면서 주저앉아 버렸다.

아마 한동안 숨쉬기도 힘들 것이다.

"야, 이 개자식아, 네놈이 우리 **아버지** 욕을 해? 오늘 네놈들은 뒈져야 될 것 같다."

라고 말하면서,

아버지 욕을 한 놈의 멱살을 잡고 일으키니 놈은 사색이 다 되어 있었다.

놈들은 나의 발차기만 갖고도 내 존재를 느끼고 있었다.

나는 주먹으로 놈의 안면을 가격했다.

그리고 앞으로 엎어지는 것을 또 발로 복부를 차 버렸다.

그리고 쓰러지는 것을 또 멱살을 잡고 일으켰다.

그러자 다른 한 놈이,

"이 새끼가 정말."

하면서 의자를 들어 나를 내려쳤다.

나는 무의식적으로 팔로 내려치는 의자를 막고, 발로 그놈의 안면을 걷어차고 쓰러지는 놈에게, 또다시 복부도 차 버렸다.

의자를 막은 팔은 아무래도 잘못된 것 같았다.

화가 난 나는 다시 놈한테 가서 발로 또 한 번 복부를 차 버렸다.
그것으로 상황은 끝났다.
"꺼져 개자식들아."
내 이 말 한마디에 놈들은 비틀비틀거리며 나가 버렸다.

지금까지 한쪽 구석에서 이것을 지켜보고 있던 그녀는 아직도 부들부들 떨면서 나까지 무서워하는 거 같았다.

"미안해, miss ×!"
그리고 나는 팔을 만졌다.
그제야 그녀는 나에게 오면서,
"다치셨죠? 어머 피가 나요. 점퍼를 벗어 보세요."

나는 점퍼를 벗고 팔을 보았다. 그리고 아픈 것을 참으면서 팔을 움직이고 여기저기 눌러 보았다.
부러지진 않은 것 같다. 허지만 팔목은 이제 부어오르기 시작했고, 얇은 점퍼는 찢어졌고 상처까지 났다.

그녀는 일단 휴지를 갖고 와서 피를 닦더니,
"제가 나가서 약 사 올게요."
하더니 밖으로 뛰어나갔다.

약을 사 온 경리 직원은 옥시풀로 상처를 닦은 후 머큐롬을 발라 준다.
그리고 거즈를 대고 반창고로 붙여 준다.

"아주 잘하시는데, 많이 해 본 솜씨야."

하며 농을 거니,

얼굴이 빨개지면서,

"지금 농이 나오세요, 그 사람들 가만있지 않을 것 같은데요."

"그럼, 이쪽 팔도 반창고를 붙여 주면 되겠네."

하니,

"다리도 붙여 드릴게요."

하며 웃는다….

"어, 우리 점심 먹어야지."

"어머, 점심이 들어가겠어요?"

"그럼 안 들어가? 제일 맛있는 걸로 시켜 먹자."

그녀는 갸우뚱하더니,

"중국집밖에 없는데요."

"응 그럼, 탕수육 하나와 나는 우동, miss ×는 먹고 싶은 걸로 시켜. 나, 운동을 했더니 지금 엄청 배고파,"

그러자 그녀는 방긋 웃으며,

"알았어요."

하더니 중국집에 전화를 한다.

그녀는 방긋 웃는 것이 묘하게도 **지영**이 이미지가 있는 것 같았다.

"점심 먹고 그놈들 올 줄 모르니 들어가."

그러자, 뜻밖에도,

"싫어요, 같이 있을래요."

하는데, 같이 있는다는 말이 묘하게 들린다.

"왜, 같이 맞으려고?"

"네,"

하면서 웃는다.

"저, 회사에서 직원들에게 ×× 님 얘기 많이 들었어요. 모두들 이 현장, 저 현장 다녀오면 ×× 님 이야기하느라 난리들이에요. 완전히 영웅이더군요, 그런데 저, 오늘 똑똑히 보았거든요."

"오늘 내가 일진이 사납구먼."

하고 웃으니,

"저도 놀랬어요, 하도 이 사람 저 사람들이 얘기해서 사장님 아드님이 얼마나 우락부락 생긴 사람이기에… 하면서 상상했는데, 처음 보았을 땐 너무 뜻밖이었어요."

"왜? 실망했나 보지."

그녀와 이 이야기, 저 이야기 하는데 식사가 왔다.

그녀가 구석 테이블에다가 먹기 좋게 정돈해 놓았다.

"야 맛있겠다. 오늘 miss ×와 먹어서 더 맛이 있을 거 같은데."

하니 방긋 웃는다.

둘이서 맛있게 점심을 먹고 있는데 우~ 하면서 10여 명 가까운 놈들이 들이닥쳤다.

그녀는 식사를 하다가 파랗게 질렸다.

그래서 내가,

"괜찮아 그냥 먹어."

하면서 내가 그놈들을 본체만체하며 먹으니 그녀도 천천히 먹는다.

그때 먼저 왔던 놈 하나가 식사하는 데로 오더니,

"야, 이리 와."

하면서 거칠게 얘기했다.

그놈 말에 나는,

"야, 임마, 밥 먹을 때는 개도 안 건드리는 거야, 저쪽에 조용히 가 있어. 내가 먹어야 너희들을 상대할 거 아니냐!"

하였더니,

"이놈이!"

하기에, 일어나서,

"야, 이 새끼야, 내가 가 있으라 그랬지!"

하면서 고함을 지르니깐, 그놈은 움찔하면서 뒤로 물러선다.

그때, 놈의 패거리 중에 낯이 익은 놈이 눈에 띄었다.

나는 그놈을 향해,

"야, 너 이리와 봐."

나를 의아한 눈으로 쳐다보면서 오질 않는다.

그래서 다시 한번, 큰소리로,

"야, 이 새끼야, 이리 오라니깐!"

그러자, 놈은,

"야, 이 새끼야, 내가 왜?"

하기에,

"이놈 봐라, 너 임마, ×× 동생 아니냐?"

하니, 움찔한다.

"그런데, 왜 임마,"

그래도 그놈은 반말을 하면서 얘기한다.

"야, 이 새끼야, ××에게 가서 ×× 형이 웬 놈들에게 당하고 있으니, 빨리 좀 오라고 해. 알겠냐? 빨리 연락해!"

하니, 그놈은 놀래서 내 손을 힐끔 보더니,

"그럼, 형님이 손가락 자른 ×× 형님이세요? 에구, 죄송합니다."

다른 놈들도 눈을 동그랗게 뜨고 나를 쳐다본다.

내가 손가락을 자른 건 벌써 여기저기 소문이 다 난 모양이다.

그놈이 **아버지**에게 돈을 빌려주었다는 두 놈을 데리고 밖으로 나갔다.

나는 그녀에게 "우린 점심이나 먹자."

라고 하니 그녀는 계속 놀란 큰 눈만 껌뻑이고 있다.

나갔던 놈들이 다시 들어오더니, ×× 동생 놈이

"형님 정말 죄송합니다. 제가 몰라뵙고 큰 죄를 졌습니다."

하기에,

"알았다, 그럼 밥 좀 먹게 해 주라."

라고 하니,

"형님 정말 죄송합니다. 그만 돌아가겠습니다."

하더니 모두들 나에게 인사를 하고 나가 버렸다.

그들이 가자, 나는 그녀에게 웃으면서,

"빨리 맛있게 먹어."

하니 내 얼굴을 빤히 쳐다보더니,

"무서워요."

"뭐가? 내가 무섭게 생겼나?"

그러자 웃으면서,

"회사 현장 직원들 말이 모두 사실이네요. 멋있어요."

"에구, 큰일 날 소리. 빨리 점심이나 먹어."

점심 식사가 끝나자, 그녀가 밖으로 나가더니 무언가 사 왔다.

그러더니 조금 있다가, 커피를 가져왔다.

"어, 내가 커피 좋아하는 거 어찌 알았지?"

하니,

"현장 직원들이 ×× 님 커피 무척 좋아하신다 했어요."

"고마워."

이렇게 하여 오늘 회사 일과는 모두 끝났다.

내일은 오늘 왔던 놈들 불러서 진실을 밝히고 폐업 신고와 잔잔한 외상값들 정리를 하여야 한다.

나는 그녀에게,

"오늘 수고했어, 내일 나올 수 있지?"

하니,

"벌써 들어가시게요?"

"그럼 여기서 뭐 해!"

하니 무척 서운한 표정이다,

"그럼 오늘 우리 나가서 데이트나 할까?"

하니,

"네? 정말이에요?"

하며 뛸 듯이 좋아한다.

오늘은 **아버지** 회사 정리를 절반 이상은 했다.

마음이 홀가분하다.

그녀는 하는 행동이 **지영**이와 비슷하다,

그녀에게는 미안하지만….

나는 그녀를 음악다방으로 데리고 갔다.

뜻밖에도 그녀도 팝, 등 노래를 좋아했다.

내가 다방에서 나오는 노래를 거의 아는 것을 보고 그녀는,

"×× 씨, 어떻게 그렇게 음악을 좋아할 수 있죠?"

"왜, 나는 노래 좋아하면 안 되는 건가?"

"아니, 살벌하게 사시면서 노래까지 좋아하시니… 불가사의해요."

"헉, 내가 살벌하게 산다고?"

"호호, 아닌가요?"

그녀가 생글거리는 것이 **지영**이하고 정말 비슷하다.

아버지가 5년 이상을 데리고 있었고 그녀도 **아버지** 밑에서 그 긴 시간을 있었다면 그것으로도 그녀에 대하여 알 수 있을 것 같다.

우리는 저녁까지 먹고 헤어졌다.

집에 가서 오늘 회사 정리에 대하여 **어머니**께 말씀드리고 이삼 일만 더 정리하면 완전히 끝날 수 있다고 말씀드렸다.

지금 나는 정말 가장으로서의 책임을 져야 할 시기다.

이제는 정말 **지영**과 **아버지**에 대한 그리움을 안고 사회생활 속으로 들어가야 한다.

아버지 장례와 부검, 그리고 공사의 준공과 회사의 정리까지 벌써 많은 시간이 지났다.

무엇을 하여야 하나?

이제는 진짜 고민이 필요하다.

다음 날 회사에 가니 그녀가 깨끗이 청소하고 폐업 서류 준비를 하고 있었다.

내가 들어가니 반가워하면서,

"이렇게 출근이 늦으면 어떡해요."

하면서 농담을 한다.

"에구, 죄송합니다. 늦잠을 자서요."

내가 웃으며 이렇게 말하니, 깔깔대며 웃는다.

한결 친해진 느낌이다.

"잠깐 계세요. 커피 탈게요."

잠시 뒤 커피를 가져왔다.

"왜 한 잔이야?"

"???"

"한 잔 더 가져와야지 같이 마시지."

사무실에서 커피를 타다만 주던 습관이 있어 자기는 마시지 않는 모양이다.

그녀가 커피를 가져와 내 앞에 앉았다.
“봐, 얼마나 좋아, miss × 얼굴도 볼 수 있구.”
그녀도 무척 좋은 모양이다.
“이제 회사 정리하면 miss ×는 어떡할 거야?”

내가 그 말을 하자 갑자기 얼굴이 어두워진다.
그러면서 계속 커피 잔을 만지작거리더니,
“저, 집으로 전화해도 돼요?”
나는 그녀의 뜻밖의 말에,
“왜? 나한테?”
그녀는 대답 대신 고개를 끄떡인다.

나하고는 **아버지** 실종되고서부터 공사 마무리와 회사 일로 이제 그녀와 함께한 지 거의 1년 가까이 되는 것 같다. 나는 그동안 **아버지** 일로 아무것도 보이지 않았고 그러기에 그녀를 경리 직원 이외의 생각은 한 번도 한 적이 없었다.

더욱이 복잡한 나에게 의정부 그녀도 마음 한쪽에 큰 부담으로 남아 있다.
“이제 나 집에 있지 않을 텐데.”
그녀는 거의 울먹이면서
“그럼, 난 이제 어떡해야 돼요?”
“왜? 나 때문이야?”
그녀는 고개를 끄떡인다.

이제 나이가 스물여섯, 일곱 살이 넘은 여자가 소녀 같기만 하다.

"내가 죽일 놈이구나. 자~ 내가 오늘도 멋진 데이트 해 줄게 빨리 정리나 하자."

그 말에 그녀는 생기가 도는 것 같았다.

점심 식사를 끝내고 나는 어제 두 놈들에게 전화를 했다.

아버지에게 돈을 차용해 주었으면 근거를 가지고 오라고 했다. 가령 그 큰돈을 현금으로 갖고 있지는 않았을 것이고 **아버지**에게 그 돈을 건넨 시점에 인출한 통장 등을 가지고 오라고 했다.

서너 시쯤 되자 한 놈이 나타났다.

그놈은 당시 인출한 통장을 가지고 왔다.

그러면서 또 한 놈은 아니라고 하면서 그놈 대신 사과를 했다.

나는 miss ×에게 그놈 구좌에 입금하고 오라고 한 다음 그날 일을 마무리 했다.

이제 **아버지** 사채는 모두 정리했고 폐업 신고도 끝났다.

자재 대금과 잔잔한 미결 사항만 끝내면 모든 게 끝이다.

오늘 폐업 신고를 하면서 **아버지**가 그토록 아끼던 회사인데 하고 생각하니 가슴이 아팠다.

과정에 나는 그녀로부터 또 많은 걸 배웠다.

의정부 ××만 아니면 사랑해 보고도 싶은 여자다.

지영이도 좋아할 것 같았다.

그러나 이제 더 이상 저지를 수는 없다.

그녀가 은행 일을 마치고 왔다.

우리는 사무실을 정리하고 밖으로 나왔다.

그녀는 생글거리며 즐거워했다.

시내에 나오자 사람들이 너무 많아 내가 손을 잡아 주자, 그녀는 기다렸다는 듯 조금 있다가 자연스레 팔짱을 낀다.

"어디로 갈까?"

"이렇게 좀 걸으면 안 돼요?"

"집이 어디지?"

"신촌 쪽이에요."

"그럼, 신촌까지 이렇게 걸어가서 오늘 데이트는 끝내자."

"싫어요."

한참을 걷다가,

"뭐가 먹고 싶지?"

하고 묻자,

"우리 시장에 가서 국수 먹어요."

순간 나는 아찔했다. 마치 **지영**이와 함께 있는 것처럼,

"시장 어디?"

"와, 정말 가시는 거예요? 좋아라."

"그렇게 좋아?"

"네, 그럼 제가 안내할게요."

하면서 팔짱을 더욱 꼭 끼더니, 방산시장 쪽으로 가기 시작했다.

우리는 시장에서 이것저것 먹고 다방으로 들어갔다.

다방에 들어가자,

“저 오늘은 옆에 앉아도 되죠?”

“안 돼, 나 손버릇이 나빠.”

라고 말하니

“칫, 옆에 많이 앉혀 보신 모양이네요.”

하면서 입을 삐쭉하더니 옆에 앉는다.

그녀는 손을 만지작거리더니,

“그럼, 이제 어디 계실 거예요?”

“음, 아직 모르겠는데.”

“저한테 안 가르쳐 주시려고 그러시는 거죠?”

“어, 어떻게 알았어? 정말 아직 정하지 않았어. 어디 다니는 거 결정되면 집에다 전화번호 남겨 줘.”

“저, 이제 어디 들어가지 않을 거예요.”

“왜, 시집가려고?”

“그래요, 시집가려구요.”

“그래, 이제 시집갈 나이도 지났지 않아?”

“저 자꾸 놀리시는 거예요?”

“내가 놀리긴? 정말이야.”

“언제 결혼하실 거예요?”

“나? 아직 멀었어.”

“저 기다려도 돼요? 사장님은 약주 드시면 항상 저보고 ‘넌 우리 며느리 감이야.’라고 하셨는데 그때 정말 며느리 하겠다고 조를 걸 잘못했어요.”

“에구 큰일 날 뻔했군, 나한테 시집오면 고생해서 안 돼.”

"그래두요."

나는 그녀 머리를 쓰다듬어 주면서,

"우리 이제 만난 지는 1년이 다 되어 가는 거 같네. 당신은 좋은 여자야. 허지만 나는 마음속에 아픈 게 많아, 그리고 책임져야 될 사람도 있어."

그녀는 조용히 고개를 숙이고 있다.

"그리고 난 이제부터 할 일이 많아. 회사 정리 끝내고서는 이제부터 난 전쟁을 해야 돼."

"그래두 저 옆에 있을래요."

그녀와 1년 가까이 있으면서도 별로 내가 말을 하지 않아서 나를 어려워했던 그녀가 요 며칠 동안 부쩍 가까워지자 그동안 간직했던 말과 행동을 모두 보여 주고 있었다.

다음 날, 회사의 자재 대금과 작은 미지급금도 그녀의 도움으로 모두 찾아 지급하고, 사무실 집기 등도 모두 처분하여 회사정리를 마무리했다.

집기 등이 실려 나갈 때 그녀는 눈물을 흘리고 말았다.

모든 걸 정리하고 보니 남은 돈은 거의 없었다.

나는 어느 정도 남을 줄 알았는데 이렇게 되고 보니 당장 **어머니**가 걱정이었다.

회사정리가 끝나자 그녀는 아무 말도 하지 않고 나만 쳐다보고 있다.

나는 그녀의 손을 잡으며,

"집으로 전화해, **어머니**가 걱정돼서 지금은 아무 데도 갈 수가 없어."

"알았어요, 꼭 집에 있어야 돼요. 그리고 제 전화번호도 가지고 계세요."

하면서, 전화번호를 적은 종이를 준다.

그러더니, 보자기에 싼 물건을 하나 준다.

"이게 뭐지?"

"**어머니** 갖다드리세요. 전에 사장님이 저에게 이거 사 오라고 자주 심부름 시키신 적이 있었어요. 그러시면서 이 모나카를 **어머님**이 제일 좋아하신다고 말씀하셨어요."

나는 그녀의 말에 **아버지**를 또 한 번 생각하게 되었고 그녀 또한 너무나 고마웠다.

"나, 한번 안아 봐도 되지?"

그러자 그녀가 먼저 나에게 다가왔다.

나는 텅 빈 사무실에서 그녀를 살며시 안아 주었다.

혹, 이 여인은 **지영**이가 보내 준 선물일까?

최초의 동자부 프로젝트

1977

나는 오늘도 아침에 **어머니**로부터 1,000원을 타 가지고 집을 나섰다.

버스를 타고 시내에 나가서 이 사람 저 사람을 만나서 그 사람이 취급하는 상품에 대하여 설명을 듣고 그 상품에 대하여 시장조사를 하고 하는 이러한 일들을 지난 한 달 동안 계속해 왔다.

동생들이나 기타 내 주변 사람들과는 단절한 지가 오래다.

아침에 **어머니**로부터 1,000원을 타서 나오면 왕복 버스비 하고 담배 1갑 사면 누구하고 약속을 하여도 찻값이 없어 다방에도 들어갈 수가 없었다,

다방 앞에서 기다리다 사람이 오면 그때서야 같이 들어간다.

점심 먹는 건 이미 잊어버린 지 오래다.

나는 난생처음 궁한 걸 느끼면서 바닥을 기고 있은 지 한 달이 넘었다.

그동안 의정부에서 몇 번이나 전화가 왔고 그녀도 집에 두 번이나 왔었다고 한다.

또, 신촌의 그녀도 거의 매일 밤늦게 나한테 전화를 한다.

항상 만나자고 하지만 나의 모든 것이 그 누구와도 만날 여유가 되질 않는다.

그러던 어느 날, 동력자원부라는 새로운 정부 조직이 생기면서 동력자원부에서 최초의 일이 전기공사 업체의 내실을 강화하기 위하여 전기공사 업체에 기본 장비를 갖추도록 하여 언제까지 동력자원부에서 지정한 장비가 없는 업체는 전기공사 면허를 취소한다는 공고가 나왔다.

나는 청계천 공구 상사를 돌면서 동력자원부가 공고한 장비에 대하여 조사를 하였다. 그 결과 시중에는 그 장비는 거의 없었다. 해당 장비는 철판 천공기, 단자 압착기 등 5종류로 대부분이 유압 공구류였는데 시중에는 미8군에서 쓰다 나온 고물에 가까운 중고 장비밖에 없었는데 그것도 동력자원부 공고 이후 부르는 게 값이었다.

나는 우선 공구 오퍼상을 하는 친구를 찾아가 그 공구에 대하여 수입선을 찾아 달라고 하였다.

그리고 관세율표 등 관련 책자를 찾았다.

헌데 수입관세 목록 책자에 유압 공구가 한글로 된 것에는 수입 금지 품목으로 되어 있고, 영어로 된 것에는 수입 허용 품목으로 되어 있었다.

그래서 나는

'그래, 좋다. 바로 이거다.'

라고 생각하고,

오퍼 하는 친구를 찾아가니 일본의 '이즈미'사의 오퍼를 받았는데 가격도 좋았다.

헌데 그 친구도 수입 금지 품목이라고 난감해했다.

그래서 일단 2세트만 샘플용으로 하여 에어 플레이트로 보내라고 하였다.

물건이 도착하여 통관을 하려 하는데 수입 금지 품목이라고 통관을 안 시켜 주려 하는 것을 영문으로 된 책자를 보여 주면서

"보십시오, 여기 수입 허용 품목으로 되어 있지 않습니까? 무역을 하는데 한글로 쓰는 데가 어디 있습니까? 모두 영어로 사용하고 영어 책자를 보면서 무역 업무를 하고 있습니다. 이 영어로 만든 책자도 대한민국 정부에서 만든 책자입니다. 만일 통관을 안 시켜 주면 문제를 삼을 수밖에 없습니다."

세관 담당자도 그것을 확인하고는 할 말이 없었다.

나는 함께 간 수입상 친구에게 담당자에게 넉넉하게 인사를 하라고 하여 공구를 통관시킬 수가 있었다.

'자 이제는 됐다. 지금부터 승부다.'

라고 생각한 나는 오퍼상 친구에게 카탈로그를 제작해 달라고 부탁을 하고, 광화문과 서대문 사이에 있는 한국전기공사협회를 찾아가 회장님을 찾았다.

그리고 이번 동력자원부에서 공고한 것 때문에 물건 확보를 못 해 공사 업체들이 난리들인데 내가 수입을 하여 공급하겠다, 하니, 그것은 수입 금지 품목인데 어떻게 수입하느냐 하여, 지난번 통관 서류를 보여 주면서, 나는 이 장비를 수입하였다 하니 통관 서류를 자세히 보시더니 그제야 믿고, 그럼 어떻게 도와주면 되겠냐고 하여 작성한 가격표와 안내문을 드리면서

"공문에 이 안내서를 첨부시켜 각 지부에 보내 주십시오. 그러면 자세한 것은 제가 각 지부를 돌면서 설명 하겠습니다."라고 말했다.

그리고 주문 액수에 5%를 협회 기금으로 드리겠다고 하였다.

회장은 우리 임원들과 의논을 하여 보겠다고 하여

"그럼, 제가 자리를 한번 만들겠습니다."

하고 인사를 하고 협회를 나왔다.

우선 협회회장이나 임원들이 나를 믿어야 지부에 공식 문서를 보내 보낼 수 있기 때문이다.

이제는 자금을 모아야 한다.

협회를 나온 나는 신촌으로 전화를 했다.

그녀는 아주 반가워하면서 나왔다.

직장에 나가지 않으니 좀 더 여인스럽게 성숙하고 예뻐진 것 같았다.

"미워요, 왜 이제 전화해요."

나는 웃으면서,

"이거, 일찍 한 거야, 나 지금부터 여기저기 동냥하러 다녀야 돼."

"무슨 일 있으세요?"

"응 술 먹어야 해, 그러니 나한테 10만 원이구 20만 원이구 좀 빌려줘."

그녀는 생글거리며,

"그럼 술 먹을 돈 빌리려고 저 보자고 하셨네요."

"마음대로 생각해, 허지만 많이 보고 싶었어."

"정말?"

"그래."

"술을 얼마치 드시려는데 여기저기 다니시려 해요?"

"응 100만 원어치!"

"네? 술을 100만 원씩이나?"

(참고로 이때의 100만 원이면 아주 큰돈이었다. 다음 해인 1978년 둔촌동 주공 아파트의 분양가가 250만 원 정도 하였다.)

내가 웃으니 그녀는,

"100만 원 제가 드릴 테니 여기저기 다니는 시간 저한테 주세요."

나는 놀랬다.

그녀에게 이런 큰돈이 있을 줄은.

그러고 보니 언젠가 **어머니** 말씀이 생각난다.

아버지가 지금 회사가 너무 어렵다고 하시면서 현장에 식대를 못 보내 **아버지**가 걱정하시니, 경리 아가씨가 고맙게도 대신 보내 주었다는 말을….

"왜? 같이 살자고 그러지!"

"정말, 그래 주실래요?"

나는 그동안의 일을 쭉 얘기했다.

매일 1,000원씩 **어머니**에게 타 가지고 나와서 생활한 이야기를 듣고 난 그녀는 눈물을 글썽거리며,

"당신은 바보야. 왜 저한테 전화를 안 해요?"

"왜 바보야? 그래서 전화했잖어. 나 지금 찻값도 없어."

"허지만 고마워요. 저한테 제일 먼저 얘기해 줘서요."

그날 그녀와 모처럼 즐거운 시간을 보내고 헤어졌다.

그녀로부터 돈을 건네받은 나는 그다음 날부터 승부를 걸기 시작했다.

하루에 1,000원짜리 1장으로 비참한 매일을 살던 내가 100만 원을 단 3일 만에 날려 보냈다.

그리고 며칠 후 협회에서는 전국 각 지부로 공문을 발송했다.

나는 또 다른 수입상에 새로운 유압 공구를 수입케 하여 업체들로부터 선택할 수 있도록 하였다.

내가 협회 회장을 만나고 정확히 보름 만에 나는 전국을 누비고 있었다. 나는 부산에 밀수품을 취급하는 놈들을 만나, 일제 소형 올림푸스 카메라와 당시 최초로 나오기 시작한 일제 전자 라이터를 가방에 잔뜩 넣고 각 지부 사무실을 갈 때마다 직원들에게 뿌렸다.

각 지부에서는 본부의 공문 하나 믿고 공구 대금을 계약금 또는 전액을 나에게 지불했다.

전국을 한 번 돌 때마다 내 가방 안에는 현금으로 가득 찼다.

나는 서울에 오면 그녀를 만나 얼만지도 모를 현금을 모두 그녀에게 주면

서 '어디 얼마, 어디 얼마' 하면 그녀가 보내 주고 꼼꼼히 정리까지 하여 주었다.

처음 내가 가방에 돈을 가득 가져오니 놀라서 이상하게 생각하더니 내 이야기를 자세히 듣고 나서는, 입을 벌리고 말을 못 하였다.

그리고 100만 원을 3일 만에 술값으로 날렸다 하니 1,000원으로 하루하루 살아가던 사람이 도대체 무슨 배짱인지 모르겠다며 놀라고 말았다.

지방으로 다닌 지 10여 일이 지난 어느 날, 그녀와 마주 앉았다.

"요즘 집에서는 뭐 하고 지내?"

"그거 일찍도 물어보시네요. 그냥, 그냥 지내요."

"그래?"

"전에 **아버님** 말씀이 **어머니**께서 성당에 다니신다고 하셔서 저도 요즘 교리 배우러 다니고 있어요."

이 말에 나는 또 마음이 무거워졌다. 지방을 다니기 시작하기 전 의정부 그녀가 밤에 울면서 집에 찾아왔다.

아버지가 교통사고가 나셨는데 집에는 아무도 나설 수 있는 사람이 없어 왔다고 하여 할 수 없이 의정부를 가게 되었다.

교통사고는 경미한 사고였다.

나는 병원에 가서 인사를 하니 그녀의 아버지는 자기가 지나친 말을 해서 미안하다고 하였다.

나는 가해자 측과 만나는 등 할 수 있는 모든 조치를 다 하였다.

그 바람에 어쩔 수 없이 의정부에서 이틀을 보내고 서울로 왔다.

그녀가 성당에 나간다는 말에 나는 의정부에 갔다 온 것이 마치 그녀에게 무슨 죄를 진 기분이었다.

그녀는 그 얘기를 하면서,

"나, 이쁘죠?"

그렇게 말하는 그녀가 정말 예뻤다.

"응 이뻐, 그래서 내가 납치하려고 해. 내일은 부산으로 가는데 나하고 같이 갈까?"

나는 이래야만 내가 의정부를 정리할 수 있을 것 같았다.

그 말에 그녀는 깜짝 놀라면서,

"정말이에요?"

나는 그냥 고개만 끄떡였다.

"저 오늘 밤 정말 잠 못 잘 것 같아요."

"그래? 그럼 오늘 집에 들어가지 마. 오늘 나하고 같이 있고 내일 아침에 출발하는 거야."

그녀는 너무 좋아했다.

그래, 어차피 의정부 그녀와 정리하려면 하루라도 일찍 내 마음을 정하는 게 좋을 거다.

이 여인은 **아버지**와도 오랫동안 함께한 여인이고 **지영**이와도 모든 것이 많이 닮은 여자다.

나는 앰배서더 호텔에 전화하여 방 하나를 부탁했다.

그녀는 은행에 들려서 돈을 입금하고 내일 준비를 위해 쇼핑을 했다.

그렇게 저녁 식사를 마친 뒤, 룸으로 올라갔다.

룸에 들어가자 그녀는 나에게 안기며 눈물을 흘렸다.

"저 마음고생 많이 한 거 알아요?"

그날 저녁 나는 모든 걸 그녀에게는 말해야 될 것 같아서 **지영**이 얘기와 의정부 그녀 이야기까지 모두 다 하였다. 얘기를 다 듣고 난 뒤 그녀는,

"**지영**이 언니, 너무 슬퍼요. 당신 많이 힘드셨겠어요. 저에게 **지영**이 언니 이미지가 있어서 당신이 저를 만났어도 전 좋아요. 그래서 당신 마음이 편해지신다면 얼마든지 그렇게 하세요. 저도 영세를 하면 **지영** 언니 위해서 기도 많이 할게요. 허지만 의정부 여자분은 꼭 정리해 주세요."

이 여자도 **지영**이만큼 착한 여자다,

나는 내가 선택한 행동이 옳았다고 생각하니 마음이 편했다.

다음 날 아침, 우리는 부산행 특급열차를 탔다.

그녀의 모습은 무척 행복해 보였고 그녀와 함께 있으니 나도 **아버지**에 대한 죄의식이 조금은 씻어지는 기분이었다.

그녀는 **아버지**와 함께한 시간이 나보다 많기에 간간히 **아버지**에 대한 이야기도 나에게 들려주었다.

이제 이번이 마지막 지방 투어다.

각 지부장들에게 이번이 마지막 주문이고 이제 더 이상 주문을 받을 수

없다고 하였다.

지금 주문해야 겨우 동력자원부에서 지정한 시간을 맞출 수 있다고 하였으니 이번에 주문 물량이 가장 많을 것이다.

나는 그녀와 2일은 부산에서 보내려고 한다.

그녀 이름은 **숙**이다.

고향은 인천인데 부모님은 모두 돌아가셨다.

딸만 5명에 막내다.

부모님이 아들을 바라며 50이 넘어서 난 늦둥이 딸이었다.

지금은 결혼한 언니 집에서 함께 살고 있다.

결혼한 언니들이 많아서 그런지 챙겨 주고 보살피는 것이 주부들 이상이다.

둘만의 행복한 여행을 끝내고, 협회 부산 지부의 마지막 방문이었다.

생각대로 나머지 거의 모든 업체가 주문을 하였다.

그녀는 능숙한 솜씨로 주문 계약서와 영수증을 발행하고 바로바로 대장정리를 하였다.

부산 지부의 모든 업무를 끝내고 나는 지부장과 직원들에게 그동안 고마웠다고 인사를 하였다.

부산 지부의 일을 마치고 나오자 그녀는,

"여보, 당신은 어쩜 사람을 그렇게 자유자재로 다루세요. 지부 사람들 모두 당신을 좋아하는 거 같았어요. 헌데, 나이가 좀 든 것 같은 여직원 하나는 계속 나를 못마땅한 눈으로 쳐다보았어요."

"당신이 자기보다 예뻐서 그랬겠지."

내가 웃으며 얘기하자 그녀도 생글거리며,

"그게 아닌 것 같았어요, 그 직원 당신하고 무슨 일 있었죠?"

"아니, 벌써부터 바가지야? 정말 다른 지부에 갔다간 큰일 나겠다. 당신 서울로 올라가지 않을래?"

하니, 그녀는 깔깔대고 웃느라 정신없다,

이렇게 우리는 행복하게 마지막 지방 투어를 마치고 서울로 올라왔다.

서울에 올라와 다방에서 그녀는 시무룩해 있다.

"왜 그래?"

"나 어떡해요? 집에 들어가면 이제 너무 힘들 거 같아요."

"조금만 참어."

그녀의 눈에서는 눈물이 흐르기 시작했고 헤어지기 전까지 그 눈물은 계속 흐르고 있었다.

나는 내가 노린 첫 번째 먹이를 놓치지 않았다.

그 먹이를 잡기 위하여 위험도 감수했다.

나는 내가 잡은 먹이를 약속대로 골고루 나누어 주었다.

이렇게 첫 번째 승부에서 완벽한 승리를 한 나는 이제 두 번째 승부를 위한 기반도 함께 만들 수 있었다.

당시 전기공사 업체에 장비를 납품한 업체는 한국화약(지금의 한화)이 스위스의 공구 전문 기업인 '힐티'와 기술제휴라는 명분을 얹고 수입한 장비로 서울 지역은, 한국화약이 업체의 60% 이상을 공급하였고, 청계천 공구 상가에서 약 30%, 그리고 내가 10% 정도를 공급하였고 지방은 나 혼자 90% 이상을 공급하였다.

이렇게 나는 최초의 도전에서 수백 명의 직원이 움직인 대기업과 수많은 공구상과 맞서 나 혼자 전국을 누비면서 대승을 할 수 있었다.

나는 첫 번째 수입을 30%는 집을 위해 사용하고, 30%는 그녀 몰래 그녀의 통장에 입금시켜 주고, 나머지는 앞으로의 사업에 쓰기로 하였다.

지금 **지영**이가 있었으면 얼마나 좋아했을까?

모든 것이 끝났을 텐데…….

엠마뉴엘 프로젝트

1978

첫 번째 프로젝트를 마친 나는 앞으로의 사업을 위하여 남대문에 서울 사무실을 만들어 남자 직원을 고용하여 지키게 하고 또, 부산에도 사무실을 만들기로 하고 신촌의 그녀와 부산으로 내려가 부산의 최고 중심지인 광복동에 유명한 고인돌 다방 4층을 얻어 사무실 공사와 집기 등을 갖추고 부산의 지인들에게 지사장 할 사람을 추천해 달라고 부탁하였다.

사무실을 구하러 다닐 때 몇 군데를 다녀 보다 고인돌 다방 4층을 보고 이 다방이 **지영**과 자주 왔던 다방이었다고 하자, 그녀가 이곳을 얻자고 하여 결정을 하게 되었다.

그 건물 4층에 사무실을 만드니 **지영**의 숨결이 느껴지는 것 만 같았다.

서울에 있으면서도 그동안 한 번도 그녀를 만나지 못했기 때문에 미안하기도 하고 또 보고 싶어서 만났더니 너무도 많이 상한 그녀의 얼굴을 보자 그만 가슴이 아파 이번 부산에 같이 오게 되었다.

그녀와 헤어지고 나서 처음엔 매일 전화를 하여 보고 싶다고 조르더니 내가 **어머님** 집 이사와 이 회사 저 회사로부터 아이템을 가져와 만나자고 하는 바람에 그녀와 한 번도 만나지 못하자 나중에는 체념하고 혼자 마음고생을 하였다.

그녀는 자신의 통장에 너무도 많은 돈이 입금되어 있는 것을 보고 놀라서 이게 무슨 돈이냐고 하여 그녀의 몫이라고 했고 불안해서 싫다고 하는 것을 억지로 갖고 있으라고 하자 이번엔 그 돈으로 나와 함께 있으려 집을 사려고 보고 다니고 있는 것 같았다.

부산서 며칠을 보내면서 여직원을 구하고 지인들로부터 소개받은 지사장 후보들을 면담하여 청와대 출신이며 나보다 몇 살 위인 사람을 결정하였다.

그 사람을 결정한 이유는 그는 사진 쪽의 취미와 그 방면에 부산서는 이름이 있었고 또 카메라와 8㎜ 무비 카메라의 동호회활동도 많이 하여 그 방면의 사람들을 많이 알고 있었다.

당시 수입상 친구 1명이 8㎜ 무비 카메라와 프로젝트를 수입하여 들어올 예정이었는데 걱정을 많이 하고 있었다.

8㎜ 무비 카메라는 여유 있는 사람들이 취미 생활로 많이들 찾는 품목 중에 하나였다.

수입하려는 무비 카메라와 프로젝트는 독일제 "바우어" 제품으로 그 품목에서는 세계 최고의 브랜드로 모델에 따라 대당 60만 원대에서 100만 원대가 넘는 고가였다.

그리고 무비 카메라 동호회는 우리나라에서는 부산이 가장 많은 활동을 하는 지역으로 우리 지사장이 영업을 잘할 수 있을 것도 같았다.

수입한 제품이 들어와서 통관되고 수입상 친구가 판매를 하여 보았지만 제대로 되지가 않았다. 수입을 하면 명동과 충무로 지역의 카메라상을 대상으로 마케팅을 하는데 제대로 되지가 않았다.

이유는 제품이 고가인 것도 있지만 당시 일본의 소니사가 세계 최초로 VTR(소니 제품은 당시 베타 방식)을 출시하면서 간단하면서도 최첨단의 전자카메라가 등장할 것이라는 새로운 제품에 대한 기대에 8㎜ 무비 카메라에 대한 시장이 죽어 가고 있었다.

나는 무비 카메라와 프로젝트를 모두 부산으로 보내 달라고 하였다.
나의 부산 지사 사무실은 고가의 무비 카메라와 프로젝트로 가득 찼다.

그리고 마케팅을 위하여 프로젝트 시연을 위한 필름을 구하여야 하는데 마땅한 것이 없었다. 대부분 포르노 등 저질의 8㎜ 영화뿐이었다.

그때 부산의 동생 놈 하나가 8㎜ 필름을 하나 구해 왔는데 그 필름이 바로 화제의 영화 〈엠마뉴엘 부인〉이었다.
아마 그 필름이 엠마뉴엘 영화 중 거의 최초로 들어온 필름이 아닌가 생각한다.

당시 〈엠마뉴엘 부인〉은 뉴스나 신문에서 많은 기사가 났기 때문에 많은 사람들이 그 영화에 대하여 알고 있었다.

사람들은 〈엠마뉴엘 부인〉이 일반 영화지만 거의 포르노 수준의 에로영화라고 알고 있었다.

그러나 당시 그러한 영화는 국내에서는 수입이 불가능한 영화이기에 그 영화는 우리나라에서는 볼 수가 없는 영화였다.

헌데, 그 영화 필름이 나한테 있다고 알려지자 수많은 사람들이 나의 부산 지사 사무실로 몰려들었다.

우리 부산 지사장은 신이 나서 영화를 보여 주고 무비 카메라와 프로젝트를 팔기 위하여 노력을 하였지만 마케팅은 생각만큼 잘되지가 않았다.

나는 서울도 올라가지 못하고 부산에서 그 많은 물량을 앞에 놓고 어떻게 하면 이 물량을 다 처분할 수 있을까? 생각하며, 방정식을 만들기 시작했다.

모두 판매 하는 것이 x,

판매할 수 있는 방법이 y,

이런 식으로 하나하나 풀어 나가기 시작했다.

그 결과, 나는 지사장과 부산서 알게 된 원로 영화감독을 앉혀 놓고,

"우리 영화배우 선발 대회를 한번 열자."

라고 하니, 그들은 별안간 영화배우를 선발한다는 것이 무슨 얘긴가 하고 의아하게 생각하고 나를 쳐다보았다.

"영화배우를 선발하여 우리 제품을 구매한 사람들에게는 영화 시나리오를 만들어 선발된 배우 희망자들에게 연기 수업 겸 하여 우리 구매자들이

그들을 배우로 출연시켜 직접 영화를 찍을 수 있도록 하면 어떻겠니? 물론, 촬영하는 사람들은 촬영에 참여한 배우 연습생들과 감독에게 소정의 출연료는 지불하여야 하고."

그러자 그들은,

"그거 괜찮은 생각인 거 같네요."

하면서 좋아들 했다.

나는 그 자리에서,

"그럼 바로 시작하는 거야!"

하고, 그들이 하여야 할 일에 대하여 지시를 하였다.

"먼저, 김 감독은 심사 위원을 할 지명도 높은 영화감독 삼사 명 정도와 인기 있는 남녀 영화배우를 섭외하여 주십시오. 그리고 지사장은 부산일보나 국제신문 중 주최할 신문사와 결정된 신문사에 부탁하여 후원사 몇 곳을 지정해 주시게. 그리고 이 모든 것은 내일모레까지 끝내 주시기 바랍니다."

하고, 이렇게 지시를 끝냈다.

이틀 후, 김 감독으로부터는 심사 위원의 심사 위원장은 원로 감독인 Y 감독 그리고 심사 위원 감독은 금년 최고의 흥행 작품을 제작한 K 감독, 그리고 H와 J 감독을, 그리고 배우는 당시 최고의 흥행작인 "×× 여자"의 남자 주인공이었던 최고의 배우인 S 씨, 여자 배우는 역시 그 영화의 여자주인공이며 최고의 여배우로 떠오른 J 양, 그리고 주최는 국제신문사와 태평양화학이 하기로 하였고, 후원은 우리 회사와 몇 개의 의류업체로 결정하였으며, 장소는 초량의 태평양화학 강당으로 정해졌다.

이렇게 하여 기본적인 것은 결정이 되었으며, 2단계로 김 감독에게 섭외가 끝난 감독들 하고의 미팅을 준비하라고 하였다.

그리고 지사장에게는 신문광고, 포스터, 팸플릿 그리고 일정계획 등을 준비시키고, 내가 기본계획에 이어 세부 계획과 사후 계획을 준비하고, 또한 김 감독에게는 선발된 배우 희망자들에 대한 교육계획과, 장소 그리고 운영계획을 준비하라고 지시했다.

나는 모든 것을 그야말로 번갯불에 콩 볶아 먹는 식으로 신속하게 진행시켰다.

그녀는 나와 부산에 계속 있자 너무 좋은 것 같았다.

아예 부산에 집을 얻어서 살자고 한다.

당시 우리는 부산 충무동 쪽에 새로 지은 '피닉스'호텔에 머무르고 있었다.

그 호텔은 처음 오픈할 때부터 다녔던 호텔로 당시 나이트클럽이 시설도 좋고 유명하였다.

그녀와 한번 올라갔었는데 그녀는 별로 좋아하질 않았다.

그녀가 좋아하는 곳은 바로 길 건너에 있는 자갈치시장이었다.

그녀는 혼자서도 그곳에 가 좋은 생선이 있으면 회를 쳐 달라고 하여 자기가 가져간 예쁜 그릇에 초장까지 담아 호텔방 냉장고에 넣어 두곤 하였다.

그녀는 내가 일을 진행하는 것을 보면서,

"여보 어떻게 생각하자마자, 검토도 하지 않았는데 이렇게 빨리 진행할 수가 있어요? 그러다 만일 생각대로 제품이 나가지 않는다면 어쩌죠?"

내가 웃으면서,

"그러면, 재미있는 게임 한번 했다 하고 생각하면 되는 거지. 뭘 복잡하게 생각하는가? 그렇지 않아?"

"여하튼 당신 배짱은!"

이렇게 그녀와 같이 있으면 묘하게도 그녀와 **지영**과 두 여자와 함께 있는 느낌이 든다, 그래서 가끔 무의식 속에 "**지영**아." 하고 불렀다가 내가 미안해하면 오히려 그녀는 괜찮다고 하면서 자기는 그게 좋다고 한다.

그리고 그녀는 자기와 같이 사무실을 만들고 공사를 하였음에도 업무가 시작되고서부터는 일체 사무실에 나오질 않는다.

그래서 나는 가급적 사무실 일을 빨리 끝내고 그녀와 함께 지내곤 하였다.

며칠 뒤, 원로 감독인 Y 감독만 빼고는 우리 모두는 사무실에 모였다.

거의 충무로와 필동에 있으면서 안면이 있는 얼굴들이다.

나는 그들과 인사를 나눈 후 행사 진행에 대하여 이야기하고 그리고 기본적인 것을 마무리하고 나자 그들이,

"여기에 엠마뉴엘 영화가 있다고 들었습니다."

하고 애기해서

김 감독이 그렇다고 하니 모두 좋아서 여기서 예술 작품을 보게 됐다고들 좋아하였다.

감독들은 이 영화가 선진 영화에 러브신 장면 같은 것은 우리도 배워야 한다고 하면서 얘기하는 것을 보고 과연 감독들은 일반인들이 보는 시각하고는 차이가 있구나 하는 것을 느꼈다.

지사장 얘기로는 감독들은 그 영화를 몇 번이고 유심히 보았다 한다.

그리고 '×× 여자'를 감독하여 최고의 인기작을 만든 K 감독은 이번 영화배우 선발 대회는 그의 차기작인 〈VV 찬가〉의 주인공 선발도 겸하자 하여 이번 대회에 큰 힘을 보태 주기도 하였다.

그래서 나는 우리들끼리 이번 사업을 '엠마뉴엘 프로젝트'라고 하자 모두들 멋지다고 좋아들 하였다.

준비는 계획 이상으로 진행되고 있었으며 광고가 나가자 참가 희망자가 우리의 예상 이상으로 많았다.

참가 신청서가 조금은 비싸다 생각했는데 멀리 진주나 마산, 그리고 울산 등지에서도 신청자들이 몰렸다.

한편, 지사장은 동호회원 등 지인들에게 이번 프로젝트에 대하여 설명을 하고 계획을 이야기하자 반응이 좋았으며 배우 희망자들이 몰리자 무비 카메라와 프로젝트 구매 신청자도 조금씩 몰리고 있었다.

여하튼 최초의 목적은 성공일 것 같았다.

그녀는 광복동의 미용실, 카메라점 등 영화배우 신청 접수처를 돌면서 마케팅 모니터 역할을 톡톡히 하고 있었다.

드디어 행사 전날, 심사 위원들이 모두 참석했다.

나는 그들의 숙소를 피닉스호텔에 정해 줄려고 하였는데 서울에서 올라오기 전에 이미 부산 역전의 호텔을 예약하고 온 것 같았다.

그날 저녁 그들은 그 호텔의 나이트클럽에서 부산의 밤을 즐겼는데 최근 인기가 솟고 있는 J 양은 어머니와 함께 다니는 모습이 보기가 좋았다.

영화배우 선발 대회 날이 되었다.

나는 사무실에 있었고 회사를 대표해서 지사장과 김 감독이 참석했다.

나는 행사의 목적이 무비 카메라와 프로젝트의 판매였기에 나머지 물량의 처분에 대하여 행사 뒤의 작전을 세우고 있었다.

그래서 흔히들 안 팔리는 상품들은 가격을 내리는데 나는 이 행사를 이용하여 지금부터는 가격을 20%를 올리기로 계획을 세웠다.

그것은 우리 무비 카메라를 구입함으로써 구입자는 자신이 마음에 드는 시나리오와 뽑힌 배우 지망생 중 출연자를 선정하여 자신의 영화를 제작할 수 있다는 메리트가 있다는 것을 강조하고, 이러한 멋진 혜택으로 기기의 가격을 올림으로써 수입한 기기가 빨리 매진될 수 있겠구나 하는 것을 보여 주어 남아 있는 기기를 모두 판매할 수 있을 것이라는 역공 작전이었다.

이렇게 된다면, 최악의 경우 재고가 30% 정도 남아도 이전에 100% 다 팔린 것보다도 낫다는 계산이 나온다.

물론, 행사 경비를 다 제한 계산이다.

행사 경비는 참가 신청서를 무료로 무조건 나누어 준 것이 아니고 신청서 한 부당 얼마씩 돈을 받고 판 것이 참가자들이 몰리면서 큰 보탬이 되었다.

행사는 성공리에 끝났고, 많은 영화배우 지망생 중에서 약 30여 명을 선발하였고 이들에 대한 교육은 김 감독이 맡아서 하고 그중에서 몇 명은 K

감독의 차기 작품에 출연을 시키기로 하였다.

또한, 당초의 목적이었던 기기는 거의 판매되어, 이렇게 '엠마뉴엘 프로젝트'의 작전은 성공리에 끝나게 되었다.

이번엔 프랜차이즈

1978

부산의 첫 번째 프로젝트를 성공리에 마친 나는 서울에 올라와서 새로운 사업의 구상을 위하여 모처럼 휴식 기간을 가졌다.

그러나 좋은 일인지 나쁜 일인지 또 다른 일이 나를 기다리고 있었다.

어느 날 의정부 그녀가 집에 있는 나를 찾아왔다.

그리고 **어머니**와 있는 자리에서 임신한 사실을 얘기했다.

그녀가 자신의 아버지가 교통사고 났다고 나를 데리러 왔을 때 이틀간 의정부에 머문 적이 있었는데 당시에 임신이 된 것 같았다.

내가 그녀와는 어떤 문제가 있는지, 그리고 신촌의 그녀와 나의 관계를 모르는 **어머니**는 아주 좋아하셨다.

어머니는 그녀에게 몸조심을 하라고 하면서 이것저것 챙겨 주셨다.

그리고 이제 아기가 생기니, **아버지** 사고로 식은 올리지 못했지만 호적 정리는 빨리하라고 나에게 말씀하셨다.

나는 이제 어찌해야 좋을지 모를 난감한 상황이 되고 말았다.

다음 날, 나는 **숙**과 만나 서울에 새로 얻을 사무실을 보러 가기로 약속을 했었다.

부산에서 오랫동안 같이 지낸 그녀는 하루라도 빨리 나하고의 결혼을 하기 위하여 성당에도 열심히 나가고 또 **어머님**도 만나게 해 달라고 성화다.

그리고 여의도, 반포, 압구정동 등을 다니며 집을 보러 다니기도 하고 또 **어머니**와 동생들의 성격까지 꼼꼼하게 나에게 물어보는 등 행복에 들떠 있었다.

무거운 마음으로 그녀와 만난 나는 여기저기 돌아다니지도 않고 수표동 청소년 회관 근처에 있는 빌딩의 사무실을 결정해 버리고, 그녀에게 우리 제주도로 여행이나 가자고 말했다.

부산서 온 지 며칠 안 되는데 또 다시 제주도로 여행을 가자 하니 그녀는 좋으면서도 조금은 의아하게 생각하는 것 같았다.

"여보, 이제 사무실 계약 했으니 앞으로 정신없이 바빠질 텐데 괜찮으시겠어요?"

"바빠지기 전에 당신하고 머리 좀 식히러 가고 싶어서 그래."

"그럼 언제 가시려구요?"

"내일."

"어머, 그렇게 빨리요?"

"응. 오늘 비행기 예약해 놓고 내일 가자구."

"그럼, 빨리 들어가서 준비해야 되겠네요."

“준비? 지금부터 나하고 다니면서 준비하고 오늘 공항 근처에서 자고 내일 출발하자구.”

“네? 참, 당신두, 가끔 보면 장난꾸러기같이 엉뚱할 때가 있어요.”

“엉뚱하긴? 당신하고 같이 있고 싶어서 그래.”

“언제 같이 안 있었어요? 헌데, 제주도에선 얼마나 있을 거예요?”

“몰라.”

“호호, 오늘 정말 당신 이상해요.”

이렇게 우린 제주도에 도착했다.

나는 아무것도 생각하기가 싫었다. 오직 그녀와 같이 있고 싶을 뿐이었다.

제주도에서의 그녀와 꿈같은 시간 속에 10여 일이 순식간에 지나갔다.

올라가기 싫어도 사무실 입주일이 이제 3일밖에 남지 않았다.

사무실 공사니 집기니 준비하려면 턱없이 부족한 날짜다.

또 같이 회사를 운영할 군대 같이 있었던 원서동 Y와, 가회동 친구 등과도 미팅도 해야 했고 법인도 설립해야 했다.

나는 또다시 무거운 마음으로 서울로 향했다.

그녀는 또다시 나에 대하여 무언가 이상하구나 하고 조금은 느끼는 것 같았지만, 착한 그녀는 묻는 대신에 내 마음을 편하게 해 주려고 노력하는 것 같았다.

허지만 나는 제주도에 있으면서 그 어느 때보다도 더 그녀가 행복한 마음을 가질 수 있도록 최선을 다했고 그녀 또한 그 어느 때보다도 행복해하였다.

서울에 올라온 나는 사무실 준비, 창업 팀 회의, 법인 설립 등으로 바쁘게 움직였다.

나의 두 번째 사업 목표는 프랜차이즈다.

당시 생활필수품과 가공식품 등의 수입이 개방되면서 수입 제품에 대한 수요가 늘 것으로 판단한 나는 그동안 친분을 쌓은 오퍼상, 수입상들과 연계하여 수입 상품 전문점을 모집하여 운영해 보기로 하였다.

먼저 수입 상품 전문점을 운영하기 위하여서는 다양한 품목이 기본이기에 각 오퍼상과 수입상의 아이템을 종합하여 일단 최소 물량을 수입할 수 있도록 하고 기타 부족한 품목은 세일러들로부터 매입하기로 하였다.

나는 일을 추진하면서도 정리를 하여야 할 몇 가지 일로 고심을 하고 있었다.

첫째는 남대문 사무실과 사무실을 맡아 운영하던 K 부장과 부산 지사장 문제다.

K 부장은 재고 보고를 하라고 하였지만 몇 번이고 독촉을 하였음에도 여태껏 보고를 하지 않고 있으며, 또, 부산 지사장은 여직원이 들려주는 얘기는 매일 사람들이 찾아와서 큰소리치고 있고 부산 지사장은 거의 사무실에도 나오지 않는 것 같았다.

먼저 나는 서울 사무실의 K 부장을 불러 차분히 물었다.

왜 내 지시에 대하여 보고를 하지 않느냐고 묻자, 한참 고개를 푹 숙이고

머뭇거리더니,

“사실은 제가 친구에게 장비 3set를 판매한다고 주었는데 2달이 넘도록 수금을 해 주지 않아 요즘 거의 잠도 못 잘 지경입니다, 죄송합니다.”

그 말을 듣고 나는 그간 겪어 본 K 부장의 됨됨이를 알기에,

“K 부장, 참 바보구나, 진작 나에게 얘기했으면 그런 걱정을 할 필요도 없잖아. 그러면 그동안 혼자 끙끙 대지 않았으면 K 부장이 벌어도 그 이상은 벌었을 거야. 잊어버려. 그리고 이곳 사무실은 정리하고 다음 달부터는 수표동으로 나와.”

“고맙습니다, 사장님.”

이렇게 K 부장 건은 마무리했고, 다음은 부산 지사장이었다.

프랜차이즈를 하기 위하여서는 부산 지사는 매우 중요하다, 마케팅도 그렇지만 통관과 창고 등 매우 중요한 사무실이다.

나는 ×숙과 부산에 도착했다.

부산 사무실에 도착하자 지사장과 여직원은 없고 몇 명의 사람들이 식사와 술을 시켜서 먹고 있었다.

내가 들어가자, 젊은 내가 청바지에 농구화 차림인 걸 보고 무슨 일 때문에 온 줄 알고 있다가, 내가

“당신들 뭐야?”

하며 거칠게 말하자, 한 놈이

“뭐? 야, 이놈아 우리 여기 사장 놈 만나러 왔어, 너희 사장 놈 오라고 해.”

하면서 큰소릴 치기에, 화가 난 내가 음식 판을 발로차면서,

“야, 이 새끼들아, 내가 여기 사장이야, 개새끼들, 여기가 네놈들 식당인 줄 알어!”

그러자 한 놈이,

"어 이 새끼가."

하면서 일어나는 것을 발로 그대로 차 버렸다.

그놈은 "억." 하면서 뒤로 나가자빠지고 말았다.

그 사람들은 청바지를 입은 젊은 내가 사장이라고 하니 믿지 않는 눈치였다.

그때 사람들을 피해 아래 다방에 내려가 있던 여직원이 들어왔다.

여직원이 들어오면서,

"사장님 오셨어요, 죄송해요, 이 사람들이 있어서 다방에 내려가 있었어요. 그런데, 사모님이 다방에 들어오셔서 사장님 오셨다 하시기에……."

"음, 괜찮아, 헌데 지사장은 안 나왔나?"

"네."

그들은 여직원이 나에게 말하는 것을 듣고 그제서야 조용히들 있는다.

여직원은 내가 식판을 발로 차서 엉망이 된 사무실을 치우고 있다.

나는 그들에게,

"당신들 내 사무실에 와서 뭐 하는 짓들이야?"

하고 물었다.

그러자 한 사람이 풀이 죽은 목소리로,

"그럼 여기 Y××가 사장이 아닙니까?

"그 사람은 내 직원이요."

그러자 그들은 할 수 없이,

"미안합니다." 하며 나가려 한다.

그래서 내가,
"잠깐만."
하고 부르자 주춤하면서 나를 쳐다본다.
"그 사람은 왜 보러 온 거요?"
하고 묻자, 한 사람이,
"돈 받으러 왔습니다." 하면서 옆에 사람을 가리키면서,
"이 사람도 돈 받으러 왔는데 여기서 만난 사람입니다."
그러자 또 한 사람이,
"그 사람 여기저기 빚쟁이가 많아요."

나는 지사장에 대하여 여기저기서 말을 들은 것도 있었지만 알아듣게 타일러서 같이 갈려고 하였는데 아무래도 정리를 하여야 되겠다고 결심했다.

나는 두 사람에게,
"그 사람에게 받을 게 당신은 얼마고? 또 당신은 얼마요?"
하고 물으니, 한 사람은 350만 원이고 또 한 사람은 500만 원 이었다.
상당히 많은 금액이었다.
나는,
"당신들, 그 사람, 그 많은 돈, 절대로 갚을 수가 없는 사람이오. 당신들이 괜찮다고 하면 저기 있는 물건을 소비자가격으로 가져가고 싶으면 대신 가져가시오."
하자, 서로들 좋다고 한다.
나는 그들에게 재고로 남아 있던 무비 카메라와 프로젝트를 주고 지사장이 써 준 각서를 받았다.

그날 저녁, 나는 지사장을 불러 얘기를 했다.

"긴 얘기는 안 하겠다. 이런 얘기, 저런 얘기 많이 들었지만, 그런 말은 나는 듣지도 않고 신경 쓰기도 싫은 사람이야. 그냥 이제 나하고는 정리를 하자."

라고 말하자, 그는,

"죄송합니다, 사장님. 그동안 감사했습니다."

하면서 나가려 하는 것을,

"자, 이거 자네 빚쟁이들한테 받은 각서야. 앞으론 이런 식으로 살지 말아라."

하면서 그 사람들에게서 받은 각서를 주자, 놀라더니, 잠시 후 눈물을 흘리면서,

"사장님 정말 감사합니다. 이 은혜 평생 잊지 않겠습니다."

이렇게 하여 부산 지사장 문제도 마무리를 졌다.

사무실 아래 다방에 있었던 그녀는 사무실 여직원에게 대강 얘기를 듣고 걱정을 하고 있었다.

나는 잘 정리했다고만 이야기하고 그녀와 광복동에서 시간을 보내고 호텔에 온 나는 그녀에게 의정부 여자의 임신 사실을 얘기했다.

그 얘기를 들은 그녀는 멍한 얼굴로 나를 쳐다보다가, 갑자기 침통한 얼굴로,

"여보, 그럼 난 어떡해요?"

하면서 울기 시작한다.

나는 그녀에게 뭐라고 할 수 있는 말이 없었다.

나도 그녀 이상으로 가슴이 미어지도록 아픈 사람이다.

그날 그녀와 나는 밤새도록 한잠도 잘 수가 없었다.

아침에 겨우 마음을 진정한 그녀가,

“여보, 나 부산에 집 하나 구하여 여기에 있을래요. 당신 부산에 자주 오시지 않아요. 괜찮겠죠?”

“나야 괜찮지만 당신한테 미안해서 그러지.”

“싫어요, 그런 마음 갖지 마세요.”

나는 말 대신 살며시 그녀를 안아 주었다.

회사에서 수입 상품 전문점 모집 광고가 나가자, 광고가 작은 광고임에도 수많은 희망자들이 몰렸다.

상담을 시작한 지 며칠 만에 100개 이상의 체인점 계약을 할 수 있었고, 한 달여 만에 전국 곳곳에 우리 전문점을 오픈했다.

이에 나도 통관 때문에 부산에 가는 일이 많아졌고 그때마다 부산에 집을 얻어 생활하고 있는 **숙**은 나하고 부산에서 함께 생활하지만 전하고는 다르게 얼굴에 조금은 어두운 그림자를 볼 수 있었다. 내가 서울에 있을 때는 아무도 없는 부산에 그녀 혼자 부산에서 생활하는 것이 너무나 힘이 들 것이다.

그러는 과정에 의정부 그녀는 집에 자주 오고 그해 추석 전날 의정부 성모병원에서 아들을 출산하였다.

아이를 출산하고 나자 의정부 집에서는 결혼식은 나중에 올리더라도 이제 독립을 해야 될 것 아니겠느냐고 하여, 알았다고 하고 연휴가 끝난 후 회사에 데리고 있는 무교동 동생에게 집을 한번 알아보라고 지시한 후 바로 부산으로 향했다.

그녀는 추석 때도 언니 집에 가지도 않고 아무도 없는 부산에서 혼자서 쓸쓸하게 보냈다. 나는 그녀에게 무슨 죄를 짓는 마음이었다.

부산에 도착한 나를 보고 그녀는 환하게 웃으며,

"명절 잘 지냈어요?"

하고 물었는데 내 마음은 마치 찢어지는 것 같았다.

나는 대답 대신,

"여보, 얼마나 힘들었니?"

하고 말하자,

그때서야 그녀는 눈물을 쏟았다.

이렇게 슬퍼하는 그녀에게 의정부 그녀가 아들을 출산하였다는 말은 차마 할 수 없었고 나는 그냥 그녀의 등만 두드릴 뿐이었다.

우리 회사의 수입품 전문점이 여기저기 생기자 또 다른 회사의 수입품 전문점들이 이것저것 생겨나기 시작했다.

그리고 수입 상품 중 인기 있는 상품들은 거의 모든 회사가 수입을 하기 때문에 물량이 넘쳐 많은 상품들이 수입가를 밑도는 덤핑으로 판매되기도 하고 있다.

특히 거버 이유식 같은 경우, 우리나라의 물량을 맞추기 위하여 미국의 거버사가 풀가동을 하고 있다고 하고 우리나라가 수입한 물량이 우리나라의 모든 신생아들이 2년 이상을 먹을 수 있는 물량이라고 하니 현재 이 업계에 있는 한 사람으로서 그저 씁쓸할 뿐이었다.

더욱이 우리나라에서는 수십 가지 종류의 이유식 중 바나나 이유식이 가장 많이 나가자 바나나 이유식을 수입하려면 다른 종류의 이유식도 골고루 주문하여야 하고 국내에서도 소매상인은 다른 이유식과 함께 주문해야 바나나 이유식을 공급받을 수 있었다.

우리도 바나나 이유식은 물량이 항상 달려 그 부분에 있어서는 체인점들이 항상 불만이 많았다. 더욱이 다른 일부 제품의 경우 시중에 덤핑으로 거래되기에 우리 회사의 공급가가 때로는 다른 곳의 소비자 가격보다 비쌀 때가 있어 체인점들의 불만이 많은 터라 바나나 이유식의 문제에 있어 더욱 거세게 본사에 항의를 했다.

이에 나는 거버 본사가 아닌 미국의 홀세일러를 소개받아 그 홀세일러에게 바나나 이유식만을 주문하여 그 물량이 부산항에 도착하여 통관을 하려는데 선박의 하역 작업이 늦어져 통관을 하지 못하여 애를 태우고 있고 체인점들은 약속 날짜에 공급을 받지 못하자 본사에 거세게 항의들을 하여 직원들이 곤욕을 치르고 있는 것 같았다.

그러던 어느 날, 겨우 하역 작업을 끝내고 이제 하루나 이틀이면 통관을 하게 되었는데 그날 밤 체인점 점주들이 수표동 사무실을 찾아와 난동을 피우는 바람에 직원들은 퇴근도 못 하고 점주들에게 갖은 수모를 다 당하고 있는 것 같았다.

나는 직원과 통화하여 '이제 하역 작업이 끝났으니 곧 통관할 것이라고 얘기를 해라'라고 지시를 하고 있는데 뒤에서,

"야, 그 새끼 빨리 올라오라고 그래!"

하면서 고함치는 소리가 들렸다.

그 소리에 나는 머리끝까지 피가 솟구치는 것 같아 직원에게,

"야, 나 지금 올라갈 테니 모두 있으라. 그래!"

하고, 부산역으로 달려가 가까스로 서울행 야간열차에 올랐다.

새벽에 사무실에 들어가자, 사무실은 난장판이었다.

체인점 사장들은 여기저기 흩어져 소파에서 자는 사람, 의자에서 자는 사람, 바닥에 신문지를 깔고 자는 사람, 아주 엉망이었고 나의 머릿속도 엉망이 되었다.

나는,

"이게 뭐 하는 짓들이야!"

하면서 고함을 질렀다.

모두들 깜짝 놀라면서 일어났다.

나는 퇴근도 못 한 회사 직원에게,

"승용차 기사들한테 연락해서 오늘 임원들 태우지 않아도 되니 모두 지금 빨리 수표동 사무실로 오라고 해!"

하고 지시하고,

체인점 사장들을 향해,

"오늘 내가 당신들 뜻대로 해 줄 테니, 아까 전화 뒤에서,

'야 그 새끼 빨리 올라오라고 그래!'라고 한 놈은 누구야!"

라고 큰소리치자, 아무도 나오지 않는다.

나는 다시 한번,

"나 빨리 오라 해서 왔으니깐 나와 보라니깐!"

그래도 아무도 나오지 않고 쥐 죽은 듯이 조용하기만 했다.

나는 다시 한번,

"이런 개자식, 떳떳하게 나서지 못할 것 같으면 뒤에서 큰소리치지 마!"

그래도 역시 모두 조용하다.

"오늘 당신들 원하는 대로 해 줄 테니 조금만 기다리시오. 그리고 이유식이고 뭐고 당신들한테는 공급 안 해, 보증금보다 물건이 많이 간 사람들은 많이 간 금액을 입금시키고 보증금보다 조금 간 사람들은 차액을 오늘 회사에서 입금할 거야, 나에게 할 말 있어서 여기까지들 왔을 텐데 할 말들 해."

나는 반말로 계속 큰소리치면서 말했다.

그래도 모두 조용하다.

잠시 후 승용차가 속속 도착했다.

나는 기사들에게 내 차를 쫓아오라고 시키고

나는 체인점 사장들에게 모두 승용차에 타라고 했다.

그리고 맨 앞에 내 차에 올라 내 운전수에게,

"야, 검찰청으로 가자."

라고 하여, 덕수궁 옆으로 하여 서울중앙지방검찰청 앞에 차들을 세웠다.

그리고 체인점 사장들을 모두 내리게 한 뒤,

"여기가 서울중앙지방검찰청이다, 내가 잘못 있으면 내가 벌 받을 것이고 어제 사무실에서 난동한 것에 대하여 당신들이 잘못 했으면 당신들이 벌 받을 것이야. 그리고 그동안 다른 곳에서 물건을 받은 사람도 계약위반으로 처리할 것이니 그리 알아라."

그러자, 지금껏 아무 말도 못 하던 사람들이 여기저기서
"사장님 죄송합니다. 잘못했습니다."라고들 말하면서 모두가 겁먹은 표정들이다.
그때, 체인점 사장들 중에서 그래도 가장 말발이 센 사장 하나가 나에게 와서,
"사장님, 그만 화를 푸십시오, 저희가 경솔했습니다."
하면서 얘기하자 여기저기서 비슷한 얘기들을 하면서 나를 달래려고 하고 있다.

나는 내 운전사에게 청담동 창고로 가자고 한 뒤 모두들 태우고 청담동 창고로 갔다.
청담동 창고는 강남에서 청담 쪽으로 가노라면 압구정동으로 빠지는 길이 있는데 그 길 건너에 있었다.
창고 평수는 약 450평 정도였으며 교통편이 당시 어느 곳이나 잘 빠질 수 있는 위치에 있었다.

나는 모두를 창고 안 휴게실로 모이게 했다.
창고 안에는 나비스코, 선샤인 등 미국산 과자와 이유식, 덴마크산 데니쉬 버터쿠키, 포크빈 통조림류 그리고 각종 수입 가정용품이 그 넓은 창고에 가득 쌓여 있었다.
체인점 사장들은 창고 안에 쌓여 있는 어마어마한 물건을 보고 입들을 벌리고 다물 줄을 몰랐다.

그들은 오늘 나의 강공에 모두 백기를 들고 말았다.

나는 이 기회에 '수입 상품이기에 회사에서 통관이나 물품 확보에 어려움이 있을 수 있다. 그러기에 앞으로 회사에 대한 모든 불만은 일체 하지 않을 것이며 또한 체인점도 회사보다 유리한 가격이나 조건이 좋은 상품이 있을 때는 얼마든지 자유롭게 구매할 수 있다.'라는 각서를 작성하여 서로 주고받았다.

이렇게 하여 나는 이 기회에 체인점의 족쇄에서 벗어날 수 있었으며 처음으로 도전한 프랜차이즈 사업으로 그 사업에 대한 매력, 방법, 운영, 등을 배울 수 있었다.

파도를 타는 외로운 승부사(1)

1979

영도 섬 끝자락에 있는 2송도에 오늘따라 파도가 거세다.

사람의 삶은 저 파도와 똑같은 것 같다.

기쁜 일이 있으면 슬픈 일도 있고, 잘될 때가 있으면 잘못될 때가 있고, 있을 때가 있으면 없을 때도 있고.

바람까지 세차게 부는 차가운 날씨임에도 나는 아무것도 느낄 수 없었다.

아무리 추워도 지금 그녀의 마음보다 춥지가 않을 것이다.

얼마나 가슴이 아플까?

조금 전, 나는 그녀에게 의정부 K가 아들을 낳았다는 얘기와 어머니와 의정부 집안의 독촉으로 혼인신고를 하였고 사당동에 집을 얻어 나왔다는 것을 얘기했다.

이곳, 영선동에 아담한 집을 얻어 그런대로 즐거워하던 그녀의 눈에서 한 방울 두 방울 떨어지는 눈물을 보다가 밖으로 나왔다.

차라리 엉엉 울기라도 하면, 내 마음이 덜 아플 텐데.

하염없이 밀려왔다가 해변에서 산산이 부서지는 파도를 보며 내 마음과 같다고 생각하고 있는데, 그녀가 조용히 와서 내 팔을 낀다.

"추운데 왜 나왔니?"

"당신은 안 추워요?"

나는 가만히 그녀를 안아 주면서,

"여보, 당신하고 나하고는 아무것도 달라지는 것은 없어."

"그래요, 허지만 왠지 슬퍼요."

그래도 이곳 밤하늘 별은 유난히 빛난다.

그것이 좋아서 이곳에 집을 얻고 무척이나 좋아했던 그녀인데, 오늘 밤하늘 별은 부서지는 파도 때문인지 질서가 없는 듯이 보였다.

"여보, 들어가자. 당신 감기 들겠다."

"미안해요, 당연한 걸 가지고 제가 바보 같았어요."

나는 그녀의 어깨를 안은 채 파도 소리를 뒤로하고 집으로 향했다.

수입 상품 시장은 그야말로 질서가 없었다.

조금만 잘되는 아이템이라고 하면 조그만 수입상에서부터 대기업까지 수입하느라 난리들이다.

대기업들은 수입쿼터가 남아돌아 아무거나 마구잡이로 수입을 한다.

수입 상품의 거의 절반 이상은 곧바로 덤핑 시장행이다.

한국은 외국 제조업체의 봉이다.

어떠한 시장조사나 계획도 없이 마구잡이로 수입을 하다 보니 우리 체인점에 공급하여야 할 제품을 수입하기도 겁이 난다.

차라리 시중 덤핑 시장에서 사다가 공급하는 편이 훨씬 났지만 구색을 맞출 수가 없는 것이 문제다.

수입 시장이 이렇다 보니 체인점은 더 이상 늘어나지 않고 있다.

오히려 문을 닫는 기존의 체인점이 계속 늘다 보니 프랜차이즈는 유명무실해져 가고 있었다.

그런 상황에 회사는 비대해져 강남 사거리에 300평 이상 되는 사무실에 직원도 100명 가까이 되었다.

수표동 사무실, 강남 사무실, 부산 사무실, 청담동 창고 등의 유지비와 직원 급료만 해도 매월 엄청나게 들어가고 공과금, 차량 유지비 등을 합치면 체인점 수입으로는 단 10%도 충당이 되지를 않는다.

이 자금을 만들기 위하여 3개월 전부터 사용하기 시작한 어음을 할인하여 충당하여 이제는 처음 발행한 어음을 막기도 급급한 상황이다.

여기에, 우리 회사의 수입 창구이기도 한 Y 기업에 평소 나를 좋아하던 친구 한 명이 그 회사의 초기 멤버였는데, 1978년 하반기부터 경영이 어려워져 그 친구가 나에게 어음을 융통해 달라고 하여 한 장 두 장 빌려주기 시작한 것이 이제는 어음 용지 2권 이상이 건너갔기에 그 부분도 신경이 많이 쓰였다.

그리고 또 다른 기업 몇 군데도 마찬가지다.

설마 그렇게 큰 대기업들이 문제는 만들지 않겠지 하면서도 어떤 기업은 통관하려 부산에 가는데 직원들 출장비가 없으니 자금 좀 융통해 달라고 할 때도 있어 불안한 마음이 점점 더 커지고 있었다.

우리 회사의 거래 은행은 명동 입구에 있는 국민은행 본점이었다.

나는 첫 장이 교환 돌아올 때부터 매끄럽게 처리하여 주지 못하여 담당자에게 미안한 마음이 많았다.

서울 본사의 사정이 어려워지자 서울 사무실을 비울 수가 없어 부산에 갈 시간도 많지 않아져 그녀와도 자주 만날 수가 없었다. 그럴 땐 서울로 올라오라고 하였지만 서울에 있을 때만이라도 아기에게 충실하라고 오지를 않았다.

그러던 어느 날, 서울 사무실에 그녀로부터 편지가 왔다.

무슨 편지지?

장문의 편지였다.

'지금 아기가 태어났는데 자기가 있음으로 아기와 부인에게 소홀해지면 안 된다. 내가 자기를 사랑하면 할수록 자기는 죄인이 될 수밖에 없다. 자기가 나를 떠나서 살아갈 수 있을지는 모르겠지만 자기가 있을수록 나의 근심은 계속될 수밖에 없다. 그래서 떠나기로 결심했다는 것과, 한국에 있으면 아무리 결심을 해도 나를 안 만날 수 없기에 외국으로 간다'는 내용의 편지였다.

바로 전화를 하였으나 받지를 않는다,

불길한 마음을 넘어 천 길 낭떠러지로 떨어지는 느낌이다.

나는 또다시 그리움 속을 헤매게 되었다.

과연, 내가 또다시 **지영**이에 이어 그녀마저 이렇게 보내고 과연 살아갈 수 있을까?

지영도, 그녀도 모두 내 곁을 떠나고 말았다.

이번에는 결국, **지영**과 그녀가 함께 떠난 것이나 마찬가지다.

다시 고통의 나날이 시작되었다.

나는 집에서 식사는 거의 하지 않는다.

아침 7시면 집에서 나오고 밤에는 거의 12시가 다 되어 들어간다.

내가 집에 가서 하는 것은 씻고 커피 마시고 봉급 갖다주는 것이 전부였다.

처음, 같이 살림을 시작하여 내가 봉급 탄 것을 모두 갖다주자 그녀가,

"봉급이 왜 이것밖에 안 돼요?"

하기에 어이가 없어서,

"그 봉투, 내 월급 그대로 가져온 거야."

했더니,

"당신이 사장인데 좀 더 받을 수도 있지 않아요."

"다른 사람들은 나보다 훨씬 적어도 충분히들 생활을 하고 있어."

"그래도, 아버지는 당신이 돈을 많이 버는 줄 알고 계세요."

"내가, 분명히 얘기할게. 나 이것도 지금 받을 형편이 안 돼. 회사가 잘되어야지 봉급이 있지, 지금 회사 사정 많이 힘들어."

"그럼, 장안동 **어머니**에게는 어떻게 드려요?"

"**어머니** 생활비는 당신이 드려야 하는데 그것으로 모자란다면 못 드리는 거야."

나는 이런 부분에서부터 많이 피곤했다.

그녀의 집안은 물욕이 많은 편이었다.

한 예로, 내가 **어머니** 생신날 그동안 너무 고생을 하셔서 금반지를 해 드렸는데,

"왜, 장안동 **어머니**만 해 드리느냐?, 우리 어머니는 어머니가 아니냐?"

이런 식이였다.

이제 아기도 태어났고, 그래도 내 아기의 엄마인데 나도 잘해 줘야지 하고 생각하였다가도, 이런 문제들이 부딪치면 또 그 결심이 무너지곤 하였다.

그러다 보니 점점 거리가 더욱 멀어지고 있었고, 그럴수록 **지영**과 **숙**의 생각이 더욱 그립기만 하였다.

어느 날, 회사에서 할인하여 쓴 어음과 Y 기업에 빌려준 어음이 은행에 교환이 돌아왔다. 헌데 우리가 쓴 어음도 막을 자금이 준비되지 않았는데 빌려준 어음도 며칠 전부터 결제를 하라고 하여도 자금이 없다고 사정하였다.

나는 난감했다.

회사의 시재는 모두 모아야 수백만 원 정도 일 텐데 수천만 원의 교환 자금을 만들기는 불가능하였다.

이대로 끝나는 것인가 생각하면서도, 그래 끝까지 해 보자 생각하고 별로 친하게 지내지도 않았던 여동생들에게까지 내 개인 구좌를 알려 주고 입금을 부탁하고 체인점에도 미수금 결제와 또, 선수금 부탁 등 할 수 있는 모든 것은 다 동원했다.

시간은 빠르게 흘러 은행 마감 시간이 지나고 있었다.

나는 영업부 차장에게 시간 연장을 부탁했다.

지금까지 준비한 자금은 겨우 천만 원 정도밖에 되지 않았다.

나는 일단 내 개인 통장에 여동생들이 보내 준 돈이라도 찾아야겠다고, 생각하고 은행 시간이 지났기에 은행에 출금을 부탁하고 여직원을 보냈다.

그런데 은행에 간 여직원으로부터 전화가 왔다.

"사장님, 사장님 통장에 잔고가 1억 원이 훨씬 넘어요."

하기에 나는 깜짝 놀랐다.

내 통장에 무엇이 잘못된 거 아닌가 싶었지만 일단 그 돈이라도 어음 결제부터 막으라 하고 통장을 찍어 오라고 했다.

나는 여직원이 가져온 통장을 보고 깜짝 놀랐다.

숙이 떠나면서 입금한 돈이었다.

전에 동력자원부 프로젝트가 끝나고 나서 그녀에게 주었던 돈과 그동안 푼푼히 준 돈 그리고 또 자기가 갖고 있었던 돈을 모두 내 개인 통장으로 입금하여 주고 떠난 것이다.

"여보-"

나는 솟아나는 눈물을 참을 수가 없었다.

"바보 같은 놈, 어디 있는 거니? 이렇게 나에게 다 주고 가면 너는 어찌 살려고~~~~"

나는 직원들을 모두 퇴근시키고 그날 사무실에서 밤새도록 그녀와 함께 있었다.

일단 그녀 덕분에 회사는 기적처럼 살 수 있었다.

허지만 수입 상품은 여전히 무질서 속에 넘치고 있고, 이에 우리 회사도, 체인점들의 거래도 거의 정지된 상태 속에 창고에 재고는 산더미처럼 쌓여 있었다.

또, 우리 회사 어음을 빌려 간 Y 기업은 회생의 기미는 고사하고 신문에도 그 회사의 비관적인 기사만 올라오고 있었다.

이러는 속에서도 시간은 흘러 연말이 지나고 새해를 맞았다.

남들은 희망찬 새해라고들 하지만 나는 무겁기만 한 새해를 맞고 있었다.

회사의 매출은 정지된 상태고 Y 기업의 어음은 2월 초부터는 줄줄이 교환이 돌아올 것이다.

그 금액은 내가 상상하기도 힘들 정도로 많다.

지금으로서는 내가 바라는 것은 Y 기업의 회생이다.

임원들은 직원들을 정리하자고 하였지만 내가 필요해서 고용했고, 직원들도 우리 회사가 좋아서 들어왔고 그들에게는 회사가 희망인데 나는 차마 우리 직원들을 정리할 수가 없었다.

회사가 그들을 안고 갈 수 있는 방법을 만들든지, 아니면 회사가 망하여 전부 그만두든지 오직 둘 중의 하나이다.

집사람은 연말에 친정에 가서 아직 오지 않고 있다.

장안동에 **어머니**를 뵈러 가야 하는데 이러한 지금의 내 얼굴로는 **어머니**를 뵐 수 없어 전화로 대신 새해 인사를 드렸다.

그야말로 외롭고 힘든 새해 아침을 보내고 있었다.

"**지영**아, 그리고 **숙**아 나 좀 도와줄 수 있니?"

나로서는 가장 힘을 주는 두 사람이다.

정월 초하룻날, 혼자 집에 있기도 뭐하고 하여 남대문 '도깨비시장'으로 나가 보았다.

수입 상품의 본거지인 '도깨비시장'은 수입되는 상품, 수입 금지 상품 모두가 거래되는 곳이다.

'도깨비시장'은 정월 초하루지만 문을 연 곳이 더 많았다.

일부 안면 있는 상인들이 인사를 한다.

그때 어느 물건 하나가 내 눈을 정지시켰다.

중고 매직체프 가스 오븐인데 60만 원이라고 적혀 있고 주문하면 6개월 뒤에 보내 주겠다고 적혀 있었다.

상인들에게 물어보니 미8군 가족들이 쓰던 걸 가지고 온다고 하였다.

당시 주공아파트 분양가가 250만 원 정도인데 중고 가스 오븐이 60만 원이나 하고 그것도 돈을 주고 6개월을 기다려야 한다니 정말 상상도 못 할 일이다.

헌데 그렇게라도 살려고 부자들은 줄을 선다고 하였다.

나는 속으로 '저런 게 수입허가가 되면 한번 멋지게 승부를 낼 텐데.' 하고 생각하면서 자리를 떴다.

1월 첫 출근 날, 시무식을 끝내고 임원들과 커피를 마시면서 새해 첫 임원 회의를 시작했다.

회의하기 전에, 내가 '도깨비시장'에서 가스 오븐 얘기를 했더니 임원 한 명이,

"사장님, 그 가스 오븐 금년 1월 1일부터 수입이 허용되었습니다."

라고 말하기에 나는,

"뭐! 그게 정말이냐?"

하면서 잠깐 생각을 하였다.

나는 순식간에 머릿속에 작전계획을 만들었다.

다음에,

"자, 오늘 회의는 없다. 지금부터 내가 지시하는 것을 실수 없이 진행하라."

하면서, 내가 심각하게 이야기하자, 임원들도 긴장한다.

"먼저, 무역 팀은 미국 매직체프사에 텔렉스를 쳐 오퍼를 받고 기타 자세한 것을 물어보도록. 그리고 관세 등도 체크하고, 자료가 많으면 많을수록, 기간은 빠르면 빠를수록 좋다. 다음, 영업 팀은 의정부나 동두천, 미군부대에 가서 매직체프 가스레인지 사진이 들어 있는 시어즈 카탈로그 등 모든 카탈로그을 구해 오도록 해라, 못 구하면 로켓을 타고 미국 본토라도 가서 구해 와라. 그리고 기획 팀은 각 신문사에 전화하여 (음~~ 하고 잠깐 생각한 뒤) 한 20일 전후해서 5단 내지는 8단통 광고 지면을 잡아라. 우리가 하기 뭐하면 전통기획에 연락하여 준비시켜라."

(참고로 당시는 신문이 8면밖에 되지 않았다.)

이렇게 지시를 해 놓고도 미덥지 않아 수입 전문 친구에게 전화하여 매직 체프 오븐에 대하여 최고로 빨리 핸들링을 하여 달라고 부탁했다.

그리고 나는 명동으로 나가 국민은행 본점 영업부 차장을 밖으로 불러냈다.

"신 사장이 신년 벽두부터 웬일이야?"

영업부 차장은 나보다 1살 위의 젊은 나이 임에도 명문 K대 법대를 나온 유능한 직원이기에 지점장급인 본점 영업부 차장으로 있었다.

"야, 높은 사람한테 인사하려면 졸개가 오는 게 당연한 거 아니야?"

"인사 안 해도 좋으니, 금년엔 제발 퇴근 좀 일찍 하게 좀 해 줘."

그는 우리 어음교환이 돌아올 적마다 제시간에 막지를 못하고 연장을 거는 바람에 늦게까지 퇴근도 못 하고 고생을 한다.

"그래, 올해는 퇴근 일찍 시켜 주려고 내가 이렇게 온 거야. 그리고 점심도 사 주려고."

"아니, 점심은 내가 살 테니 제발 퇴근 시간 좀 당겨 줘, 헌 데 무슨 얘기야?"

"다른 게 아니고, 금년 1월 1일부터 가스 오븐이 수입 개방됐어. 그래서 수입을 하려는데 국민은행에서 계약금 좀 받아 줘."

내가 얘기하자 그는 단호하게,

"그건 안 돼. 우리 같은 국책은행에서 수입품을, 그것도 고가의 사치품 판매에 관여할 수가 없어."

“야, × 차장, 이번에 그거 도와주지 않으면 우리 회사는 부도야.”

“그래도 할 수 없어.”

“허면 나 어차피 부도날 거, 길게 갈 필요 없이 이번에 교환 돌아오는 거 막을 필요 없이 부도내고 말 거야. 정말 방법이 없어?”

“완전히 협박이구나. 내가 윗분들과 의논은 해 볼게.”

“꼭 좀 부탁하자. 나도 Y 기업 때문에 죽을 맛이야.”

“왜 쓸데없는 짓해서 고생이야! 아직도 많아?”

“응.”

“얼마나 되는데.”

“한 10억은 넘을 거야.”

“환장하겠군, 그 회사 회계 분석도 좋지 않게 나온 거 같은데.”

“나도 미치겠어.”

이렇게 하여 가장 큰 숙제는 어느 정도 진척을 하였다.

매직체프사의 정보는 우리 회사 무역 팀보다 수입상 친구가 빨랐다.

40인치 제품의 경우 프레이트 차지, 관세 등을 포함한 가격이 약 20만 원이 조금 넘었다.

나는 벌린 입을 다물지 못했다.

이 가격이면 수입되는 것을.

미군이 쓰다 버린 중고를, 60만 원을, 그것도 6개월 전에 미리 주고 기다려야 살 수 있다. 말도 안 돼는 얘기다.

‘이 정도라면 자신 있다.’라고 생각하고 있는데 그가,

“그런데, 문제가 있어.”

"무슨?"

"지금 신용장을 열어도 앞으로 6개월 이전엔 물건을 받을 수 없대."

"뭐, 그렇게 오래 걸려?"

"응, 그게, 많은 우리나라 기업들이 엄청난 물량을 주문했대."

맥이 확 풀렸다.

나는 내가 바보로구나 하는 생각을 하였다.

다른 모든 회사들은 벌써 알고 주문까지 하였는데, 이제사 알고서 좋다고 설친 내 자신이 한심하기만 하였다.

점심을 먹으러 가자고 내 팔을 잡는 친구의 팔을 풀고 사무실을 나왔다.

그 친구 사무실을 나와 아무 생각도 하지 않고 천천히 걸어 청계천을 지나 종로로 들어와 나도 모르게 **지영**과 함께 가던 장안다방으로 들어갔다.

방학 때가 되어서 그런지 다방 안은 사람들이 제법 있었다.

자리에 앉은 나는 나 자신도 모르게 무의식 속에서 Visions를 신청하였다.

얼마 후 반가운 음악이 나오고 **지영**이 내 앞에 나타났다.

"**지영**아 나 이제 어떡해야 되지?"

"여보, 왜 그렇게 힘이 없어요. 당신답지 않아요."

하면서 슬픈 표정을 한다.

그때, 모든 걸 나에게 보내 주고 떠난 '**숙**'의 얼굴도 보인다,

"지금 어디에 있는 거니?"

"여보, 이겨야 돼요, 당신, 맨손으로 전국을 잡았지 않아요."

그리고 나만 쳐다보고 있는 수많은 회사 직원들의 얼굴도.

옛날 낭인 시절에는 전혀 느끼지 못했던 외로움이 이제는 온몸 속에 가득히 들어 있었다.

파도를 타는 외로운 승부사(2)

1979

어떡해야 이 난관을 벗어날까?

방법은?

다방 안에서는 **지영**이 좋아하던 노래가 흘러나오고 있었다.

"**지영**아."

순간, 뭔가 머리를 때리는 것이 있었다.

"이거다."

나는 용수철처럼 일어나 공중전화로 갔다.

'이놈이 점심 먹고 왔나?' 생각하면서 수입상 친구에게 전화를 하였다.

마침 그 친구는 사무실에 있었다.

"야, 가스 오븐 가장 빨리 들여올 수 있는 방법은 없겠니? 예를 들어 매직 본사 말고 오븐 세일러를 찾아본다든지 하는 식으로."

"안 돼, 그래도 대우나 반도 같은 회사는 이제 얼마 안 있으면 물건이 들어와, 첫째 시간도 문제지만 가격경쟁력으로도 안 돼."
"가격은 문제 삼지 마! 요는 시간이야!"

그러자 그는 잠깐 생각하는 것 같았다.
그래서 내가,
"뭐 해, 공중전화야. 뒤에 손님들 기다려."
"야, 지난번 매직하고 통화를 했을 때 자기네 자회사가 텍사스에 있는데, 그곳은 '딕시'라는 브랜드인데, 성능은 매직보다 좋대."
"야, 그럼 거기 전화번호는 받았니?"
"응 있어."
"그럼 지금 몇 시냐? 빨리 통화를 하여 거기 물건 가장 빨리 보낼 수 있는 것이 언제고? 그리고 '딕시' 앞에 '매직체프'라고 붙여 줄 수 있나 물어봐. 매직체프 자회사니 가능할 거야. 빨리 통화해서 나에게 알려 줘."
그리고 전화를 끊었다.

나는 미소를 지었다.

"이 게임에 Winner는 대기업도 아니고, 빨리 들어오는 것도 아니다. 가장 빨리 판매하는 것이 Winner다!"

다음 날, 수입상 친구로부터 전화가 왔다.
모두 가능하다는 말과 그곳은 딜리버리가 불과 2달도 안 될 정도로 빨랐다.

나는 그 친구에게 우선 30 컨테이너 물량을 오픈해 달라고 부탁했다.

그러자 그 친구는 놀라면서

“그 많은 물량을 어떻게 하려고 그래?”

하기에,

“그것도 부족해. 그건 샘플 물량이야. 2월 초에는 200 컨테이너야!”

하자, 어이가 없어 하는 것 같았다.

지금 기억으로는 20피트 컨테이넌가? 40피트 컨테이넌가? 기억이 안 나지만 한 컨테이너에 40인치 가스 오븐은 20대가 실렸다.

그러니 30 컨테이너면 600대인 셈이다.

1월 3일 처음 이 프로젝트를 시작하여 지금 벌써 1월 중순이 되었다.

나는 우리 기획팀으로서는 광고 작업이 어려워 기획사를 불렀다.

대강 시안을 잡아 주고 광고 날짜를 최대한 당겨 잡으라 하였다.

그러자 그곳 사장이 오븐 사진을 구해 달라고 하였다.

나는 ‘아차’ 했다.

가장 중요한 것을 생각지 못했다.

수입상 친구에 전화하니 카탈로그가 도착하려면 아직도 10여 일은 더 있어야 받을 수 있다고 한다.

고심하던 나는 영업팀에게 미군부대에서 구해 온 시어즈 책자와 미군부대 PX카탈로그를 가져오라고 했다.

그 책자를 살피자 오븐 사진이 몇 장 있었다.

기획사 사장에게 책자를 주면서 여기에 있는 적당한 오븐 사진을 오려서 광고 시안을 만들라고 하니 한심한 듯 나를 쳐다본다.

그래서 내가,

"고물 오븐도 사람들은 좋다고 하니, 광고사진이 흐려도 아무 말도 안 할 거야."

하니 웃는다.

광고의 주요 내용은 헤드카피가 **'미국 매직체프 가스 오븐, 드디어 한국에 상륙'**이고, 서브 카피가 '433,000원에 선착순 주문판매' 한다는 것과 내용에 계약금 150,000원이며, 계약금 납입 및 주문처는 서울은 국민은행 본점, 부산은 부산 지사 사무실을 넣었다.

그리고 오븐 배달은 3월 말부터라고 적었다.

이 광고의 핵심은 국민은행 본점이다.

아무리 메리트가 있는 물건이라도 회사에서 신청받고 회사에 돈을 내라고 하면 하지 않을 것이다.

허지만 국민은행, 그것도 본점이니 사람들은 물건을 줄 것이라는 것도 확신하고, 은행하고 같이 일하는 회사에 대한 공신력도 긍정적으로 생각할 것이다.

중고 가스 오븐을 60만 원에, 그것도 6개월을 기다려야 받을 수 있던 시기에 수입한 신품을 433,000원에 3월 달이면 배달하여 준다.

'충분히 승산은 있다.'

'계약금만 받아 두면 대기업들은 닭 쫓던 개
지붕 쳐다보는 꼴이 되고 말 것이다.'

이와 같이 신문 시안을 잡으라 하자, 직원들이나, 기획사 사장이나 모두 국민은행하고 얘기가 끝난 거냐고 물어들 본다.

"응, 아직 안 끝났어. 그대로 시안 잡고, 내용만 확실하게 넣으면 되니 디자인은 검토할 필요 없다. 신문 지면이나 빨리 잡아 줘."

그런 뒤, 은행에 전화를 하여 차장에게 어떻게 되었냐고 물어보자, 위에서도 검토해 보자 하였다 한다,

그래서 내가 차장에게,

"이제 우리나라도 글로벌 시대를 맞이했는데, 국민은행이라고 그대로 계속해서 좁은 경영을 하려고 하느냐, 하고 기름 좀 쳐 줘."

하니 차장은 "알았다." 하고 웃으면서 전화를 끊었다.

신문광고는 J 일보 1월 20일부터 잡혔다,

그날은 토요일이다.

기획사는 비싼 광고인데 토요일은 피하자고 하는 걸 그대로 나가자고 내가 고집을 피웠다.

드디어 오늘 아침에 신문이 나갔다.

나는 어제 국민은행에 전화를 하여 내일 광고가 나가니, 창구를 준비 좀 해 달라고 하였다.

하니 차장은 깜짝 놀라며 아직 윗선에서 승낙도 안 했는데 나가면 어떡하냐고 펄펄 뛴다.

그래서 나는 차장에게 자네가 신문사 가서 광고를 못 나가게 하든지, 아니면 윗선에 승낙을 받든지 하라고 말하고 전화를 끊었다.

아침 10시가 지나자 한 명, 두 명, 국민은행으로 계약자들이 오기 시작했다.

국민은행에서는 난리가 났고 할 수 없이 임시 창구를 만들어 간단하게 생각하고 계약을 받기 시작했는데 11시가 지나니 사람들이 몰리면서 그 줄이 명동 입구까지 늘어섰다.

국민은행 측은 깜짝 놀라 인원을 증원하여 계약을 받았다.

가스 오븐을 계약하러 온 계층은 대부분 상류층이었기에 국민은행으로서도 무시할 수가 없었다.

계약자들은 토요일 은행 업무 시간이 끝나도 줄지를 않았다.

이후 매직체프 광고는 계속되었고 다음엔 20인치 모델과 가스 기기의 세계적 명품인 이태리제 '자누시'까지 판매를 하였다.

당시 가스 오븐의 주 고객은 거의가 반포, 여의도, 이촌동, 압구정동 등 신흥 부촌인 아파트의 사람들이 90% 이상이었으며 정치인, 연예인, 기업가들의 집이 많았다.

이렇게 매직 작전은 1월 1일 '도깨비시장'에서 도깨비가 나에게 '매직'을 보여 주고 그 요술이 불과 20일 만에 정말 도깨비방망이와 매직 같은 결과를 나에게 만들어 주었다.

그러나 작전 시작 불과 몇 달 만에 대당 200,000원 이상의 이익에 수천 대를 팔아 엄청난 수익이 있었음에도 우리 회사는 항상 어렵고 긴박한 상황의 연속이었다.

그것은 Y 기업 등에 빌려준 어음과 그간 회사에서 사용한 어음들이 2월 1일부터는 휴일만 빼고는 거의 매일 수천만 원씩 교환이 돌아오고 있었다.

Y 기업의 돌아온 어음은 그들이 막지 못하면 다시 어음을 주어 그것으로 현금을 만들게 하여 막게 하니, 악순환은 계속되었고 금액은 점점 늘어나기만 했다.

매일매일 돌아오는 어음은 나의 피를 말리고 지치게 만들었다.

은행의 차장도 밤 10시 이전에는 거의 퇴근도 하지 못하였다.

이제는 Y 기업 등에 빌려준 어음과 당좌수표를 얼마나 더 막아야 끝이 날지를 모를 지경이었다.

가스 오븐의 판매도 이제는 주춤한 상태다.

대기업에서 수입한 오븐이 들어오기 시작하였고 우리가 거의 판매를 하자, 그들은 할 수 없이 거의 덤핑 가격의 수준으로 시중에 내놓고 있었지만 이제는 고가의 오븐을 살 소비자는 거의 없었다.

회사는 또다시 어렵기 시작하였다.

그래서 4월 중순 경 할 수 없이 또다시 사채업자에게 단기간의 당좌수표를 할인하여 교환 돌아온 어음을 막을 수밖에 없었다.

매일 나는 집에서 새벽에 나와 사무실에 나오면 하루 종일 식사는 거의 하지를 못했다.

밤늦게 어음을 막고 나서야 고생한 은행 직원과 식당에 가서 식사를 하는 것이 전부였다.

그 달은 직원들 급여도 못 주고 따라서 집에도 월급을 갖다주지를 못하였다.

그러다 보니 하루 종일 밖에서 시달리고 지쳐서 집에 가면 집에서 또 시달려야만 했다.

언젠가 낮에 지쳐서 오랜만에 내방 소파에 앉아 있었는데 비서가 쟁반에 당시로서는 아주 귀한 바나나와 회사 건너 뉴욕제과에서 빵을 사 와 가지고 왔다.

"사장님 아직 식사도 못 하셨죠?"

하면서 가져왔기에,

"너 이번 달 봉급도 못 받아서 돈도 없을 텐데 뭐 하러 사 오느냐."

하였더니,

"사장님 고생하시는 것 모두 잘 알아요. 어서 힘내세요."

하기에 눈물이 핑 돌았다.

남들도 이러는데 와이프라는 여자는 왜 저러는지? 하는 생각에 또다시

지영과 **숙**의 생각이 났다.

모처럼 어음교환이 없던 그날, 은행 차장이 사무실로 왔다.

그의 집은 강남 우리 사무실 건너 뉴욕제과 뒤편에 이번에 새로 지은 J 아파트다.

그래서 퇴근하면서 자주 사무실에서 만난다.

우리는 사무실 아래 식당으로 가 식사를 하는데 차장이 얘기를 했다.

“오늘 은행으로 M 사장이 찾아와서 당신을 만나 얘기 좀 해 달라고 하더라.”

M 사장은 나에게 돈을 빌려준 사채업자다.

“무슨 얘기? 그 새끼 또 회사를 자기에게 넘기란 얘기잖어!”

“맞아, 꼭 좀 잘 얘기해 달라고 하더라.”

“야, 밥맛 떨어지니 그 새끼 얘기 그만해라.”

나는 한마디로 잘라서 그 얘기를 못 하게 하였다.

M 사장은 전에도 나에게

“회사가 많이 어려운 것 같은데 회사를 자기에게 넘기는 게 어떠냐!”

하면서 얘기하기에 한마디로 거절한 적이 있었다.

그는 청담동 창고도 보고 은행에 차장을 만나 우리 회사 수표와 어음 발행 상황도 어느 정도 파악하고, 주위에서 회사 내용도 듣고 하여 회사가 Y 기업으로 인하여 어렵지, 상품 재고 등 자산이 상당히 많은 알찬 회사라는 걸 알고 있었다.

차장의 M 사장 얘기를 거절한 며칠 뒤, 회사 창고와 사무실에 법원에서 나와 압류딱지를 붙이고 갔다.

M 사장이 지난번 5,000만 원을 차용하면서 공증을 서 준 것이 있었는데 그 돈을 갚지 못하자 그것으로 집행을 한 것이다.

"야비한 새끼."

나는 또다시 역겨운 분노를 느껴야 했다.

사무실은 술렁대기 시작했고 당장 배달하여야 할 가스 오븐이 문제였다.

아직도 이사, 집수리 등 소비자의 사정으로 배달을 안 한 집이 십여 대가 있었다.

가스 오븐마다 압류딱지가 다 붙자 직원들도 난감해 있었다.

그 며칠 후, 임원 놈들이 사표를 내고 사무실에 출근을 하지 않고 있다.

"개새끼들! 그래 어디 한번 해보자."

나는 영업부 직원들에게 가스 오븐이 미배달된 집에 전화를 하여 일단 물건부터 받아 놓으라고 한 뒤 가스 오븐을 갖다주라고 하였다.

그러자 직원들은,

"사장님 압류딱지가 붙은 걸 어떻게…."

하기에,

"딱지를 떼어서 배달해, 책임은 내가 진다."

하여 모두 배달을 시켰다.

수표와 어음은 어김없이 돌아왔다.

나는 거의 탈진 상태였다.

그러는 5월 초, Y 기업이 도산하였다는 기사가 모든 신문을 장식했다.
나의 실낱같은 기대도 산산이 사라졌다.

나는 관리부장에게 관리부와 기획부 전 직원을 동원하여 우리 회사의 재고 상품을 정확하게 조사하라고 하였다.
그리고 모든 사무실 보증금, 차량 등 자산 현황도 정리하고 어음, 수표 발행 현황, 그리고 미지급 현황도 만들어 달라고 하였다.

5월 중순, 정확한 현황이 나왔다.
회사 자산이 어음 발행 등 모든 부채의 약 2.5배는 되었다.
그 부채에서 어음, 수표 발행 금액 중 70%는 Y 기업에서 빌려 간 것이다.

재무구조는 아주 좋은 편이다.
나는 관리, 기획, 영업, 각 부의 부장들을 불렀다.
만약 내게 무슨 일이 생기면 너희들이 책임지고 직원들을 챙겨 주어야 한다.
직원들은 자산 현황을 조사하였기에,
"사장님, 우리 회사처럼 알찬 회사는 많지 않습니다. 조금만 더 힘내 주세요."
하면서 사정을 한다.
"알았다, 허지만 최악을 준비하는 것도 나쁘지 않아."

5월 19일 토요일이었다.
나는 그날 교환 돌아온 것을 막을 수가 없었다.

내가 가지고 있는 자금으로는 절반 정도밖에 되지 않기에 아예 입금조차 하지 않았다.

그날 토요일 오후, 나는 직원들을 데리고 아래 식당으로 가서 점심 식사를 하였다.

아무 말도 하지 않았는데 우는 여직원들이 많았다.

오늘 은행에 입금시키지 않은 돈을 직원들에게 골고루 나눠 주었다.

오랜만에 맛보는 편안한 주말이었다.

지금껏 밤늦게까지 교환 막느라 돌아다녔기에 하늘을 쳐다볼 시간도 없었다.

5월의 주말 하늘이 참 높고도 푸르렀다.

일요일, 조용한 사무실을 이 방 저 방 거닐고 있다.

비서실과 내방의 진자주색 카펫이 유난히 아름다워 보였다.

부산 사무실을 꾸미면서 **숙**이 내 방에 깔아 준 카펫과 똑같은 카펫이다.

어제 은행 차장이 오늘 사무실로 오겠다고 하였다.

조용한 사무실에 단둘이 앉아 있다.

그렇게 고생하여 지금까지 왔는데 결국 어제 1차 부도를 내고 말았다.

지금 같으면 은행 직원들이 이렇게 고생을 하지 않아도 된다.

지금은 은행 시간만 넘기면 자동으로 부도처리 되기에….

허지만 당시엔 은행 직원이 입금 은행에 전화만 하면 얼마든지 시간 연장이 되었고 때에 따라서는 그다음 날 은행 시간 전까지만 입금하여도 부도처리가 되지 않았다.

어제도 차장이 월요일 은행 시간 전까지 연장을 걸어 주겠다고 한 것을 그냥 부도처리 해 달라고 내가 말했다.

내가 먼저 입을 열었다,

"미안해, 지금까지 고생만 시켜 놓고…."

그러자 차장은 정색을 하면서,

"그건 괜찮아. 허지만 지금까지 고생을 하여 여기까지 만들어 놓고 회사를 그냥 죽이려고 해?"

"그럼 어떻게 해? Y 기업도 부도가 났는데."

"그냥, M 사장에게 회사를 넘겨."

"아니야 싫어!"

나는 단호하게 말했다.

"왜 그렇게 고집을 피워. M 사장, 지금도 내 전화 기다리고 있어. 내 전화만 받으면 토요일 자금 월요일 아침에 입금시킬 거야."

"그래도 싫어. 그런 놈에게 내가 키운 회사를 가져가라고 할 수 없어."

그러자 차장은 화를 내면서,

"야, 사업의 목적이 뭐냐?"

하고 묻기에,

"승부다."

나는 간단하게 대답했다.

그러자 그는,

"아니야, 돈이야. 이 세상 모두가 돈 때문에 뛰는 거야!"

그래서 내가,

"좋다, 그러면 내 너한테 뭐 하나 물어보자."

"뭐냐."

"너는 모든 사람들이 돈을 위하여 뛴다고 하였는데 너는 은행에 있다. 그런데 급한 사람이 와서 돈을 빌려 달라면 안 빌려주고 사채 하는 놈들이 너에게 커미션을 주면서 빌려 달라면 빌려주겠네."

하니 그는 간단하게,

"그렇다."

라고 대답하였다.

이에 나는,

"그럼 너는 그 더러운 돈을 받아 그 돈으로 자식들 먹이고 공부시키고 하면서 자식들한테는 착한 사람 되라, 훌륭한 사람 되어라 하면서 키우겠네? 나는 때려죽여도 그 짓은 못 한다. 그러니 내일 부도처리 해라."

그리고 그와의 대화를 끝냈다.

벌써 한 달이 가까워지고 있다.

회사는 그 교활한 놈이 채권자 몇 명과 짜고 그 많은 제품을 경매받아 갔다고 한다.

수입가 10,000원짜리는 100원에, 가스 오븐도 2, 3만 원에, 모두 수입가에 1%도 안 되는 금액으로 경매를 받아 챙기고, 경매가로 따져서 나에게 얼마밖에 못 받아 사기당했다고 여기저기 떠들고 다닌단다.

우리나라는 사기꾼이 누군지 어떤 때는 정립이 안 되는 것 같다.

사회에 나오다 보니 최초로 '사기꾼이라는 계급장도 달게 되었다.'

2송도의 파도와 하늘은 여전했다.

저 맑고 높은 하늘에는 **지영**이가 있고,
저 시원한 파도 건너엔 **숙**이 있겠지,

내가 이렇게 된 것을 가지고 두 사람은 뭐라고 할까?

좀 덜렁대면서 착하기만 한 **지영**은,
"여보, 잘했어요."
할 것이고,
경리 출신의 꼼꼼한 **숙**은,
"여보, 왜 그렇게 바보같이 했어요."
하고 야단치겠지?

그래도 두 사람 말이 모두 옳아.
높고, 낮고, 옳고, 그르고, 있고, 없고, 저 파도치는 것과 같은 거야.
나도 지금 내려가는 파도를 타고 있는 것뿐이야.

맨주먹을 위한 방정식(1)

1983

다시 낭인 비슷한 생활이 시작되었다.

허지만 이제는 동생들도 없이 그야말로 홀홀단신의 외로운 낭인이다.

와이프는 사당동 집을 정리하여 의정부로 들어갔다.

의정부 장인은 많은 기대를 하였다가 회사가 부도를 내고 문을 닫자 완전히 사기꾼 취급을 하기에 의정부에는 가지지가 않는다.

악랄한 사채업자는 비슷한 채권자 몇 놈과 짜고 폭력배까지 동원하여 회사정리를 위하여 남아 있는 직원들을 위협하여 10억 원이 넘는 상품을 불과 1,000만 원도 안 되는 금액으로 경매를 받아 가고서도 나를 사기죄로 경찰서에 고소장을 집어넣었다.

전에 같으면 쫓아가서 모두를 박살을 내고 싶지만 **지영**과 **숙**의 착한 마음들이 때로는 나를 고통스럽게 하기도 한다.

그래도 모든 걸 버렸음에도 나를 편안하게 하여 주는 것도 있다.

숙이 좋아했던 2송도, 이곳에서 파도와 푸른 하늘을 바라보고 있노라면 나의 **지영**과 **숙**을 언제라도 만날 수가 있다.

처음엔 부산의 호텔을 전전하다가 나중엔 체육관 선배의 도움을 받으며 지냈다.

가끔 서울에 올라가 **어머니**를 만나고 의정부에 가서 전화를 하여 다방에 불러내어 와이프와 아이 얼굴을 보고, 언젠가는 그래도 미안하여 철 이른 청평 호반의 나이아가라 호텔에서 기사를 보내 와이프를 데리고 오라고 하여 며칠을 보내고 그리고 다시 부산에서 긴 시간을 보내고 하면서 지냈다.

그러던 어느 날, 와이프가 또 임신을 하였고 다음 해(1980년)에 딸을 낳았다.

의정부 장인은 와이프가 딸을 낳자 더욱더 나를 구박하여 다음 해 이혼을 하고 딸아이를 데리고 와 **어머니**께 부탁했다.

그 뒤 와이프는 자신의 언니들이 있는 미국으로 건너갔고 나는 아들도 집으로 데리고 왔다.

그래서 이로써 의정부와의 연을 완전히 끊을 수가 있었다.

어느 날, 서울에 올라온 나는 내가 부도나기 전에 사표를 내고 도망간 이사 놈이 당시 내가 만들어 놓은 사업계획을 가지고 혜화동에서 사업을 하고 있다는 말을 듣고 그놈의 사무실을 찾아갔다.

내가 사무실에 들어가자 제법 많은 직원들이 있었으며, 그놈은 나를 보자 당황해하면서 나를 자기 방으로 안내했다.

그는 장황한 변명을 늘어놓기에, 이런 놈에게 뭐라 해 봤자 뭐 하겠냐 싶어서 일어나면서,

"야, 사업이란 아무나 할 수 있는 것이고 너라고 사업 못 하란 법도 없어. 허지만 이것만은 알아 두어라. 그 사업을 자기가 완벽하게 모르면 그 사업은 깨지게 되어 있는 거야."

그리고 그의 방을 나와서 사무실을 나서는데 한 사람이 나를 따라오는 것이었다.

그러더니 내 앞에 와서 잠깐 얘기 좀 할 수 없겠느냐고 물었다.

자그마한 키에 다부진 몸매의 모습이었다.

나는 속으로,

'이건 뭐야? 경찰인가?'

그는 나를 근처 다방으로 안내했다.

자리에 앉자 그는 나에게 사과를 하고 자기소개를 했다.

"먼저 이렇게 결례를 하여 죄송합니다. 저는 안××라고 하며, 지금 그 회사에서 일하고 있습니다."

"헌데, 무슨 일로 나를?"

"저, 사장님 말씀 이 사람 저 사람들로부터 많이 들었습니다."

"그런데요?"

"모두들, 사장님은 의리 있고, 그리고 아까 그 사무실의 사업계획도 사장님이 만드셨고 사장님 같으면 맨주먹으로도 무슨 사업이라도 하실 수 있는 분이라고 들었습니다."

"멍청한 놈들 이야깁니다."

"저하고 같이 사업을 하여 주셨으면 하여 이렇게 뵙자고 하였습니다."

"하하 나는 누구하고 같이 일은 절대 안 합니다. 주식을 내가 100% 가지고 있든지 아니면 하나도 없든지 둘 중에 하납니다."

"그 말씀은 만들어 주실 수도 있다는 얘기네요."

"하하 글쎄요. 왜 형씨가 만들어 보시면 되지 않습니까?"

"저는 능력이 없어서요."

"흐- 그럼 자본은 얼마나 있으십니까?"

"저- 자금도 없습니다."

나는 황당했다.

이런 웃기는 엉뚱한 놈도 다 있구나 생각하면서도 왠지 밉지가 않았다.

"그럼 어떻게 사업을 하겠다는 거요? 설마 자신이 주식은 100% 갖고 자금은 나보고 대라고 하는 건 아니겠지요?"

"아이고, 무슨 말씀을요. 제가 돈은 없지 만 가계수표 10장은 빌릴 수가 있습니다."

갈수록 엉뚱한 놈이다. 한심한 사람인지, 때가 묻지 않은 사람인지, 헷갈리는 사람이다.

"참 엉뚱하신 분입니다, 가계수표가 무슨 돈입니까? 못 쓰면 휴지고, 갚지 못하면 교도손데요."

"사장님 한번 도와주십시오. 사장님이 도와주신다고 하면 사장님도 아시는 광주의 K 사장도 같이하고 또 몇 명도 들어오기로 하였습니다."

"어 K도 거기 같이 있어요?"

"네, 그리고 사장님 아는 사람들 몇 명이 있습니다."

"그래, 무슨 사업을 하실 계획입니까?"

"그것도 사장님이 만들어 주세요."

"와- 미치겠네, 결국 밥숟가락을 입에 떠 넣어 달라는 말이네요."

"미안합니다, 모든 사람들이 사장님에게 말씀드려 보라 하여 이렇게 염치 없는 줄 알면서도 부탁드리게 되었습니다."

"그거는 아시는군요. 좋습니다, 거지가 도와달라 하시니 오히려 편합니다. 나도 생각을 해 봐야 하니 내일 다시 만납시다."

"아이고, 사장님 감사합니다."

엉뚱한 사람하고 만나 이렇게 하고 헤어졌다.

나는 오히려 뺀질뺀질하고, 달달한 말을 하는 놈들보다 그 사람이 훨씬 마음에 들었다.

나는 더 이상 일을 하기 싫어 쉬었지만 일이 필요로 하는 사람이 자기보다는 내가 나은 것 같아서 도와달라고 하니 일단 일을 하여야 한다는 명분과 목적은 생긴 것이다.

그럼 무엇을 하여야 하나?

나는 이것저것 모든 것을 하나하나 그려 보았다.

그때, 종로2가를 걷고 있는데 길 건너 건물 옥상에 신생 교복인가? 어딘가? 하는 선전물에 내년부터 **교복 자율화**라는 문구가 내 눈에 띄었다.

그래, **'이번에는 패션이다!'**

패션에 '패' 자 하고도 거리가 먼 내가 엉뚱한 결정을 한 것이다.

그리고 하나하나 그리기 시작했다.

프랜차이즈, 매장의 차별화, 학생 패션의 차별화, 홍보의 차별화, 등등을 머릿속에서 그려 본다.

헌데 무일푼이다.

지금부터 방정식을 만들기 시작했다.

우선 돈이 있어야 되는 것은?

사무실, 법인설립, 경비, 차량 등 이것이 되어야 추가 자금을 만들 수 있는 기본이 된다.

그럼 돈을 만드는 것이 x,

x = 빌리는 거 = 답이 안 나온다.

x = 가계수표 할인 = 할인하기도 어렵고, 소액이다.

x = 물건 = 전당포, = 제일 가능성이 있지만 어떻게? 무엇을?

그리고 잘못하면 사기꾼이다.

x = (y)물건 + (z)사업계획

z = 차별화된 사업계획,

나는 이런 식으로 하나하나 그려 나가면서 답을 만들어 나갔다.

그래, 땡전 한 푼 없이 만들어 보자.

나는 새로운 도전에, 그리고 새로운 승부에 힘이 솟고 있었다.

다음 날, 안××를 만났다.

그는 내가 교복 자율화가 시작되니 주니어복 전문 패션 프랜차이즈를 만들겠다고 하니 좋아하였다.

그는 작은 키었지만 명문 K 대학교의 수영선수였으며 나보다 3살 위였다.

독실한 크리스천이며 나름대로 카리스마가 있었고 신촌에 산다고 했다.

신촌에 산다고 하니 **숙**이 생각이 난다.

나는 우선 사무실부터 만들어야 했다.

안에게 가계수표를 내놓으라고 하자 3장을 준다.

그래서 왜 3장이냐?

하니 아직 3장밖에 못 받았다고 하였다.

그래서 할 수 없이 그것을 받고 "금액은 내 마음대로 써도 좋으냐?" 하니 괜찮다고 하였다.

당시 그 가계수표의 한도액은 10만 원짜리였다.

나는 답십리 J 예식장에 4층, 5층을 세놓는다는 소식을 듣고 그곳을 찾아갔다.

5층을 보니 아주 넓고 깨끗했다.

그래서 '우리는 실내 공사를 하고 준비하면 거의 한 달 뒤나 될 테니 한 달 뒤 입주하는 것으로 하여 계약을 하자, 그 안에 우리는 실내 공사를 하여야 한다. 우리 회사는 패션 회사기 때문에 실내장식이 꽤 중요하다.' 하고서 계약금으로 가계수표를 한 달 뒤 날짜로 계약 금액을 써 주고 계약을 하였다.

내일부터는 이 큰 사무실에 공사를 시작해도 된다.

나는 50%는 성공했다고 생각했다.

다음엔 전에 강남 사무실 인테리어를 했던 회사를 불렀다.

그곳 사장은 나를 보자 반가워하면서 여기 공사도 멋지게 해 보겠다고 하며 일단 설계를 위한 실측 작업과 나에게 쇼룸, 사무실, 디자인실, 사장실, 회의실, 상담실, 임원실 창고 등의 위치에 대한 설명을 듣고 나는 칸막이를 유리로 하였으면 좋겠다고 하였으며 일단 가설계를 최대한 빨리 보여 주면 좋겠다고 하니 오늘부터 야간작업을 하여서라도 가설계 도면은 모레까지 보여 주겠다고 하였다.

나는 일단 내 돈으로 전화국에 가서 회사 대표번호로 사용할 전화번호를 골라 우선 2대만 가설해 달라고 신청했다.

그리고 전에 거래했던 가구점에 가서 가구 카탈로그를 가져오면서 우선 커다란 회의용 테이블과 의자 그리고 파일 박스 2개만 내일까지 우선 갖다 달라고 하였다.

다음 날 전화가 가설되고 회의용 테이블과 파일 박스가 들어와 넓은 사무실 창가의 한쪽 구석에 배치를 하고 그 테이블 위에 전화기를 놓았다.

이제 기본적인 업무를 볼 수 있는 준비는 끝났다.

나는 아직까지 사람들을 부르지 않았다.

조용한 사무실에 앉아 기본적인 사업계획을 작성하기 시작했다.

자금을 만들기 위한 사업계획이었는데 실제로도 먹힐 것 같았다.

당시 VTR이 처음 나오던 시기였는데, 나는 우리 매장 윈도우에 대형 TV를 놓고 우리 옷을 모델들에 입혀 촬영하여 VTR로 보여 주는 계획으로 다른 의류 매장과의 차별화를 두기로 한 것이다.

처음엔 이 계획으로 전자 대리점으로부터 TV를 대량으로 받아 우선 전당포에 넣어 자금을 융통할 계획이었다.

그러나 작성을 하고 보니 계획도 괜찮고 덩치가 큰 TV가 아니고 크기가 작고 고가인 VTR이 자금 확보는 더 유리할 것 같았다.

더욱이 VTR은 새로 나온 제품으로 아직까지는 인식이 제대로 되지 않아 판매가 부진한 편이기에 전자 대리점 측에서도 대량으로 구매한다고 하면 반가워할 것이다.

나는 그날 저녁 늦게까지 사업계획을 완성했다.

다음 날 인테리어 업체에서 오전 일찍 가설계 도면을 가지고 왔다.

도면을 검토하여 조금 시정할 것만을 제외하고는 아주 멋지게 디자인하였다.

인테리어 사장은 이 회사가 패션 회사고 이제 매장이 모집되면 그 매장의 공사가 크기에 아주 신이 나서 최선을 다하여 하는 것 같고 또 할 것이다.

거기에, 매장 디자인도 몇 개 하여 보라 하였으니 더욱 좋아하였다.

나는 인테리어 사장에게 수정할 부분은 별로 중요한 것이 아니니 오늘 오후부터라도 자재를 넣고 공사를 시작해 달라고 부탁했다.

인테리어 사장도 좋다고 하여 그날 오후부터 자재가 들어오기 시작했고 썰렁했던 사무실은 활기가 차기 시작했다.

내가 우선 노린 것은 어떤 방법으로든지 사무실의 활기였다.

그래야만 전자업체를 불러 자금을 만들 물건 확보 작업이 가능했기 때문이다.

나는 완성된 사업계획의 타이핑을 맞기고 8절지에 미니 차트를 만들기 시작했다. 차트는 군대 있을 때 최고의 실력을 자랑했던 나다.

그 실력으로 사업계획의 미니 차트를 멋지게 만들 수 있었다.

그리고 다음 날 나는 안××를 사무실로 불렀다.

사무실로 오라고 하니 벌써 사무실을 얻었냐고 놀랜다.

그런 뒤 사무실에 와서는 더욱 놀라면서 입을 벌리고 말을 못한다.

불과 3일 만에 동전 한 닢 없이 엄청난 사무실에 수많은 사람들이 공사를 하고 있고 전화며 사업계획 등 엄청난 일을 어떻게 혼자서 해낼 수가 있었느냐고 계속 탄복을 한다.

그래서 나는,

"앞으로 안×× 씨가 사장이니 나도 앞으로 안 사장으로 부르겠습니다."

하니,

"고맙습니다."

하며 싫지 않은 표정이었다.

"안 사장, 사업의 기본은 시간을 이기는 겁니다. 시간을 최대한 죽여야 사업이 됩니다. 사무실만 만들어 놓고 그냥 커피나 마시고 노닥거리기나 하면 한 달이 그냥 지나가고 임대료, 급료 등이 아무것도 한 일도 없이 나가게 되고 그러다 망하는 사람들이 부지기수입니다."

"잘 알겠습니다. 신 사장님, 정말 대단하십니다."

"여기 사장은 안 사장입니다. 한 회사에 사장이 둘일 수는 없습니다. 어느 단계까지만 내가 봐드릴 텐데 그때까지는 전무라든지 상무라든지 아무렇게나 부르십시오."

"아니 그러면 제가 미안해서 어떻게 합니까?"

"그래도 회사를 만들려면 어쩔 수 없습니다."

"오늘은 자금을 만들 작전을 하여야 하고, 그러면 내일부터는 법인설립을 하여야 하니 임원들 준비를 하십시오. 적어도 임원 3명 이상, 그리고 감사 1명이 있어야 하고 주식 배분도 하여야 합니다."

"주식 배분은 신사장님이 하여 주시죠."

"내가 지난번 말씀드렸죠? 난 100% 아니면 안 받겠다고. 그러니 안 사장이 임원 할 사람들과 의논하여 배분하시죠. 시간이 없습니다. 그리고 이거 가계수표는 가지고 계십시오, 1장은 사무실 계약금으로 썼습니다."

하면서 가계수표 2장을 도로 주었다.

그러자 더욱 놀라면서,

"그럼 가계수표 1장 갖고 이 많은 작업을 하신 겁니까?"

"내가 그러지 않았습니까? 가계수표는 아무 쓸모가 없는 것이라고."

"허, 정말 말이 안 나오네요."

"자 지금부터 내가 일하는 것을 똑똑히 봐 두세요. 직원들 모집하기 전엔 안 사장이 꼭 배워 두어야 합니다. 앞으로 10일 안에 사업의 기반을 만들고, 자금도 5,000만 원 이상은 만들어야 여기 사무실 보증금, 인테리어비, 집기비, 그리고 운영자금이 됩니다."

"아이고, 어떻게 10일 안에 그 큰 자금을 만듭니까?"

"그러니 정신 차리고 똑똑히 보라는 겁니다."

그는 계속 입을 다물지 못한다.

"내일 이쪽으로 나올 수 있는 사람은 나오라 하고 법인에 임원과 감사로 들어올 사람들의 인감증명 2통, 주민등록등본 1통, 그리고 인감도장을 내일까지 준비하시고 회사 이름을 정하여 알려 줘야 조회를 하여 가능한 법인이면 도장을 파야 됩니다. 그러니 내가 얘기한 거 차질 없이 해 주세요."

안 사장은 내가 이것저것 시키자 정신이 없는 모양이다.

"빨리 회사명 등이 결정되어야 명함을 파서 사기를 치든지 할 거니깐 빨리 결정해 주세요."

그러자,

"회사명은 전에 생각해 놓은 것이 있는데 '성우진흥주식회사'라구요."

"좋아요 그럼 그 이름을 조회해 볼게요."

나는 지난번 도움을 준 사법서사 사무실에 전화를 하여 '성우진흥주식회사'라는 이름을 조회해 달라고 하였다.

얼마 있지 않아 그 이름은 가능하다고 연락이 와서 그럼 그 이름으로 법인설립을 준비하여 달라, 그리고 법인 인감도 주문해 달라, 서류는 내일까지 준비할 테니 자본금은 5천만 원으로 하여 설립할 테니 자본금도 모레 쓰는 것으로 하여 준비를 해 달라고 부탁을 하였다.

내가 일하는 것을 옆에서 보고 있는 안 사장은 계속 혀를 내두르고 있었다.

"자, 안 사장, 회사 이름은 성우진흥주식회사로 결정이 났으니 여기서 가까운 우체국이 청량리우체국이니 청량리우체국에 가서 안 사장 개인명으로 사서함을 만들어 와서 명함을 새기도록 하세요. 여기 전화번호는 이것이니 이것으로 대표전화로 하고 이 번호는 Fax 번호로 하면 됩니다. 지금 빨리 우체국에 다녀오세요. 우체국은 아시죠?"

"예, 압니다."

"비용은 있습니까?"

"얼마나 드는데요?"

"글쎄, 사서함 보증금, 열쇠비, 등이 필요할 텐데, 나도 얼만지 자세히는 모르겠습니다. 자 나한테 여기 5만 원은 있으니 가져가 보세요."

"감사합니다."

하며 돈을 받더니,

"그럼 다녀오겠습니다."

하고 밖으로 나갔다.

안 사장이 나가고 얼마 안 있다 어제 전화한 광화문의 삼성전자 대리점 사장이 오셨다.

어제 통화로 대형 TV와 VTR이 우선 각각 100대씩 필요하다고 하니 사장이 직접 왔다.

나는 지금 공사 중이라서 어수선하여 미안하다고 하고 우리 사업계획을 보여 주고 TV와 VTR이 매장에서 어떻게 사용되는 가를 설명하여 주었다.

내 설명을 듣고 난 대리점 사장은 정말 기막힌 아이디어라고 하면서 꼭 거래를 할 수 있게 해 달라고 사정하였다. 그리고 쇼룸의 TV는 자기가 기증하겠다고 했다.

그래서 나는 그럼 TV와 VTR 각 20대씩 우선 납품해 달라고 하였고 그럼 내일 물건을 보내 주겠노라고 하고 돌아갔다.

모든 것이 방정식대로 하나씩 풀리고 있었다.

이제 내일 삼성에서 물건이 오면 다음은 광고대행사다.

사무실 공사 중이지만 활기가 있고, 많은 TV와 VTR이 쌓여 있고 하니 광고대행사는 안심하고 광고 작업을 하여 줄 것이다.

우체국에 갔던 안 사장이 사서함 번호를 만들어 돌아왔다.

나는 안 사장과 내일부터 사무실에 올 사람들과 그리고 내 명함을 최대한으로 빨리 만들도록 부탁했다.

내 명함에는 직책을 전무로 하라고 했다.

그리고 광고는 우선 디자이너와 일반 직원 모집 광고를 내고, 직원 모집 광고 1주일 뒤 우리 프랜차이즈 모집 광고를 내보내겠다고 말해 주었다.

또 중요한 것은 우리는 패션 회사니 우리 회사 옷의 브랜드를 생각해 보라고 하였다.

이제 3일째다.

실내 공사는 이제 제법 진전이 됐다.

오늘은 아침 일찍 안 사장이 직원들을 데리고 왔다.
나를 보자 전부 반가워들 한다.

그리고 사무실 안을 둘러보고 모두들 놀랜다.
모두 5명에 조금 있으면 수표동 사무실에 있던 여직원도 내가 여기 있다고 하니 무조건 오겠다고 하였다.

잠시 후 짐 가방을 들고 여직원이 들어오더니 "사장님." 하면서 눈물부터 흘린다.
나도 그렇게 반가워하는 여직원이 고마워 콧등이 시큰거렸다.
"잘 있었어?"
하면서 등을 두드려 주었다.

이제 모두 모였다.
나는 여직원에게
"우리 커피 한 잔씩 마셔 보자."
하여 모두 즐겁게 회의 탁자에 앉아 여직원이 타 온 커피를 마시며 첫 회의를 시작했다.
회의라고는 하지만 사업계획과 각 직원별 업무, 그리고 지금부터 하여야 할 일 등을 조목조목 지시하고 조금도 차질이 있으면 안 된다고 주의를 주었다.
여직원은 새로운 직원들이 오기 전까지 사무실 내 업무를 맡아 달라고 했다.

내일 명함이 나오면 남대문시장, 평화시장 등을 다니며 주니어복 제조 사장들을 만나 우리 회사에 대하여 얘기하고 옷을 납품받을 수 있도록 하라, 그리고 가급적 많은 샘플을 확보하여라. 이것이 직원들에게 내린 첫 번째 지시였다.

납품할 때는 우리 브랜드 라벨을 붙여야 한다는 것과 퀄리티에 있어 시장 바느질과 같아서는 안 된다는 것도 분명히 밝혀야 한다.

지금은 비록 급하여 우리가 찾아다니며 거래를 요청하지만 회사가 까다로운 것을 보여 주는 것도 전략이라는 것도 직원들에게 교육을 시켰다.

모두들 재미있어 하면서 의욕적으로 업무를 추진하자고 서로들 다짐을 하고 있었다.

오늘은 광고기획사가 이곳을 방문하기로 하였다.

회사의 브랜드는 안 사장이 성경에 나오는 성지 이름인 베데스타로 하면 어떻겠냐고 기독교인다운 발상의 선택을 하기에,

"그럼, 그렇게 하시지요."

하고 즉석에서 결정을 하였다.

이제 브랜드명도 결정하였기에 나는 급하게 그들에게 보여 줄 시안 초안을 작성하기 시작했다.

가뜩이나 어수선한데 이 회사는 준비 안 된 엉망인 회사구나 하는 이미지를 주면 안 된다.

더군다나 광고 기획 업계 사람들은 그 부분에선 아주 전문가 들이다.

도리 없기에 나는 무엇이든 급조할 수밖에 없다.

이 사람들에게는 1차는 직원 모집 광고와, 2차는 판매점 모집 광고가 나

가도록 하여야 한다.

광고기획사 임원은 기획사 임원답게 간단한 설명만으로도 회사의 특성과 회사가 추구하고자 하는 것을 판단하고 있었다.

반갑게도 기획사 임원은 의류업체의 독창적인 마케팅 전략이 신선하기보다는 놀랍다. 우리가 광고를 맡게 된다면 여기의 마케팅 전략과 같이할 수 있는 수준의 광고를 제작해 보겠다는 의욕을 보였다.

급조한 시안과 카피도 너무 좋다고 하면서 참고를 하겠다. 하여 나는 내일까지 몇 가지 시안을 부탁하고 또 직원 모집 광고도 5단 10㎝에서 15㎝ 사이 크기로 제작해 보고 이삼 일 안에 나갈 수 있도록 지면을 잡아 달라고 부탁했다.

이렇게 해서 광고 문제도 끝났다.

한편, 저녁때는 직원을 보내 알아 논 전당포에 VTR을 보내 기본 자금을 확보하였다.

나는 안 사장과 마주 앉았다.

"사장님, 이제 내가 할 일은 다 끝난 것 같습니다. 여기 이 자금으로 내일 법인설립 하시고 내일부터 직원들이 나가 의류 제조업체와 상담하면 모레부터는 샘플이 들어오고 앞으로 늦어도 10일 안에는 판매점 모집 광고가 나갈 수 있습니다. 지금 공사하는 인테리어 회사에서 모래까지 몇 가지 매장 인테리어 설계와 실견적이 들어오고, 쇼룸과 상담실만이라도 먼저 공사를 끝낼 것이고, 직원들이 의류업체로부터 옷 샘플을 주워 모을 테니, 광고가 나가더라도 상담에 지장이 없을 것입니다. 그 안에 직원 모집 광고는 모레 나가니 우선 용모 단정한 여직원과 옷에 대하여 설명할 수 있는 의상디자이너 몇 명을 뽑아 주십시오. 그러면 의류업체 사상 가장 빠른 시간에 판매점을 모집하는 기록을 낼 것입니다. 허지만 일을 함에 있어 단 한 가지라도 차질이 생기면 공사, 광고 등 모든 것과 임대보증금, 공사비, 광고비, 그리고 전자제품비 등 모든 것이 줄줄이 문제가 될 수 있습니다. 전쟁의 군사작전 이상으로 정확하게 업무를 보셔야 합니다."

내 이야기를 다 듣고 난 사장은 며칠 동안 나와 함께하면서 보아 왔기에 이제는 제법 직원에게 지시도 하면서 그런대로 빨리 익혀 나가고 있는 편이었다.

그래도 길게 설명을 하자,

"아직은 사장님이 도와주셔야 합니다. 나 혼자서는 무립니다."

하기에,

"안 됩니다, 조금 있으면 새 직원들이 들어옵니다. 오너는 한 사람이어야지, 두 명은 안 됩니다. 여하튼 최대한 빨리 익히십시오. 나는 그 안에 또 할 일이 있습니다. 이번에 상공부에서 학생들 교복 자율화에 따른 학생용 의류업체 10개 브랜드를 선정합니다. 코오롱 쟈스트, 동일레나운의 심플라이프, 제일모직의 그린에이지, 한일합섬의 제노바 등 쟁쟁한 회사들이 많아 계란으로 바위를 깨는 것과 같지만 우리 회사도 한번 도전하려 합니다. 만일 우리가 기적처럼 10대 브랜드에 선정된다면 이 게임은 끝납니다. 그러니 이제 내부적인 것은 안 사장이 맡아서 해 주세요."

그러자 안 사장은 기분이 좋아서,

"알겠습니다, 힘껏 해 보겠습니다"

이렇게 동전 한 푼 안 들이고 여기까지 왔다.

1단계 1차 방정식은 완벽하게 정답을 만들어 냈다.

다음은 1단계를 기반으로 2단계 작전의 시작이다.

맨주먹을 위한 방정식(2)

1983

이제 맨주먹으로 1단계 방정식을 풀어 여기까지 왔다.

지금부터는 2단계 방정식을 풀어야 한다.

2단계 방정식의 x = 전문점의 모집이다.
그 답을 위해서는 회사에 대한 믿음을 주어야 한다.
그 믿음은

첫째, 전문점 희망자가 눈으로 볼 수 있는 것.
　　이것은 사무실 등의 인테리어, 광고 등으로 커버할 수 있다.

둘째, 대외적인 인지도.
　　이 부분은 설립한 지 얼마 안 되는 회사이기에 최대의 문제다. 이것은 내가 풀어 주어야 한다.

셋째, 옷의 디자인과 품질이다.

이것도 아무도 아는 사람은 없으나 이번 광고에서 수준 높은 의상 디자이너가 오면 그들에게 맡길 수밖에 없다.

나는 상공부에서 교복 자율화를 앞두고 10대 브랜드를 선정하는 등 많은 신경을 쓰고 있고 이에 따라 얼마 안 있으면 몇몇 의류업체들을 불러 상공부에서 간담회도 연다는 정보를 입수 했다.

이에 나는 교복 자율화를 실시함에 있어 몇몇 가지의 건의문을 공문 형식으로 하여 상공부에 보냈다.

여기에서는,

1. 학생들의 교복 자율화가 자칫하면 성인 패션 시장과 같이 빈부의 격차가 생기게 되면 기존의 학생복이 갖는 평등한 학교생활의 원칙을 해칠 수가 있으니 이에 대한 보완책이 필요하고,

2. 학생복은 1벌이면 전 학년 동안 입을 수 있지만 자율화가 되면 학생들은 많은 옷을 필요로 하게 된다. 이에 대한 학생과 또한 학부모 차원의 문제점과 보완책 등

몇 가지 정책적으로 필요하다고 생각되는 내용을 생각나는 대로 적어서 보냈다.

이러한 내용을 보면 간담회에 필요한 내용이 될 수도 있기에 만약 이 공문을 담당자가 본다면 우리 회사도 간담회에 초청받을 수도 있을 것이라는 계산으로 공문을 발송하였다.

며칠 뒤, 상공부로부터 전화가 왔다.

건설적인 의견을 주셔서 고맙다는 것과 이번에 간담회가 있는데 참석해 달라고 하였다.

나는 속으로 쾌재를 불렀다.

10대 브랜드에 선정되기 위한 1단계 작전은 멋있게 넘어갔다.

간담회에 참석한 나는 우리나라 굴지의 메이커와 자리를 함께하면서 가장 큰 소리를 내었다.

이 자리에 참석한 메이커들은 들어 보지도 못한 알 수도 없는 브랜드와 회사가, 또 참석자 중 가장 어려 보이는 내가 가장 소리를 높이는 것을 보고 어이가 없는 표정들이었다.

나는 이 자리에서 '정부의 교복 자율화가 자칫 잘못하면 기존의 패션 시장처럼 유행이 우선시된다면 좋은 의미로 실시하는 정부의 정책이 그 의미가 없어질 수도 있다. 이에 참신한 마인드의 신생 업체들을 지원하는 것도 중요하다.'라는 등 기존의 업체들로부터는 눈총을 받는 말을 하면서도 옷 한 벌 제작해 보지 않은 우리 회사를 위하여 신설, 참신한, 등 이러한 문구의 발언으로 간담회를 주도하였다.

간담회가 끝나고 며칠 후, 상공부에서는 교복 자율화를 실시하면서 우수한 10대 브랜드를 선정하였다.

여기에 당당히 우리 회사도 선정될 수 있었고, 선정된 10대 브랜드는 혜화동 옛 서울 미대 자리에서 공동으로 전시회에 참석할 수 있는 기회도 주어졌다.

회사는 잔칫집 분위기였다.

정부의 10대 브랜드로 선정됨으로써 직원들의 사기는 올라갔고 특히 새로 입사한 의상디자이너들은 이름도 없는 신설회사의 디자이너에서 하루아침에 국가가 인정한 회사의 디자이너가 되었으며, 의류 제조업체도 샘플 좀 달라고 회사가 사정하던 위치에서 여기저기 업체에서 가장 좋은 옷의 샘플을 서로 가져오게 되었다.

쇼룸의 시설에도 돈이 드는 것이 없었다.

행거, 마네킹, 옷걸이 등 모든 자재들은 해당 재료상에서 서로 가져들 오고, 우리 회사의 직원들은 하루 종일 목에 힘을 주면서 손님들 맞기에 정신이 없었다.

안 사장은 좋아서 어쩔 줄 몰라 했다.

그는 성격이 운동을 한 사람답게 정직하고 소탈하여 나도 그가 마음에 들어 형, 동생 하기로 하여 서로 편한 관계가 되었다.

사무실은 이제 공사가 거의 끝나 가고 있었다.

모든 방엔 집기들도 다 들어왔다.

안 사장은 자기 방 옆에 방을 쓰라고 하였지만 나는 극구 사양하였다.
나는 이제 나오지 않을 사람인데 무슨 방이 필요하냐고 하면서 거절했다.

판매점 모집 신문광고는 이제 내일이면 나간다.
지금도 어떻게 알았는지 전문점에 대하여 상담 오는 사람들이 종종 있었다.
아마, 제조업체 사장들을 통하여 온 것 같았다.

우리는 며칠 동안 시리즈 광고를 내보냈다.
첫날은, 5단 10㎝로 아무 내용도 없이 그냥 'Go'라는 한 단어만, 둘째 날은 5단 15㎝로 역시 아무 내용도 없이 'Go, Go'라는 단어만, 셋째 날은 5단 20㎝로 역시 아무 내용도 없이 'Go, Go, Let's Go'라는 단어만, 이렇게 내보낸 후, 이제 내일 광고는 8단통 광고로 그동안의 궁금증을 풀어 줄 것이다.
나는 모두를 모아 놓고 내일의 작전을 마지막 점검을 했다.
지금까지 여러 번 했지만 다시 한번 최종 점검을 했다.
점검이 끝나고 마지막에 나는,
"잘하는 것으로는 안 된다. 완벽하여야 된다. 무슨 말이냐 하면 99점 가지고는 안 된다는 얘기다. 오로지 100점이 되어야 한다, 알겠느냐?"
하고 점검을 마쳤다.

그런 다음 안 사장 방에서 두 사람이 마주 앉았다.

"형, 이제 내일이야. 우선 계산상으론 적어도 10곳은 계약하여야 임대보

중금 잔금, 삼성전자, 광고비, 가구비 등을 줄 수가 있어. 인테리어 업체는 매장 공사를 계속하여야 하니 아무 말 하지 않을 거야. 허지만 광고 나가기 전인 오늘까지 온 사람들 중에서도 서너 명은 계약이 될 것 같으니 10곳은 무난하지만 지금부터는 관리야."

"그래, 지금까지 네가 고생하였는데, 이제부터는 내가 열심히 해야지. 여하튼 고맙다. 이건 기적이나 다름이 없어."

"아냐, 그동안 형도 고생 많이 했어. 앞으로는 형의 몫이라는 것을 다시 한번 명심해!"

이렇게 두 사람은 내일의 결과를 앞두고 서로 걱정이 아니라 덕담을 나눌 수 있었다.

드디어 엉뚱한 안 사장을 만난 지 20여 일 만에 드디어 광고가 나갔다.

썰렁했던 답십리 사무실은 화려했고 사람들로 북적대고 있었다.

원래의 사무실 입주일은 아직도 10일 정도가 남았으나, 지금으로서는 정식으로 입주하여 쓰는 것과 마찬가지기에 지난번 전자제품 작전 때 만든 돈 중 일부를 떼어서 미리 임대보증금 일부라도 준 것이 정말 다행이었다.

건물주 측에서도 자신들 건물 입주 회사가 잘되는 것 같아 기분이 좋은 것 같았다.

예쁜 우리 디자이너와 여직원들은 오시는 손님들을 만족하게 접대하고 있고, 간부들은 모두 총동원하여 상담을 하지만 찾아오는 손님들은 계속 줄지 않고 임시 대기실로 사용하는 커다란 회의실은 하루 종일 계속 만원이다.

나도 오늘 큰 상담 한 건을 마무리했다.

모든 의류 업체들은 명동에 매장을 오픈하는 것이 꿈이고 명동에 매장이 있다는 것은 곳 최고의 브랜드라는 것을 나타내기도 하다.

그러데 오늘 나는 충무로 삼익피아노 옆에 80평의 대형 매장을 가진 분과 계약을 하였다.

그분도 여러 업체들의 요청도 뿌리치고 신설 브랜드인 우리 회사와의 계약을 나하고의 약 1시간 정도의 상담 한 번으로 끝냈다.

이제 우리 회사는 더 이상 어려움은 없다,

이제는 새로운 감각의 값싸고 세련된 디자인이다.

오늘 하루만으로도 직원들은 모두 무한한 긍지를 지니게 되었다.

이제 바빠지는 것은 디자인은 기본이고 시공부와 영업부 쪽이다.

각 신문의 광고 한 바퀴로 명동 매장을 포함하여 전국 120여 곳의 매장을 계약하였다.

이제 나는 더 이상 할 일이 없었다.

마지막 상담이 끝난 날, 안 사장은 전 직원을 위한 회식을 베풀었다.

푸짐한 저녁 식사 후, 안 사장은 전 직원을 평창동 북악터널 입구에 있는 뉴스카이 호텔 나이트클럽으로 데리고 갔다.

그 나이트클럽은 안 사장이 잘 아는 곳인 거 같았다.

나는 안 사장은 크리스천이라서 술을 안 먹는 줄 알고 있었는데 이런 곳도 아는구나 하고 속으로 생각했다.

직원들은 고급 나이트클럽의 화려한 조명 속에서 신나게 즐기고 있었다.
그러자 그곳의 회장이라고 나이 든 신사가 오자 반갑게 인사를 하더니 나를 인사시킨다. 그리고 얼마 있지 않아 안 사장 동창이라고 하는 성악가 K 씨도 와서 나하고 인사를 하고 자리를 함께했다.

여하튼 안 사장은 주위에 자신을 마음껏 과시하는 것 같았다.

이렇게 축하 회식은 거창하고 즐겁게 끝이 났다.

이후, 나는 간간히 사무실에 들러 커피나 마시며 즐기는 정도이고 회사는 날로 번창해 갔다.

그러나 회식 이후, 안 사장은 매일 임원들이나 아니면 혼자 평창동 나이트클럽을 찾았고 거의 매일 술과 함께 살았다.
회사는 한동안은 직원들의 의욕적인 활동으로 활발하게 운영이 되었으나 점차 회사의 활기가 떨어져 가는 느낌을 받았다.

이에 가끔 회사를 찾을 때마다 안 사장을 만나 무슨 문제가 있냐고 물어보면 여전히 아무 문제가 없다고 하였다.

그러나 내가 잠깐잠깐 회사에 들를 때마다 느끼는 것은 제품 개발은 거의 없이 기존에 제품 납품업체의 디자인에만 의존하고 있고 또 어찌된 일인지 납품업체의 제품 퀄리티도 엉망이었다.

그러다 보니 판매점들의 매출도 계속 떨어지고 회사 운영도 예전 같지가 않은 것 같았다.

또한, 더 심각한 문제는 납품업체들에게 언제부턴가 납품 대금을 어음으로 결제를 하는데 그 어음이 처음 2개월짜리에서 지금은 3개월짜리로 결제를 하여 주니 업체에 서도 이제는 성의가 없이 거래를 하는 것 같았다.

그래도 안 사장은 매일 나이트클럽에서 살다시피 하며 회사는 임원들에게 맡겨 놓았는데 새로운 임원도 몇 명 보였다.

그러던 어느 날 사무실에 가니 결제 돌아온 어음을 막지 못하여 회사가 난리가 나 있었다.

안 사장은 계속 영업부 직원들에게 판매점에 연락하여 돈을 만들어 보라고 하면서 독촉을 하고 직원들 모두 걱정이 돼서 일손들을 놓고 있는 실정이었다.

할 수 없이 나는 지금 부족한 금액이 얼마냐고 물어 그 금액만큼 어음을 끊으라 하여 내가 사업을 할 때도 부탁을 안 하던 명동의 사채 하는 선배에게 2년 만에 전화를 하여 지금 은행에 교환 자금 때문에 급해서 얼마짜리 어음 한 장을 보낼 테니 할인 좀 해 달라고 부탁을 하니 구좌번호를 불러 달라고 하여서 여기 당좌 구좌를 불러 드렸더니 어음은 나중에 보내 달라고 하시더니 그 구좌로 입금을 하여 주셨다.

은행을 처리한 뒤 나는 안사장과 정말 오랜만에 둘이서 마주 보고 앉았다.

"형, 도대체 어떻게 된 거야?"

그러자 안 사장은 고개를 숙이고,

"동생 미안하다."

"형, 정말 실망이유. 회사는 처음 만들 때보다 자리 잡고 경영할 때가 더 힘이 든 거요."

"나도 회사가 왜 이리 됐는지 모르겠다."

나는 어이가 없었다.

허지만 매일 나이트클럽에 가고, 어쩌고… 하는 그런 말은 하기는 싫었다.

"내가 좀 살펴봐도 되겠수?"

"되구 말구, 그럼 정말 고맙지."

나는 먼저 영업부 직원들과 얘기를 했다.

영업부 직원들은 하나같이 판매점들이 이런 3류 옷을 어떻게 팔라고 하느냐, 하면서 더 이상 회사는 못 믿겠다고, 남대문이나 동대문에서 옷을 사다가 판매하는 판매점도 있다 한다.

나는 샘플 행가에 걸린 옷들을 살펴보았다.

전문가가 아닌 내가 보아도 형편없는 옷이었다.

문제는 심각했다.

나는 다시 디자이너들과 얘기를 나누었다.

오랜만에들 보니 모두들 반가워하였다.

"왜, 판매점 옷들이 저 모양이냐?"

그들은 한결같이 자신들은 디자이너가 아니라 옷 나르는 잡부와 다름이 없다 한다.

옷을 디자인해도 만들 생각도 않고, 납품 온 옷을 검수하여 안 되겠다 하여도 소용이 없단다.

우리가 안 되겠다고 하면 납품업체는 오히려 잘됐다고 가지고 온 옷을 도로 가지고 가려 한단다.

그러면 회사에서는 그런 옷도 사정해 가면서 받는다고 한다.

나는 정말 어지러웠다.

잘못하면 내가 만든 회사가 문제가 되겠다는 생각이 들었다.

그때, 영업부장이 나에게 와서 얼마 전 부산에서 어떤 사람이 나를 찾아왔었다고 하였다.

전에 내 수입 상품 전문점을 했던 사람이었다고 하였다.

그래서 나는 전에 내 수입 상품 판매점을 하였던 K를 불렀다. K는 여기서 관리를 맡고 있었다.

K의 얘기는 지난번에 부산 범일동에서 판매점을 하던 J 사장이 상가 분양 때문에 나를 만나러 왔다고 하였다.

상가가 지은 지 2년이 되었는데 분양도 안 되고 하여 건물주가 임대료 보증금을 2년 동안 받지 않을 테니 건물이 죽지 않게 활성화만 시켜 달라는 얘기다.

그러냐고 하고서 나는 다시 안 사장을 만나,

"형, 어떻게 이렇게 경영을 했어? 아무래도 문제가 심각해. 내가 정리를 하려하는데 이번에는 나도 조건이 있어."

안 사장은 의아해하며,

"뭔데?"

그도 그럴 것이 내가 이 회사를 만들어 주고 떠날 때, 얼마를 주겠다는 것을 거절하였고 매월 자기하고 똑같은 급여를 주겠다는 것도 거절한 내가 조건이 있다 하니 의아할 수밖에 없을 것이다.

"나, 명동에 사무실을 하나 만들어 줘."

"사무실?"

"응, 그곳에 디자이너 몇 명을 데리고 가 이곳 판매점에서 팔 옷을 디자인할 테니."

"알겠다, 그런데 지금 자금 사정이 안 좋아서…. 자금이 생길 때까지만 기다려 줘."

"좋아, 그러면 이번에 수습은 나에게 맡겨. 아무도 참견하지 말라고 해. 자금은 수습하면서 내가 만들 테니."

내가 수습하면서 자금을 만든다니 고개를 갸우뚱하면서도 내가 한 말이기에 또 기대도 하는 거 같았다.

"알겠어, 그렇게 좀 해 줘. 부탁할게."

나는 우선 디자인 팀을 회의실로 불렀다.

당시 뽑을 때 많은 응시자가 있었기에 용모와 실력 모두를 보고 뽑아서 디자인 팀은 정말 꽃집 같았다.

"야, 내가 아름다운 꽃밭에 있구나. 좋은데…."

하고 얘기하자 모두들,

"전무님, 회사에 나오세요. 전무님 안 계시면 저희도 여기 오래 못 있어요."

"어-- 한 명만 그래야지 전부다 그러면 나 전부다 못 데리고 살아."

하고 농담하자 전부 웃음바다가 된다.

그러자 한 디자이너가,

"그러면 전무님, 몇 명까지 데리고 살 자신 있으세요?"

하니, 또 웃음바다가 된다.

"응? 한 다섯 명."

그러자 또 웃음바다가 된다.

"정말이야."

그러자 결혼한 디자인 실장이,

"나, 이혼할 거야."

하니 또 난리가 났다.

이렇게 웃음 속에 디자인 팀 미팅이 시작되었다.

나는 지금까지 각자가 디자인한 옷을 모두가 회의하여 샘플 제작할 옷을 결정하라고 하고 또, 남대문이나 동대문에 나가 우리에게 납품하는 업체의 옷 중 괜찮은 것을 골라 놓으라 하였다.

그리고 샘플 작업 공장에 연락하여 선정한 옷을 가급적 빨리 샘플을 만들도록 지시했다.

또, 매장에 각 품목별 몇 가지의 옷이 대강 몇 벌이나 필요한가를 뽑아 보도록 했다.

많은 업무지만 모두들 좋아하였다.

지금껏 우울하던 디자인실 분위기가 밝고 웃음이 넘치는 분위기로 바뀌었다.

나는 나가면서,

"나하고 살 사람, 이력서 집어넣어."

하고 나왔다…. 와- 하는 웃음소리를 뒤로하고.

다음은 영업부다.

영업부장을 비롯하여 영업부 직원들이 모두 회의실에 모였다.

그리고 관리부의 K 부장도 참석하라고 했다.

영업부 직원들은 모두들 힘들어하고 불안해하고 있었다.

"어떤 회사든 영업부는 회사의 꽃입니다. 영업부가 힘들어하면 그 회사는 끝입니다."

그러자 모두들 한목소리로,

"지금 우리 영업부가 할 수 있는 것은 아무것도 없습니다. 위에서는 수금을 하라고 성화지만 우리가 보아도 그래도 10대 브랜드로 선정된 브랜든데 우리 옷은 형편없습니다. 쟈스트나 심플라이프, 제노바 등의 매장 옷과 비교하면 몇 단계 아래의 옷이면서 가격은 비싸기만 합니다. 우리 옷은 세일도 안 됩니다. 전무님이 우리를 좀 살려 주십시오."

그러자 K 부장도 작심한 듯 나에게 얘기한다. 그는 아직도 나에게 사장이라고 부른다.

"사장님, 저는 정말 안 사장에게 실망했습니다. 사장님께서 아주 알차게 만들어 주신 회사를 술과 주위 사람들로 망치고 있습니다. 아무 능력도 없는 이 사람, 저 사람들을 이사라고 데리고 와 매일 나이트클럽입니다. 아마 술집에 준 어음도 상당히 많을 겁니다. 오늘도 사장님이 도와주셨는데 이 회사 언제 부도가 날지 모릅니다."

그때, 나이가 지긋한 사람이 들어온다.

그래서 내가,

"당신 누구요? 지금 여기는 회의 중이니 나가 계세요."

하니 K 부장이,

"영업 이삽니다."

라고 하자 그 사람은 거만하게,

"우리 직원회의니 나도 있어야 되는 거 아닌가?"

하면서 반말을 하기에,

"야, 이 새끼야 나가라면 나가 있어. 네놈이 이사면 난 네 할아버지야!"

하자 영업 이사란 자는 움찔하더니,

"너, 내가 누군 줄 아냐?"

"야, 이 자식아, 난 너 같은 놈 누군지 관심 없어. 썩 꺼져."

하니 내 앞으로 오더니 호기 있게

"이 새끼가." 하면서 손으로 내 뺨을 때리려 한다.

나는 엉성하게 날아오는 손을 세게 막으며, 내 주특기인 발로 복부를 걷어찼다.

"꺼져, 새끼야."

영업부 직원들은 조용하다.

안 사장도 나에 대해서는 잘 모른다.

그저 뛰어난 사업가라는 정도만 알고 있다.

나에 대하여 아는 건 그래도 K가 어느 정도는 알고 있다.

예전에 체인점 사장들 소동 때 혼들이 난 적이 있었기에….

조금 있으니 안 사장이 달려왔다.

나를 잠깐 보자 해서 옆에 방으로 갔다.

"야, 그 영업 이사 누군 줄 아니. 명동에서 유명한 사람이야."

"형, 명동에서 유명한 놈이 여기는 뭐 하러 왔수?"

"그래도 자네가 사과를 해."

"그놈, 명동에 있다 그랬수? 그놈이 진짜 명동에 있었다면, 내 이름 말하고 아느냐고 물어보고, 명동에 아는 놈 팔고 다니는 놈이면, 그 아는 놈한테 나를 아느냐고 물어보라 하슈. 이 새끼 오늘 내 앞에 무릎 꿇지 않으면 형님 눈 좀 감고 계슈."

안 사장은 내 말에 멍하니 나를 쳐다본다.

아까 명동에 전화 한 통화로 어음도 받기 전에 돈을 보내 주는 거라든지 뭔가 느끼는 모양이다.

아마 그놈을 안 사장이 보냈을 수도 있을 것이다.

나는 다시 영업부 직원들하고 함께했다.

나는 얼마 안 있으면 판매점 사장들을 모두 모이라고 할 것이다.

그러니 그때까지 조금만 참으라고 하니,

"판매점 사장들 모두 모이면 위험하지 않을까요?"

하면서 걱정들을 한다.

"모두 모여서 위험하면, 한 명씩 부르면 더 위험한 거야. 내 말을 곰곰이 들 생각해 봐."

그리고 K 부장에게는 부산에 J 사장에게 전화를 하여 한 번 더 올라올 수 있냐고 물어보라고 했다.

다음엔 생산부와 관리부를 들러 지시할 것을 끝내고 사장실로 갔다.

들어가니 비슷한 놈 몇 놈들이 앉아 있다. 내가 들어가니 모두 일어나 슬그머니들 나간다. 나는 그 영업 이사가 나가는 것을 보고,

"야 이 새끼야, 이리 와. 너는 나한테 아직 할 일이 남아 있잖아."

라고 하자 돌아서 오더니, 내 앞에서 공손히 손을 앞에 모으고,

"잘못했습니다, 누구신지도 모르고. 용서해 주십시오."

"앞으로 명동 팔지 마. 너 같은 놈들 때문에 명동 사람들은 점점 쓰레기 취급당하고 있어, 알겠냐!"

"예, 알겠습니다, 형님."

하고 나가라고 하니 인사를 하고 나가 버렸다.

아마도 전부 다 안 사장의 나이트클럽 이사들인 것 같다.

그놈이 나가자,

"형, 어쩌자고 저런 놈들을 이사라고 데리고 와."

하니 아무 말도 못 하고 있다가,

"미안하다."

나는 풀이 죽어 있는 안 사장에게 당분간 내가 시키는 대로 해 달라고 부탁했다.

나중에 일이 잘못되면 사람들은 자기가 잘못해서 망하게 된 것은 생각지 않고 처음에 자신이 사정하여 도와준 사람을 원망한다.

어떻든 회사의 이 어려운 상황은 나의 몫인 것 같다.

이것도 도전이고 승부라고 생각을 하자.

맨주먹을 위한 방정식(3)

1984

이 붕괴 직전의 회사를 어찌 소생시키나?

이 방정식은
x가 판매점의 활성화다.

1. 그 x를 구하기 위하여서는 우선 타 업체보다 우수한 가격이나 옷의 질이 우선되어야 판매할 수 있다.
   그것이 y다.

그러려면, 지금 매장에 공급한 옷을 회수하여야 한다.
그것이 z다.

2. 허면 또 z의 답을 구하여야 한다.
   1의 y와 2의 z의 답을 구하려면 1y나 2z는 자금이다.
   그러면 z의 답은 2의 x이고 2의 x의 답을 구하려면 회수한 옷을 모두 처분하여야 한다.

또 그러면 회수한 옷을 모두 처분하는 것이 2의 y다.

그러면 여기의 해답은 2의 y다.

2의 y의 답만 구해지면 이번 상황은 끝이다.

나는 그 답을 덤핑으로 땡처리하든지, 그러나 이 경우는 너무 큰 손실이 따르고 따라서 자금의 압박을 받게 되고 그러면 해결이 된다고 하여도 이 어려움은 계속된다.

그래서 순간적으로 생각한 것이 부산의 J 사장이 가져온 상가가 내용이 어떤지는 모르겠지만 회수한 옷을 100% 그 상가로 보내면 그 상가도 살리고 여기 판매점도 살릴 수 있을 것이라고 생각을 했다.

디자인 팀은 활기가 나서 밤늦도록 일들을 한다.

나도 그들과 함께하면서 밥이고 간식이고 사 주면서 커피도 내가 타 주니 너무들 좋아한다.

나하고 살 사람은 이력서를 내라 했더니, 너도나도 이력서를 내겠다고 한다.

디자인 회의에서 당시는 옷감들이 열악한 때이기에 학생들 옷 소재로는 고가의 옷감들이 많기에 안감으로 사용하는 모슬린으로 학생용 쓰리 피스 정장을 만들어 보면 어떻겠느냐 하니 모두들 "전무님 멋진 아이디어입니다." 하여 그 부분도 개발을 하고 있다.

또한, 영업부는 1차적으로 굳어 있는 사장들의 마음을 풀어 주기 위하여 전 직원이 총동원하여 전국 매장을 돌며 직원 각자 맨투맨 작전으로 엄청난 비전을 제시하며 땀들을 흘리고 있다.

그리고 기획 파트는 비디오 촬영을 위한 주니어 모델 선발 광고를 내서 직접적으로는 모델 모집은 물론, 간접적으로는 판매점 업주들이 광고를 보았을 때, 본사에서 이제 정말 제대로 하려는 구나 하는 의지도 보여 줄 수 있는 효과도 노렸다.

한편, K 부장의 전화를 받고 부산의 J 사장이 왔다.

부산의 부전동에 위치한 주상복합건물은 당시로서는 파격적인 디자인의 건축물로 분양을 하려는 맨 아래층은 연건평만 2,000평 이상이 되는 엄청난 크기의 상가건물이었다.

2,000평이면, 가로세로 길이가 66m × 100m가 되는 큰 면적이다.

건물주는 매월 공과금과 관리비만 나오면 2년간 보증금이나 월세를 받지 않겠다고 하였다.

나는 J 사장에게,

"좋다, 건물주와 만날 약속을 잡고 계약서는 J 사장이 준비 좀 하여 내가 올라가기 전에 건물주와 계약서에 대한 상의와 결정을 끝내 달라. 그래야 내가 내려가서 바로 계약을 할 수 있고 시간을 죽일 수 있다."

라고 지시했다.

하여 J 사장이 내려가서 내일 건물주와 오후 3시 서면의 한 호텔에서 약속을 잡았다.

다음 날 아침에 각 부서별로 회의를 하고, 지시할 것은 지시하고 하다 보니 벌써 11시가 가까워지고 있었다.

오늘 3시에는 부산 서면까지 가야 된다.

나는 기사에게 차를 대기시키라고 했다.

내려가서 차를 보니 새로 뽑은 지 며칠 안 되는 새로 나온 포니2였다.

나는 기사 보고 공항으로 가자고 하였다.

헌데 의외로 차가 막혔다.

시간은 11시가 넘어가고 있었다.

나는 생각했다.

여기서 공항까지 12시에 도착한다 해도, 예약이 안 되어 있으니 가서 웨이팅을 해야 하는데 재수 좋아야 1시 비행기, 아니면 2시나 3시 비행기다. 1시 비행기도 김해까지 2시, 도착해서 밀리면 서면까지 3시도 어려울 수 있다. 그러나 1시 비행기를 타는 것도 지금으로서는 불가능하다.

이렇게 생각한 나는 기사에게,

"야, 고속도로를 타라!"

하니 놀래서,

"네?"

"고속도로를 타라니깐!"

그제야 기사는 방향을 바꿔 고속도로 진입로 쪽으로 들어갔다.

그리고 톨게이트를 지나서 기사보고 차를 옆으로 대라고 했다.

그런 다음 기사를 내리라고 하니,

“전무님 면허가 없으시지 않아요?” 하기에,

“야 임마, 빨리 내려서 옆자리에 타. 시간 없어.”

하니 기사 놈이 내려서 옆자리에 탄다.

당시 나는 운전은 잘했지만 면허가 없었다.

면허를 따고 싶었지만 내가 부도가 날 당시 그 교활한 사채업자 놈과 그 놈과 짜고 회사 물건을 모두 경매를 받아 간 놈들이 고소를 한 것이 기소중지가 걸려 있었다.

그래서 면허 시험도 못 보고 있었다.

운전대에 앉은 나는 기사에게,

“너는 정신 차리고 멀리 싸이카가 있나 잘 봐, 알았니?”

벌써 11시 30분이 지나고 있었다.

나는 출발하자마자 액셀을 밟기 시작했다.

조그만 포니2는 제법 운전자 말을 잘 들었다.

내가 운전수에게,

“오늘 내가 이 차 나라시 확실하게 시켜 줄게.”

포니2는 제원에 나와 있는 최대속도를 훌쩍 넘어 속도계는 180㎞를 넘고 있었다.

옆에 기사 녀석은 앞에 손잡이를 꽉 잡은 채,

“전무님, 이러다 차 부서집니다.”

"야 임마, 앞에 싸이카나 잘 보라니깐!"

앞에 점처럼 보였던 차들은 순식간에 추월되고 만다.

점심시간이 지났다.

"배고프냐? 점심 부산 가서 먹자."

했더니 대답이 없다.

보니 눈을 꽉 감고 땀을 흘리고 있다. 나는 웃고 말았다.

"이 자식 싸이카를 보라 했더니 눈을 감고 있네."

이렇게 해서 서면 호텔에 도착한 것이 3시 10분 전이었다.

서울에서 부산까지 3시간이 조금 더 걸린 것이다.

도착하여 기사에게 점심을 먹고 오라고 하니 지금은 못 먹을 것 같다고 차에서 있겠다고 한다.

건물 사장하고의 미팅은 불과 30분 만에 끝났다.

부전동이면 내가 잘 아는 곳이고 조금 흠이라면 근처에 창녀촌이 있고, 미군 하야리아 부대가 있는 것이 흠이었다.

건물주 차로 상가를 둘러본 다음 계약서 도장을 찍고 건물주와 헤어져서 J 사장과 같이 오면서 분양 업무와 분양이 끝나면 상가 관리까지 J 사장이 맡아서 해 달라고 부탁하였다.

그날 서울로 올라오면서 기사는 내가 운전하겠다고 하니 그러면 자기는 고속버스를 타고 가겠다고 하여 할 수 없이 기사가 운전하는 옛날 전차를 타고 자면서 서울에 올라왔다.

뒤에 그 이야기는 두고두고 화제가 되었고, 디자인실 디자이너들은 서로 언제 전무님 차 좀 태워 달라고 난리들이었다.

이제 모든 준비는 끝났다.

나는 광고기획사를 불러 부산의 신문에 부전 상가 분양 광고를 내달라고 부탁했다.

내용은 멋있고 웅장한 건물 사진을 크게 넣고, 전체가 우리 브랜드 전문 매장이고, 보증금은 없고, 월세도 최저의 금액에, 시설비와 제품비만 있으면 된다고 광고를 하였다.

계약한 지 불과 3일 만에 광고가 나가자 분양하는 상가 사무실은 난리가 났다.

2년 동안 별별 조건에도 분양이 안 돼 흉측한 흉가로 변하던 상가를 불과 1주일도 안 되어 우리가 전문 의류 매장으로 분리한 200개 이상의 부스 분양이 모두 끝나 버렸다.

그런데 문제가 생겼다,

분양자들이 너도나도 판매가 잘되는 품목만을 취급하겠다고 하는 것이다.

예를 들면 서로 슬랙스나 티셔츠 종류만 원하고 있었다.

그래서 나는 할 수 없이 또 부산으로 달려가 200여 명의 계약자들을 모아 놓고 설득 연설을 하였다,

'만일 여러분들의 요구대로 하면 이 상가는 슬랙스나 티셔츠밖에 없는 상가가 된다. 그러면 누가 여기를 오겠느냐? 모든 구색이 맞춰져야 종합 의류 상가로서의 가치를 지닐 수 있다. 단 취약 상품의 경우 그 품목의 매장 수를

줄이고, 임대료도 한시적으로 면제를 해 주겠다.'라고 하여 추첨을 하기로 하고 마무리를 졌다.

이제는 판매점 사장들이다.

나는 영업부 직원들에게 자기가 담당한 매장의 사장을 책임지고 며칠날 몇 시까지 사무실에 오도록 하라고 지시했다.

다음 디자인 팀에게 디자인한 옷 중 가장 괜찮은 옷들을 골라 업무 부서에서 뽑은 모델 희망자들에게 한 사람당 두세 벌씩 맞도록 제작하게 지시했다.

또, 업무부서는 판매점 사장들이 모이기 전 납품업체 사장들을 모이게 하였다.

그리고 그 전에 디자인 팀은 샘플 작업을 끝내고 납품업체 매장을 돌면서 선정한 옷들의 사진을 종합하라고 하였다.

이제 시험문제에 대한 점수만 남았다.

먼저, 납품업체 사장들이 모두 모였다.

자기늘끼리 경쟁 관계들이면서도 회사를 비판하는 건 한목소리들이다.

전부 전투태세 표정으로 있다.

나는 먼저 지금까지의 일들을 사과했다.

그리고 앞으로의 계획을 얘기하기 시작했다.

점점 납품업체 사장들의 표정이 누그러지기 시작했다.

그리고 디자인실에서 디자인하여 제작한 샘플 옷을 모델들이 입고 나와 보여 주자 박수가 터져 나왔다.

그 옷들은 나누어져 자신들이 제작할 옷들이다.

마지막으로 부산에 우리 회사 전문 상가가 오픈하는데 매장이 200개가 넘는다 하자, 그것으로 납품업체는 끝이 났다.

나는 지금껏 업체에서 납품한 옷들은 모두 반품 처리하겠다 하자 얼굴이 어두워졌다. 그래서 "그 옷들은 부산으로 보내겠다. 하지만 그 옷들은 경쟁력이 없기에 그 옷을 반품을 안 하는 대신 납품가에서 모두 30%씩 깎아 달라." 하여 업체와 합의를 보았다.

이렇게 하나의 답은 나왔다.

며칠 후, 판매점 점주들이 모두 모였다.

점주들에게도 지난 일을 사과하고 앞으로의 계획을 얘기했다.

지속적인 홍보와 옷의 질에 대하여 이야기하고, 디자인실에서 디자인한 옷을 모델들에게 입혀 보여 주니 모두들 이 정도의 옷이면 문제없다고 좋아들 했다. 다음에 샘플로 제작한 다른 옷들도 마네킹 혹은 행거에 걸어 놓은 것을 보여 주자 대만족들 하였다.

그러나 이제 진짜 중요한 부분이 남았다.

나는 점주들에게 얼마씩의 선입금을 요구했다.

지금 보여 준 옷은 며칠까지 납품시키겠다고 약속했다.

단 선입금을 한 점포에는 전에 납품한 옷 중 재고가 될 만한 것은 100% 반품을 받아 주겠다고 하였다.

그것은 점주들에게는 최고의 약이었다.

점주들은 모두 선입금을 하여 주기로 하고 돌아들 갔다.

이제 모든 것은 끝났다.

나는 영업부에 매장으로부터 반품받을 옷들에 대하여 사전에 체크를 하라고 하였다.

그리고 디자인 팀들에게는 부산 매장에 보낼 옷에 대하여 판매점에서 반품 들어온 옷을 합하여 얼마만큼의 옷이 더 필요한가를 뽑으라고 하였다.

자금은 이제 여유가 생겼다.
판매점에서 선입금하여 주었고, 부산에서도 물품대가 모두 입금되었다.
이제 모든 어려운 상황은 끝났다.
내가 할 일은 이제 다 한 것 같다.

회의실에 혼자 앉아 담배를 피우고 있는데 디자인 실장이 커피를 가지고 왔다.
"전부님 수고 많으셨어요."
"내가 뭘, 우리 실장님이 제일 수고 많았어요."
"아니에요, 전무님 덕분에 저도 이번에 배운 것이 너무 많아요. 우리는 전부 이제 우리 회사도 끝이구나 하고 생각하고 있었어요. 헌데 어떻게 한 단계, 한 단계 그렇게 멋지게 처리하세요. 마치 '레고 블록'을 맞추는 것처럼 정확하게 딱딱 들어맞는 것이 신기하고 저희도 밤낮으로 일을 해도 힘드는 줄 몰랐어요. 그리고 판매점 사장님들 모두 모이게 하였을 때와 납품업체 사장들을 한자리에 모두 불렀을 때는 우리도 조마조마했었어요. 헌데 모두들 전무님 말씀엔 꼼짝들 못 하시더군요. 이번에 정말 재미있었어요."

"실장님 너무 비행기 태우지 마세요."

"아니에요, 정말 우리 전무님 최고예요. 전무님 이제 계속 계실 거죠?"

"아니 이제 제가 할 일은 모두 끝났어요. 이제 또 쉬어야죠."

"안 돼요. 전무님"

"제가 디자인 팀에게 좋은 선물 드릴 테니 기대하세요."

그때, 사장실에서 연락이 와서 궁금해하는 실장을 뒤로하고 나는 사장실로 들어갔다.

나는 안 사장과 마주 앉았다.

이사 놈들은 그 이후 가끔 얼굴만 보았지만 나를 보면 착실하게 인사들을 하였다.

안 사장은 회사가 돌아가는 것을 어느 정도는 알고 있었지만, 나로부터 그간의 이야기를 듣고 계속 놀라는 표정이고 이제부터는 내가 약속한 모든 것을 안 사장보고 책임지고 하라고 하였다.

회사는 전보다 더 커졌고 경영만 잘하면 안정될 것이다.

나는 안 사장에게 내가 할 일은 다 했다. 이제 회사가 잘못되어도 나는 더 이상 관여를 안 하겠다고 다짐을 주었다.

그리고 가장 중요한 자금이 풍족하게 확보된 것을 보고 안 사장은 너무도 좋아했다.

그래서 나는 명동 사무실 건에 대한 약속을 지키라고 하여 사무실 자금을 받아 냈고 디자인 팀들은 내가 데려가 여기 옷의 공급을 맡기로 하였다.

모두들 이제 내가 또 안 나온다고 하자 서운해하고 특히 디자인 팀들은 울먹울먹하다가 내가 너희들은 명동으로 데리고 간다고 하자 전부 환호하면서 난리들이 났다.

나하고 같이 가는 것도 좋지만, 이곳 답십리 사무실에 있다가 명동으로 간다니 너무도 좋은 것이다.

나와 디자인 팀은 명동 사무실을 준비하면서 한편으로는 모두 부산으로 내려가 200여 점포를 세팅하는 것을 도와주었다.

명동 사무실은 명동 한가운데 있는 제일백화점 건물 8층 약 50평을 얻어 아담하게 꾸몄다.

그리고 비품과 장비는 답십리 사무실 것을 모두 가져오라고 했다.

디자이너들은 명동의 멋진 사무실에서 나와 함께 일하게 되어 매우 좋은 모양이었다.

디자인 팀들을 데리고 올 때, 회사 만들 당시 K 부장과 함께 온 예전부터 나하고 같이 일했던 L 양이 울었던 것이 마음에 걸려 뒤에 답십리 사무실에 갔을 때 명동 사무실에 관리할 사람이 없으니 L 양도 내가 데려가게 해 달라고 하여 데리고 오게 되었다.

데리고 오던 날, 내가 명동에 오면 내가 봉급도 못 줄 수도 있다 하니 그러면 자기가 내 봉급을 주겠다며 웃으면서 좋아하였다.

명동 사무실에 와서 몇 개월은 매우 바빴다.
그만큼 답십리 사무실의 운영도 좋았단 얘기일 수도 있다.

허지만 언제부터인가 우리 사무실에서 디자인한 옷들은 많은데 생산은 절반으로 떨어진 것 같았다.

이곳에서는 매월 그다음 달을 겨냥하여 판매점 옷과 부산 상가 옷을 구분하여 디자인을 샘플 제작 집으로 보내고 있다.
다음, 답십리에서 그 샘플을 보고 납품업체에 주문을 하고 제작된 옷은 샘플 1벌씩을 명동으로 보내 주고 있다.

헌데, 제작한 옷의 종류가 많이 줄었다.
물론 납품업체에서 만든 옷도 들어가지만 그렇다고 명동에서 디자인한 옷이 이렇게 많이 사라진 적이 없다.

그래서 명동 사무실의 수입은 많이 줄었지만 그것이 문제가 아니다.
또 무슨 문제가 있는 것인가?

나는 K 부장에게 전화를 하여 물어보았다.
회사 내 옷의 생산과 납품을 받는 것은 안 사장이 데려온 두 사람의 임원이 맡아서 하는데 전에 매일 하던 회의도 없어지고 자기들끼리 거의 하루 종일 안 사장 방에서 놀기 때문에 K 부장도 잘 모르겠다고 한다.

다만, 부산 상가에서도 J 사장이 상가에 나가지 못할 정도로 무슨 심각한 문제가 있는 것 같았다.

그리고 또, K 부장이 말하는 중요한 정보는 나이가 지긋한 사람이 회장으로 들어왔는데 일주일에 3일 정도 출근을 한다는 것과 얼마 전부터 임원들과 또다시 나이트클럽에 다니는 것 같고, K 부장이 모르는 어음이 요즘 많이 돌아온다는 것이다.

그러면서 K 부장은 자기도 명동 사무실에 있게 좀 해 달라 하기에,

"K 부장이 여기에 오면 그곳의 정보는 누구에게 물어보느냐. 그대로 참고 있어라."

하고 전화를 끊었다.

나는 디자인실 직원들을 모두 모이게 하였다.

L 양이 모두에게 커피를 가져왔다.

그리고 L 양도 앉으라고 한 뒤,

"어쩌면 답십리 회사에 문제가 생길 수도 있습니다. 그러면 여러분들도 모두 헤어져야 합니다. 그래서 저는 여러분들이 이제부터는 다른 의류 제조회사, 또는 남대문이나 동대문의 의류 판매상인들을 상대로 디자인, 샘플, 생산, 각 단계별로 상대가 원하는 단계의 계약을 하여 하나의 독립 회사로 운영을 하면 어떨까 하여 이 자리를 만들었습니다. 여기 실장님을 책임자로 하여 L 양이 내부와 생산관리를 맡으면 최고의 팀이 될 것입니다. 어떻습니까?"

하자 모두들 박수를 치면서 좋아라 한다.

"여러분들 좋아하시니 나도 마음이 가볍네요. 이 사무실과 집기, 장비, 비

품들은 모두 여러분에게 선물하고 갈 것입니다."

그러자 모두들,

"그러면 전무님은 저희와 같이하시는 거 아니에요?"

"나는 이제 쉬어야죠."

그때, 실장이,

"전무님 쉬시면서도 저희와 함께하실 수 있잖아요?"

그래서 나는 웃으면서,

"안 돼요, 그럼 나 여러분들과 결혼해야 돼요."

그러자 막내가,

"그럼 저하고 결혼하세요."

하자 전부 웃는다.

"여하튼 여러분을 끝까지 책임 못 져서 미안해요. 허지만 끝까지 답십리 회사를 위하여 최선을 다해야 돼요."

그렇게 회의를 끝내고 나가려 하자 막내가 달려 나오더니 내 팔을 낀다. 그러면서,

"언니들, 전무님하고 나 어때요?"

하니 또 모두들 웃는다.

막내라고는 하지만 미국 간 전 와이프보다는 1살이 많다.

미국 간 와이프는 나보다 8살이나 아래였으니…….

답십리 사무실은 점점 더 문제가 심각한 거 같았다.

부산 상가의 대표들이 회사에 와서 사장을 만났다고 한다.

그리고 나를 찾았다 한다.

그리고 다음 날, 안 사장으로부터 전화가 왔다.

나를 한번 만나자고.

그래서 내가 지난번에 다시는 관여하지 않겠다고 하지 않았냐고 하자 제발 이번만 꼭 한 번 도와달라고 통 사정한다.

하여, 퇴근하면서 답십리 사무실을 들렀다.

나는 무조건 들어가서 사장실 문을 열자 역시 이사 놈들이 앉아 있었다.

그들은 내가 들어가자 인사를 하더니 일어나서 나간다.

그때, 나이 많은 사람이 있었는데 지난번 평창동 나이트클럽에서 본 나이트클럽 사장이란 사람이다.

안 사장은 거만한 표정으로 있는 그 사람을 나에게 새로 온 회장이라고 소개했다.

나는 인사를 하면서,

"K××라고 알죠?"

하자 거만한 기를 가시면서,

"예."

왜? K××가 조금은 이름 있던 건달로 그 나이트클럽 진짜 사장이고 여기 회장이라는 사람은 바지 사장이기에 K××를 안다면 자기의 정체를 아는 사람이라고 생각하고 거만함을 버린 것이다.

안 사장은 그 회장이라는 사람에게 자리 좀 비켜 달라고 한 뒤, 나에게 부산 상가의 문제가 심각하니 제발 도와달라고 사정을 한다.

정리를 하여 주면 모든 비용 외 한 부스당 10만 원씩 계산하여 보상을 하여 주겠다고 사정을 한다.

지금 답십리 회사는 부산 상가로 옷의 판매 수입은 물론, 건물주하고는 2년간은 월세고 보증금이고 없는 것으로 하였기에 지금의 상인들로부터 받는 월세는 모두 회사 몫이다.
그러기에 회사로 보면 홍보 효과 외, 수입도 짭짭한 상가다.
그런데 왜 이렇게까지 만들었는지 답답하기만 하다.

내가 이번 일을 정리하여도 저런 사람을 회장이라고 데려온 것을 보면 이 회사가 얼마 가지 못할 것이라는 생각이 들고 마음이 아프다.

좋다, 이 작업을 해서 우리 착하고 예쁜 디자이너들과 L 양에게 보너스를 만들어 주자고 생각한 나는 다음 날 부산으로 향했다.
부산을 갈 때 막내에게 신혼여행이나 가자 하고, 같이 가자 하니 뛸 듯이 좋아하고 다른 디자이너들은 부러워들 하고 L 양은 새침하고 있다.

상인들은 살벌했다.
왜 사장이 안 오고 전무님이 오셨느냐고 투덜들 댄다.
내용은 시간이 많이 지났는데 열 몇 가지 품목 중 바지, 티셔츠, 블라우스 등 몇몇 가지 물건만 제대로 내려보내 주고 다른 품목들은 본사에서 계절이 바뀌었는데도 새 물건을 내려보내 주지 않자 그 상인들은 다른 곳에서 바지, 티셔츠, 등만을 사다가 장사를 하자 그 품목을 취급하는 부스의 상인들과 매일매일 싸움들이고 급기야는 폭력 사태까지 이르게 되었다.
J 사장 말로는 그동안 본사에서는 한 번도 내려오지 않고 자기에게만 잘 관리를 하여 달라고 한단다.

한참을 생각한 뒤, J 사장에게 상인들을 모두 모이게 하라고 한 다음 막내에게,

"여보 가자."

하였더니 막내는 킥킥 웃으면서,

"네, 여보. 어서 가요."

하며 맞장구를 친다.

상인들은 거의 모여 있었다.

그래서 내가,

"화풀이들 하면 상가가 살아납니까? 어찌 그리들 바보 같고, 멍청들 하십니까?"

하니 옆에서 막내가 "전무님 그렇게 얘기하면 어떡해요." 하면서 잔뜩 겁을 집어먹는다.

그런 다음,

"그냥 전부 문 닫을까요? 아님 멋지게 새로 시작할까요?"

하니 대부분의 아주머니들이,

"이제 전무님이 오셨으니 우리 멋지게 다시 시작하입시더."

하면서 얘기하길래,

"그럼, 내일부터 내가 시키는 대로 무조건 따르십시오. 만일에 나는 이 품목은 싫다, 또는 이렇게 해 달라 이런 말이 나오면 저는 그 자리에서 모든 걸 포기하고 올라가겠습니다. 아시겠죠?"

하고 말하자 전부,

"예."

하고들 대답한다.

"지금부터 자기 부스의 옷을 꺼내서 종류별로 차곡차곡 정리하여 쌓아 주세요. 진열해 놓은 것도 마찬가집니다. 정리하시면서 철 지난 것이라든지 좀 안 좋다고 생각하는 옷들은 구분해 놓으세요."

라고 한 다음,

"이제부터 군대식으로 합니다."

"자~ 실시!"

하고 큰 소리로 말하자, 모두 킥킥 웃으면서 각자 부스로 돌아들 간다.

막내는 조마조마하고 있다가 나중엔 재미있다고 난리다.

"전무님…."

"왜?"

"우리 정말 신혼여행 온 거죠?"

"나하고 신혼여행 온 거 막내 부모들이 알았다간, 막내는 팔다리 다 부려져."

라고 하자,

"흥." 하면서 토라진다.

"빨리 서울에 전화해서 지금 대한항공에 전화하여 내일 아침 비행기 예약하고 모두다 일찍 부산으로 내려오라고 해!"

"와, 전부다요? L 양 언니두요?"

"응, 그래."

상가 사무실에 앉아 있으려니 아주머니들이 이것저것 먹을 것을 가지고 온다.

그것을 보고 막내가,

"칫 재미없어, 전무님 우리 밖으로 나가면 안 돼요?"

하며 웃긴다.

나는 이 부스 저 부스 다니면서 하나하나 가르치고, 막내도 나에게 보고 배우고 나서 여기저기 다니면서 가르치고 재미있게 아주머니들과 얘기하며 신나게 다니고 있다.

오늘 일이 어느 정도 끝난 뒤 내일 아침 일찍 모두 나오기로 하고 상가를 나왔다.

짓궂은 아주머니들이 우리에게 정말 잘 어울리는 부부라고 하자 막내는 좋아서 내 팔짱을 낀다.

그래서 내가,

"야, 야, 정말 소문나."

라고 하자,

"호호, 소문나라고 해요."

하면서 더 세게 팔짱을 낀다.

나는 막내를 데리고 광복동으로 가 커피를 마시고 다니다 남포동에서 저녁을 먹고 피닉스호텔에 가니 모두들 반가워한다.

그래서 방을 하나 달래서 그녀에게 키를 주고

"오늘 피곤할 테니 올라가서 일찍 자. 쫄랑쫄랑 싸다니지 말구."

하니

"전무님은요? 벌써 방에 가서 자요?"

"나, 갈 때가 있어. 내일부터 고생해야 돼."

"쳇, 재미없어. 그래 봐요. 나 내일 모두 오면 소문낼 거야. 전무님하고 아주 즐거웠다고."

"흐흐, 무서워. 얌전히 일찍 자."

하면서 볼을 두드려 주고 가자 매우 서운한 표정이다.

시원한 2송도 바닷바람이 그리움을 더해 주고 있다.

"**지영**아, 잘 있었니?, 그리고 **숙**아, 지금 어디에 있니?"

밤늦도록 **지영**과 **숙**과 함께 있다가 피닉스호텔에 와서 방을 하나 더 달래서 잠을 청했다.

막내도 많이 피곤했으니 자고 있겠지….

다음 날 아침, 막내 방으로 전화를 했다,

전화를 받고 내 목소리를 듣자 반가워한다.

"어머, 전무님."

"내가 그리 갈까, 막내가 이리 올래?"

"어머 어딘데요?"

"○○○호실."

"누구하고 잤는지 제가 갈게요."

하더니 얼마 안 있으니 막내가 왔다.

트윈 방에 침대 하나는 깨끗했다.

"쳇, 들키지 않으려구 정돈도 깨끗이 했군요."

하면서 웃는다. 그러면서,

"아까운 침대를 둘씩이나 놀리면서 무슨 낭비예요."

그러면서,

"여보, 나 배고파요."

하면서 웃는다.

"나가서 먹을까? 여기서 먹을까?"

하니,

"신혼여행 왔는데 방에서 먹어요."

해서 룸서비스로 방에서 아침을 먹고 호텔을 나왔다.

호텔을 나오면서 그녀가 팔짱을 끼면서,

"사람들은 우리가 같은 방에서 자고 나왔을 거라 생각하겠죠?"

"억울한 말투네."

"그럼요."

직원들은 아침 일찍 상가에 도착했다.

와서는 모두 배고프다고 난리다.

그래서 막내가 그들을 데리고 아침을 먹으러 가려고 하니, 한 디자이너가,

"전무님은 안 드세요?"

하니 막내가,

"우리 남편은 나하고 룸에서 룸서비스로 시켜 먹고 왔어."

하니 전부 눈을 크게 뜨고 나와 막내를 쳐다본다.

개구쟁이 같은 그녀는 계속 생글거린다.

나는,

"막내야, 가서 얘기 잘 해라, 아니면 오늘 밤 정말 시집 못 가게 한다."

하고 웃으며 안으로 들어갔다.

나는 우리 팀에게 각 부스의 주인들에 얘기해서 철 지난 옷, 안 좋다고 생

각하는 옷, 그리고 그 부스의 품목이 아닌 옷들을 챙겨 상가 안에 제일 넓은 곳으로 가지고 오고 직원들은 그것을 하나하나 기록하고 가지고 온 옷에 대하여 공급가를 부스별로 정확하게 기록하라고 하였다.

200개 부스에서 가지고 나온 옷들은 산더미를 이루고 있었다.

그 작업이 끝난 후 나는 직원들에게 각 부스를 돌며 지금 현재의 옷과 앞으로 무슨 옷이 얼마나 더 공급되어야 매장이 구색이 갖춰져 장사를 할 수 있는지를 품목별로 정확히 뽑으라 하였다.

직원들은 전부 지쳐서 기진맥진하였다.

허지만 장사하시는 분들한테는 이 매장은 생계와 희망이 달려 있는 매우 중요한 곳이다.

그러니 우리들이 고생되더라도 참고 정확히 정리를 해 드려야 장사하시는 분들에게 즐거움을 드릴 수 있다.

그러니 힘을 내자, 오늘 끝나면 모두 재미있는 곳에 데리고 가겠다고 하면서 고생하는 직원들을 독려해 가면서 상가 정리를 해 나갔다.

우리 직원들이 고생하는 것을 본 상인들도 도와주시면서 서로 먹을 것과 마실 것 등을 갖다주신다.

이 넓은 상가의 정리는 하루 만에 끝날 일이 도저히 아닌 것 같았다.

첫날 일을 마치고 직원들을 데리고 충무동 피닉스호텔로 가서 방을 잡으려 하니 또 막내가 웃기고 있다.

"나와 우리 남편은 더블로 1개, 그리고 언니들은 온돌방 2개면 될 것 같아요."

하니 호텔 프런트 앞이 또 웃음바다다.

헌데 실제로 방은 더블 1개, 온돌방 2개를 얻었다.

방을 결정한 다음 내가,

"어떡할까? 모두들 피곤할 텐데 저녁 먹고 와서 자는 게 낫지?"

하고 말하자,

"안 돼요."

하면서 전부 난리다.

"전무님, 좋은 데 데리고 가신다고 했잖아요."

"모두 피곤한 것 같은데."

"아네요, 하나도 안 피곤해요. 우리 먼저 방에 올라가서 씻고 나와서 저녁 먹으러 가요. 그런 다음에 어딘지 모르지만 전무님이 약속하신 좋은 데 가요."

한 사람이 말하니 모두들 좋다고 한다.

그래서 일단 모두 방에 올라갔다가 로비에서 모이기로 하였다.

그날 저녁을 먹은 뒤 다시 호텔로 돌아와 맨 위층의 나이트클럽에서 신나게들 놀다가 피곤하고 즐거운 하루를 마쳤다.

다음 날,

모두들 전날의 못다 한 것을 마무리하고 나는 실장에게 상가에 보충할 목록을 답십리 사무실에 전하고 그 물량을 1주일 내로 준비하라고 시키고 3

명만 남기고 나머지 사람들은 올려 보냈다.

다음 상인들을 모두 다시 불러 모았다.

각 부스마다 부족한 물량, 그리고 새 상품은 본사에 연락하였으니 곧 내려올 것이라고 했고, 앞에 나와 있는 물량은 상가의 새 단장 기념 바겐세일을 하겠다, 소비자 가격에서 50% 세일을 할 경우 회사에서 공급가의 10%만 DC를 하여 주어도 상인들은 손해가 아니라 5% 정도의 이익을 볼 수가 있다, 회사에서 10% DC 하는 것은 내 생각이지만 회사를 설득하여 보겠다, 그리고 새 단장 기념으로 연예인들을 동원하여 기념행사를 하는 것도 회사에 부탁을 하겠다, 그러니 새로 공급받는 물량에 대하여서는 정산지가 나오면 모두 회사에 입금을 시켜라 하고 이야기를 끝냈다.

내 이야기가 끝나자 상인들은 박수를 치고 좋아들 하면서, 전무님은 올라가지 마시고 여기 계속 계세요 하면서 올라가지 못하게 하겠다고들 한다.

그러자, 막내가 또 그 상인들 많은 데서,
"여보 우리 올라가지 말고 여기서 살아요."
하니 온 상가가 웃음바다가 되었다.
그래서 내가,
"막내야, 이제 너는 전무라는 말은 아예 안 하는구나."
하였더니,
"막내가 뭐예요, 여보라 해야지."
하여, 그래서 또….

이렇게 약 10여 일간의 정리와 새 물품 공급으로 부산 상가는 새롭게 Open할 수 있었으며 안 사장은 또다시 그 근심을 던 것은 물론, 추가 공급에 대한 물량의 대금까지 받아 일거양득의 효과를 얻었다.

이후 나는 안 사장에게 받은 2,000여만 원을 디자인실 직원들에게 골고루 나누어 주고 어느 날, 아무 말도 없이 조용히 모두들에게서 떠나고 말았다.

처음 접해 본 패션 쪽, 시작 1달 만에 국가의 10대 브랜드로 선정되었고, 한 달 만에 100개 이상의 매장을 오픈했으며, 10원 하나 없이 만든 기록이 나를 만족하게 하였다.

처음부터 나를 따라온 착한 L 양, 모두 예쁘고 친절했던 디자인 팀 식구들, 그리고 항상 즐겁고 사랑스런 귀여운 우리 막내, 지금 어디서 잘 살고들 있겠지!

영리한 사람들 속의 낭인과 새로운 여인

1984

늑대와 여우의 차이

나는 낭인 생활 이후 사회와 접하면서 내가 생활한 낭인의 세계와 일반 사회의 세계가 많이 다른 것을 느낄 수 있었다.

일반 사회의 여우들은 낭인 세계의 늑대들에게 깡패니, 건달이니 하면서 손가락질을 한다.

허지만 늑대들과 여우와의 차이는 인간적인 면에서는 늑대는 어려움이 처하면은 끝까지 의리라는 말을 새기며 함께하지만, 여우는 함께하다가도 동료가 어려워진다 하면 그들만의 영리함으로 비정하리만큼 버리고 만다.

그래서 일반적인 사회에서는 이제는 어려움과 손해를 감수하며 의리를 지키는 사람들을 미련한 사람이라 하고 요리조리 빠져나가면서 이익만을 챙기면서 돈을 잘 버는 사람들을 능력 있는 사람으로 생각들 한다.

그들은 때로는 거짓과 온갖 술수로 오랫동안 함께한 동료를 모함하는가 하면 때로는 위험하다 싶으면 상대에게도 험담과 모함도 서슴지 않는다.

또한, 인간의 기본이 상황에 따라 변하는 과정도 수없이 지켜봐야만 했다.

어려울 때는 간과 쓸개를 모두 내줄 듯하다가 좋아지면 변하기 일쑤고 또한 독실한 크리스천도 또 성인군자 같은 사람도 돈이 생기면 술과 향락에 빠져 파멸의 길을 가는가 하며, 소중한 인간의 기본마저 무시해 버리고 마는 것을 흔히 볼 수 있었다.

또한 그러한 사람들은 자신의 잘못으로 파멸의 길을 가고서도 처음에 도와주었던 사람을 원망한다든지 아니면 더 나아가 모든 잘못을 도와준 사람에게 돌리는 야비하고 파렴치한 행동들을 당연시 생각들 하고 있었다.

또한 상대의 약점을 가지고 있다가 이익을 나눈다든지, 또는 자신이 무언가 필요할 때는 그 약점으로 통하지도 않는 낭인에게 협박과 공갈도 서슴지 않았다.

몇 가지의 사업을 하면서 나는 사업의 실패로 인한 고통보다 그러한 인간적인 배신이 나를 더욱 고통스럽게 하였던 것 같았다.

*

명동 사무실을 떠나 또다시 낭인의 길을 가기 시작한 나는 부산의 파도와 하늘을 보며 거의 매일 **지영**과 **숙**을 만나 대화를 하는 것이 일과였다.

어머니는 다행히 남동생이 군대서 제대한 뒤 건설회사에 취직하여 사우디로 가서 생활비를 보내 주기에 별 어려움이 없이 손자 손녀, 그리고 둘째 여동생과 생활하고 계셨다.

나는 떠나기 전, 얼마의 돈을 드리면서 한동안은 집에 오기 힘들 것 같아 죄송하다고 말씀드리고 부산서 지내고 있었다.

약 반년을 보낸 나는 해변 바람의 새카맣게 그을린 얼굴로 서울에 올라왔다.

어머니와 아이들의 걱정도 되지만 이제는 **어머니**, 그리고 아이들이 있는 나 혼자만의 삶이 아니기에 무언가 하여야 한다는 압박감도 자유로운 낭인 생활을 방해하고 있었다.

무엇을 하여야 하나?

첫째, 월급쟁이 생활은 절대 불가능하다.

둘째, 장사는 체질도 아닐뿐더러 자본도 없다.

셋째, 부동산 쪽은 더더욱 아니다.

허면 나에겐 오직 새로운 사업과의 승부밖에 없다.

이곳저곳 다니면서 무언가를 찾으러 돌아다녔다.

많은 사람들이 사업을 하다 흥하고 망하고 하는 것이 사업의 기본인 것 같다.

마치 파도의 법칙처럼 올라갔다 내려왔다 하는 것처럼…….

그렇게 무역 쪽에서는 잘나가던 수입 회사의 K도 망하여 사업을 접고 놀고 있고, 전에 우리 회사의 광고를 맡아서 한 기획 회사의 N도 망하여 와이프와 이혼하고 회사에서 데리고 있었던 여직원과 살고 있었다.

군대에서 같이 있었던 L도 모 호텔에 객실 과장으로 있으면서도 이직을 하고 싶어 한다.

모든 사람들이 만족을 하며 사는 사람은 극히 드문 것 같았다.

그러나 국가적으로는 경제의 발전으로 국민들의 삶의 질은 계속 높아지고 있다.

나는 생활필수품의 통신판매를 구상하여 이에 도전하여 보기로 하였다. 그리고 또 한 가지는 관광, 레저, 스포츠 분야의 사업도 괜찮을 것 같은 생각을 하였다.

그와 관련된 업종은 국민 소득의 향상으로 업소들이 빠른 속도로 늘고 있으며, 이에 따라 업소 간의 경쟁도 치열한 편이었다.

그래서 모든 관광, 레저, 스포츠 분야의 업소들을 가맹점으로 모집하고, 그 업소를 이용하는 고객들을 회원으로 모집하여 회원 카드를 발급하여 주고 회원이 가맹점을 이용할 시는 얼마의 할인을 하여 주어 가맹점은 많은 이용자를 확보하여서 좋고, 이용자는 일정액의 할인 혜택을 받을 수 있어서 좋을 것 같았다.

그리고 회사는 사용액에 대하여 일정 %의 수수료를 받는다.

사업을 구상한 나는 호텔에 근무하는 L과, 기획사 출신의 N, 그리고 무역을 한 K를 한데 묶어 주자고 생각을 하고 세 사람을 한자리에 불러 서로 인사를 시키고 계획을 얘기했다.

사업에 대하여 이야기하자 세 사람은 너무도 좋아하였다.

그리하여 세 사람은 세부적인 사업계획을 짜게 되었고 호텔에 근무하는 L이 대표이사, 기획 회사 경영을 했던 N이 기획 이사, 무역회사 출신의 K가 관리 이사, 그리고 호텔 쪽에 많은 경험이 있는 K라는 사람을 L이 데리고 와 그 친구가 영업 이사를 맡기로 하고, 카드 이름을 LST Card라고 하였다 LST는 Leger Sport Tour의 약자이고 법인명도 (주)코리아 엘에스티라고 하여 법인설립과 사무실 준비를 하기로 하였으나 자금들이 별로 없었다.

그래서 할 수 없이 내가 도와줄 수밖에 없었다.

초기 운영자금은 전국적으로 지사 모집을 하고, 그 후부터는 수수료 수입으로 운영하겠다고 하였다.

사무실은 어느 곳에 어떤 사무실을 얻어야 하는가 물었더니, 강남이나 여의도 정도에 있어야 하고 사무실 넓이나 시설은 지사장 모집과 회원 영업을 하려면 넓고 좋아야 되지 않겠냐고들 하였다.

그래서 나는 당시 생필품 통신 유통 사업을 하기 위하여 명동에 있을 때 알던 모 협회 간부의 도움으로 그 협회에서 여의도에 새로 지은 건물에 6층을 내가 사용하기로 하였는데 9층도 부탁을 하여 그들이 쓰도록 하여 주었다. 회관 건물은 1개 층 면적이 300평 이상이 되는 넓고 멋진 신축건물이라 최고의 사무실이었다.

그 안에 각 이사들의 방과 100명 이상이 들어가는 강당, 그리고 내가 부탁하여 널찍한 내 방과 비서실을 만들었다.

그리고 6층도 넓은 쇼룸과 상담실, 그리고 3개의 임원실과 각 부서별 사무실을 만들었다.

그리고 최고의 가구와 각종 비품 그리고 키폰 등 완벽한 통신 공사를 하여 최고, 최상의 사무실이 완성됐으며, (주)Korea LST라는 로고가 새겨진 르망 차량 5대, 그리고 소나타 승용차 4대 등 회사 운영을 위한 완벽한 준비를 마치고, 법인설립, 사원 모집, 지사장 모집 등 모든 업무가 빠르게 진행되었다.

그리고 전에 데리고 있던 직원 중 수경사 30대대 출신의 후배 3명은 서울에 내가 올라온 후부터 나하고 같이 있었는데 그 직원들은 6층 사무실과 9층 내 방의 부속실에서 근무하였다.

나는 6층 통신판매를 위한 제품들의 접수를 받기 위하여 수많은 국내 상품 제조사와 수입 상품 수입상에 안내장을 보내 면담과 샘플 수납과 카탈로그 디자인 등을 빠르게 진행하였다.

9층은 몇 개 지역의 지사가 만들어졌고, 직원 모집을 위한 면담이 시작되었다.

사무실이 여의도에다가 신축한 모 협회 회관 건물이라고 하니 엄청난 응시자가 이력서를 접수했다.

나는 그중 비서직에 응시한 몇 장의 이력서를 가져와 면담을 위하여 회사에 방문을 하여 달라고 하였다.

몇몇의 면접을 한 결과 이력서에서도 용모도 만족한 지원자가 있었다.

우리나라 최고의 명문 S대를 졸업하고 대한항공 승무원의 경력이 있는 지원자로 시원스럽게 생긴 용모에 성격도 밝고 쾌활하였다.

왜 스튜어디스 생활을 그만두었냐고 하자, 소련의 대한항공 여객기 미사일 공격 쇼크로 그만두었다고 하였다.

그래서 C 양이 내 비서 겸 부속실 관리를 맞게 되었다.

9층은 각 부서별 직원과 몇 십 명의 영업부 직원을 모집하여 본격적으로 전국적인 마케팅을 시작하여 좋은 반응으로 가맹점을 늘려 나갔다.

1차 어느 정도 가맹점이 모집되어야 회원 모집이 들어갈 수 있다.

9층의 운영은 1차 모집한 지사장의 보증금으로 운영자금을 쓰고 있다.

빨리 가맹점이 모집되고 회원이 모집되어야 수익이 발생하는데 그때까지는 최저의 비용으로 회사를 운영하여야 했다.

그러나 모두들 넓고 멋진 사무실에 아름다운 여직원들과 그리고 깔끔한 남자 직원들로 구성된 회사는 무엇이든지 풍족하게 사용하고 또 그만큼 지출 또한 많을 수밖에 없었다.

그래서 나는 가끔 임원 놈들을 만나면,

"야, 너희들 현재의 분위기에 젖어 안이한 행동들을 하는 것 같은데 지금 여기에 있는 모든 것은 빚이야. 너희들 이곳에 오기 전 회사가 망한 뒤 비참한 생활을 잊으면 안 돼. 허리띠를 졸라매고 모두 마케팅을 위해 뛰어야만 해. 지금 너희들은 너희들 푹신한 의자에 한가하게 앉아 있을 시간이 없어." 하고 수없이 얘기하곤 하였다.

그들이 홍청망청하여, 자금이 바닥이 날 즈음 9층 회사의 당좌가 개설되어 다행히도 최악의 사태는 모면할 수 있었다.

나의 6층은 꾸준히 상품 접수를 한 결과 수많은 상품이 접수되었으며 6층 쇼룸은 질 높은 상품의 전시장으로서 그 넓은 쇼룸이 가득 채워졌다.

나는 자연히 C 양과 함께하는 시간이 많았으며 근무 외 시간은 자연스런 농담이 오고 가고 밖에서 식사와 커피를 마시며 자연스럽게 가까워지기 시작했다.

숙이 떠난 후 처음으로 여자와 사귄 것이다.

물론 그녀에게 나는 한 번 결혼을 했던 사람이고 남매인 아이도 있다는 것을 얘기했다.

그 뒤 그녀는 자연스럽게 내 하숙집에 오고 가게 되었고 그녀와의 관계는 사무실에 모든 사람들도 알게 되었다.

나는 그런 부분에 있어서는 별로 감추거나 하고 싶지가 않은 성격이었다.

1984년 연말도 가까워지고 있었다.

6층과 9층 모두, 각자의 사업을 그런대로 순조롭게 진행하고 있었으나 9층은 아무래도 수익을 보기까지는 어느 정도의 시간이 걸릴 것 같아 걱정이 많았다.

더군다나 L 사장은 마음이 약하고 겁이 많은 편이라 어음 결제 날짜가 가까워질수록 그 걱정에 아무 일도 못 할 정도였다.

그런 과정에 회원 모집 마케팅의 활성화를 위하여 9층의 회사에서는 고등학교의 겨울방학을 맞아 이벤트를 계획하여 왔다.

고등학생을 대상으로 '전국 청소년지도자 수련 대회'라는 것을 기획하여 각 학교에 공문을 보내 학교의 추천을 받아 100여 명의 학생과 지도교사 10명이 일주일 동안 경주에서 교육과 훈련을 받는 행사였다.

그 행사는 겨울방학이 시작하는 날 출발하게 되었다.
관광 전세 버스 3대에 학생과 교사, 직원들이 타고 그리고 임원들은 자신의 차로 오후에 경주로 출발하였다.

나는 그녀와 함께 하숙집에 가서 TV를 보고 있었다.

그런데 저녁 7시쯤, L 사장이 겁에 잔뜩 질린 목소리로 큰일 났다고 하면서 하숙집으로 전화가 왔다.
그날 오후부터 눈이 많이 내렸는데 청주 못 미쳐서 학생들을 태운 관광버스가 눈길에 미끄러지는 사고가 나서 학생들이 다쳤다는 것이다.

그래서 나는 사무실에 가 있을 테니 정확한 상황을 얘기해 달라고 말을 하고 전화를 끊고 그녀와 사무실로 갔다.
하숙집에서 사무실은 바로 길 건너에 있다.

사무실에 들어가자마자 임원 놈들도 서로 전화들을 하며 난리다.
전부 우왕좌왕하는 것 같았다.

인솔 교사들은 모두 서울로 빨리 가자고 난리들이란다.
부상자의 부상 상태를 물어보니 2명이 약한 경상인 것 같았다.

나는 잠깐 생각했다.
다음, 잔뜩 겁먹은 K 임원의 전화를 받고,
"야, 서울로 다시 오는데 절대 다른 곳에서 한 명도 내려 주지 마. 선생이 아우성쳐도 내려 주지 말고 무조건 어떻게든 모두 데리고 사무실까지만 오도록 해! 그다음은 내가 처리할 테니."
라고 하자,
"L 사장이 말을 들을까?" 하면서,
"여하튼 최대한으로 그렇게 해 볼게."
하며 전화를 끊었다,

옆에서 그녀는 걱정이 돼서 안절부절못한다.
"전부 이리 오면 더 시끄럽지 않을까요?"
나는 빙긋이 웃으며,
"그게 보고 싶어서."

다음 나는,
회사 인근에 있는 Y 호텔로 전화를 했다.
"지배인 좀 바꿔."

전화 받은 여직원이 지배인은 지금 연말이라 어쩌고저쩌고 하길래, 큰 소리로 고함을 치면서,

"나, 누군데 지금 당장 전화 받으라고 해!"

하니, "잠깐 기다려 보세요." 하며 전화를 놓는 소리가 난다.

지금은 연말이라 호텔은 가장 바쁜 시기 중 하나다.

잠시 후 지배인이 전화를 받는다.

"여보세요, 지배인입니다."

"어, 나 누군데, 잘 들어. 앞으로 한 시간 뒤까지 위에서 3개 층을 다 비워. 그리고 150명분 저녁 식사 좀 준비해 줘."

하자,

"지금 그렇게 하는 건 어렵습니다. 각 층마다 빈방으로 만들어 볼게요. 오늘은 일본 손님들도 많아서 옮기기도 힘이 듭니다."

하기에,

"야 이 새끼야, 학생들을 남자, 여자들이 자는 층마다 흩어지게 해서 재울까!"

"아 학생들입니까? 알겠습니다, 최대한 만들어 보겠습니다. 그리고 식사는 무엇으로 준비할까요?"

"아무거나 좋아. 야, 지배인 잘 좀 부탁할게."

그리고 전화를 끊자 그녀가 옆에서

"그게 가능한 거예요? 더욱이 연말 이 시간에…."

그녀는 비행기를 오래 탔기에 호텔의 사정은 누구보다 잘 안다.

"글쎄?"

하며 나는 또 웃었다.

나는 이놈들이 과연 여기까지 데리고 올까?

과연 선생들이 말을 들을까?

학생들은?

하나라도 틀어지면 나는 지배인에게 개망신이다.

전에 내가 그녀에게 물었다,

"야, 망가질 대로 망가지고 아이도 둘씩 있는 내가 어디가 좋냐?"

하니,

"엄청난 카리스마가 그런 혹을 가려 주네요."

하였는데,

오늘은 절대적으로 그게 필요할 것 같았다.

얼마가 지났을까?

왁자지껄한 시끄런 소리와 함께 사람들이 들어온다.

선생들은 서슬이 시퍼래서 계속 큰소리고 임원들은 완전히 풀들이 죽어 있다.

나는 일부러 큰 소리로 학생들은 강당으로 들어가고, 선생들은 내 방으로 모셔라, 그리고 행사에 참석하기 위해 따라갔다가 겁에 질려 있는 여직원들에게,

"학생들에게 따뜻한 차를, 그리고 선생들에게는 커피를 타다 드려라."

하자 선생들은,

"보내 달라고 하는데 이게 뭡니까? 이건 납칩니다."

하며 계속 큰소리다.

나는 일단 모두 내 방으로 들어오게 한 후 큰 원탁 의자에 앉혔다.

그리고 어느 정도 시간이 흐를 동안 아무 말도 하지 않고 가만히 있다가 천천히 입을 열었다.

"선생님들, 도대체 뭐 하시는 분들입니까?"

하며 큰소리로 나무라면서 말문을 열었다.

그러니, 선생들은 오히려 큰소리치는 나를 어처구니없다는 듯 쳐다본다.

나는 그들의 표정을 못 본 듯 계속 큰소리로,

"당신들이 청소년지도자 수련 대회 학생들 인솔 교사입니까? 소위 청소년지도자 수련 대회 인솔 교사라고 하시는 분들이 요만한 일을 가지고 어떻게 학생들보다 더 난리들입니까? 그리고 청소년지도자 수련대회에 참가한 학생들이 겨우 요만한 일 갖고 도중에 포기한다면 그 학생들이 사회에 나가서 과연 무슨 일을 하겠습니까?"

나는 또박또박 그러면서도 위엄 있는 목소리로 강하게 선생들을 나무랐다.

밖에서 임원 놈들은 내가 선생들에게 사정이나 하고 있을 줄 생각들 하고 있을 것이다.

이때 한 선생이 입을 열었다.

"전무님이라고 하시던데요, 정말 부끄럽습니다. 전무님 말씀을 듣고 보니 저희들이 너무 잘못 생각한 것 같았습니다."

그러자 다른 선생들도 모두 부끄럽다고 고개를 숙인다.

그때 또 다른 선생이,

“그럼, 전무님 이제 어떻게 해야 됩니까?”

하고 묻길래, 나는 웃으면서,

“오늘 제가 호텔을 잡아 놓았습니다. 지금 들어가면 학생들에게 따뜻한 호텔 저녁을 준비하라 하였으니 학생들에게 맛있는 호텔 저녁을 먹게 해 주세요. 그리고 내일 아침 일찍 다시 도전하게 하시죠.”

그러자 선생들은 하나같이,

“전무님, 정말 대단하시네요, 미리 아시고 모든 준비를 다 해 놓으셨군요. 우리 학생들이 배우는 것이 아니고 저희가 전무님께 아주 큰 것을 배우고 갑니다. 감사합니다.”

그러자 다른 선생이 있다가,

“그런데 학생들한테는 어떻게…….”

하기에 내가 웃으면서,

“저에게 맡겨 주세요.”

하고서 강당으로 갔다.

선생들도 모두 따라 들어왔다.

학생들은 모두 풀들이 죽어 있었다.

먼저 나는 다친 학생들에게,

“많이 아프냐?” 하니

한 학생이

“괜찮아요.”

하니 또 한 학생도,

“저도요.”

그래서 다음에,

학생들한테 큰 소리로,

"여러분."

하니 몇몇 학생만 "네." 하고 대답 한다,

그래서 다시

"여러분." 하고 큰 소리로 말하니 이번엔 좀 더 커진다.

그래서 마지막으로 다시 한번 부르니 이제는 아주 크게 대답을 한다.

그래서 다음엔,

"여러분 오늘 무엇 하러 가는 길이었죠?"

하니 몇몇 학생만이,

"청소년지도자 수련 대회요."

하고 대답을 한다.

그래서 다시,

"무엇 하러 가는 길이었죠?"

하니 이번엔 큰 소리로 모두 대답한다.

"그래요, 여러분은 오늘 청소년지도자 수련 대회에 가는 중이었어요. 그리고 여러분은 학교에서 많은 학생들 중 지도자 감으로 선발해 준 학생들입니다. 그런데 요만한 일 갖고 이렇게 난리들 치고 겁먹고 하는 것이 부끄럽지도 않으세요? 오늘 이 같은 일이 수련 대회의 하나의 과정이라고 생각하시면 아무것도 아니었을 것입니다. 요만한 일 가지고 중도에서 포기한다면

멀리는 앞으로 여러분이 어떻게 사회에 나가 사회생활을 할 것이고, 가까이는 학교에 가서 친구들에게 무어라 말하겠습니까? 자~~~ 포기하시겠어요?"

하자 학생들은 너도나도,

"아니오."

하고 대답들 한다.

이것으로 모든 상황은 끝났고, 임원 놈들은 호텔 예약과 저녁 식사 준비를 보고 또다시 눈이 휘둥그레진다.

이렇게 첫날의 멋진 청소년지도자 수련 대회 과정을 마치고 다음 날 아침, 모두는 활기차게 경주로 출발하였으며, 행사는 참가한 모든 학생과 선생님들에게 깊은 감동을 주면서 무사히 끝났다고 하였다.

그러나 그 후 그들은 사업을 함에 있어 끈기와 노력은 않고 어려운 것이 사업의 기본임에도 어려워지자 서로 간의 질시와 맥을 놓고 있다가 드디어 다음 해 초 부도가 나고 말았다.

그러나 문제는 그때부터 시작되었다.

회사가 부도라는 문제가 생기자, 그동안 회사를 운영하면서는 서로 티격태격 싸우던 그들은 회사가 부도가 나자, 그들은 한목소리로 주모자는 나고 또 나는 기소중지도 있는 사기꾼이라고 떠들고 다녀 그들의 채권단은 나를 잡아 가두고는 별 협박을 다 하다가 내가 태연하게 상대하면서 너희들 마음대로 해 보아라 그러자 이번에는 영등포의 건달들을 들먹이며 협박을 하다가 네가 그 사람을 알면 나에 대하여 가서 물어보거라 하며 겁은커녕 오히려 그런 식으로 말하자 알아보았는지 어떤지는 모르지만 나중에는 사과를 하며 보내 주었다.

나는 비록 그들 채권단들이 나에 대하여 한 행동에 대하여서는 아무런 잘못도 없다고 생각했다,

나와 함께했던 임원 놈들의 달면 삼키고 쓰면 뱉는 야비한 행동에 그들은 당연히 그럴 수 있었을 것이다.

쓰레기 같은 놈들, 여기까지 왔으면 부도가 났어도 한마음이 됐으면 오히려 회사는 훌륭하게 자리를 잡을 수 있었건만…….

그것이 요즘 세상의 기본적인 사람들의 사회생활이고 그러한 행동을 하는 사람들이 요즘은 영리한 사람으로 대접받고 있는 세상인 것 같았다.

덕분에 힘들게 준비한 나의 사업도 접을 수밖에 없었다.

내가 곤욕을 치르는 동안 그녀는 심한 마음고생을 하였고 그런 그녀에게 미안한 마음에서 점점 가까운 감정으로 다가가게 되었다.

낭인의 결혼과 첨단에 도전하는 컴맹

1985

선의의 마음으로 도와주려는 도움이 어이없는 파멸로 끝나 버리자 다시 낭인의 생활로 돌아가고 싶은 생각이 나를 괴롭혔다.

허지만 **어머니**와 아이들, 그리고 내가 기소중지가 있는 것을 안 후부턴 많은 걱정을 하여 주는 그녀, 모두가 무심할 수 없는 나의 소중한 사람들이다.

허지만 그녀에 대하여서는 많은 고민과 함께 부담을 안고 있었다.

나는 한 번 결혼에 실패하였고, 마음속엔 **지영**과 **숙**이 있었고, 두 명의 아이들이 있고, 그녀와 나와의 나이 차이도 10살이나 된다.

그리고 이제는 아무것도 없는 신세다.

더욱이 그녀는 우리나라 최고의 대학에, 스튜어디스 출신에, 그리고 처녀다.

또, 나는 좀 고루한 편이고 말이 별로 없는 반면에 그녀는 춤, 술 그리고 즐기며 사는 것을 좋아하는 매우 자유분방한 성격이다.

그것도 마음이 걸린다.

지금은 좋은 감정이 어렵고 힘든 것을 가려 주지만, 나의 낭인 성격이 계속되어 생활이 어려워진다면, 그리고 그러한 것이 오래 지속된다면 그녀가 힘든 것이 아니고 내가 힘들어진다.

그러는 와중에 그녀는 우리 **어머니**를 만나게 되었고, 나 또한 그녀의 집에 가서 그녀의 부모를 만나게 되었다.

어머니께서는 나의 낭인과 같은 성격을 아시기에 많이 걱정을 하셨다.

그녀를 만난 후 그녀의 용모도 성격도 그리고 모든 것이 너무 좋아서 괜히 훌륭한 여자를 내가 고생시키지나 않을까, 그리고 나의 두 아이들 때문에도 **어머니**는 그녀가 너무 좋으셨기에 오히려 그 모든 것들이 걱정이셨다.

그러던 어느 날, 그녀가 임신 사실을 얘기했다.

그리고 결혼 이야기가 나오기 시작했다.

나는 더 이상 '낭인 생활이냐? 아니냐?'를 갖고 고민만 할 수가 없어졌다.

당장 집이라든지, 결혼이라든지, 그리고 생활 등등을 걱정할 수밖에 없는 상황이 되었다.

이에 얼마 전에 군대에 있던 유도 대학 친구로부터 소개받은 친구가 생각났다.

당시 그 친구가 할 만한 사업이 없겠느냐, 사업을 같이하자 등등의 부탁을 하였다.

그 친구는 부동산으로 재미를 본 친구 같았다.

나는 그 친구를 만나서 무슨 사업을 하고 싶으냐고 물었다.
그러자 괜찮은 사업이면 무슨 사업이든 좋다고 하여,

"그럼 좋다, 며칠 후에 만나자."라고 한 뒤, 몇 가지 사업을 구상하기 시작했다.

그리고 며칠 뒤, 구상한 몇 개의 사업 내용을 가지고 그를 만났다.
그것을 본 그 친구는 그중에서도 부동산 전산망 사업에 대하여 아주 좋아했다.
그 사업을 나하고 같이 하자고 하였다.
그래서 나는 누구하고도 같이 사업은 안 하겠다, 대신 초기에는 어느 정도까지는 내가 도와주겠다, 그다음부터는 네가 알아서 해라, 단, 사업이 잘되고 안 되고는 나하고 아무런 관련이 없는 것이니 나중에 딴소리는 하지 마라, 그리고 나에 대한 수수료는 자네가 알아서 처리해라 하고 말했다.

당시는 컴퓨터가 보급되기 시작한 아주 초창기라고 할 수 있었다.
개인용 컴퓨터도 XT급이라고 하여 지금처럼 하드가 있는 것도 아니고 프로피 디스크를 이용하여 Dos로 움직이는 군이 지금의 컴퓨터로 비교한다면 빈껍데기 컴퓨터라고 할 수 있을 것이다. 그 컴퓨터가 나오고 나서 한참 있다가 AT급 컴퓨터라고 하드가 내장된 컴퓨터가 나오기 시작했다.

내가 한 구상은 부동산 전산망을 한국데이타통신주식회사(지금의 (주)

데이콤)의 전용회선 망에 컴퓨터를 연결하여 전국의 부동산 정보를 한눈에 볼 수 있도록 하여 부동산 정보와 거래의 전국망을 만든다는 구상이었다.

당시 국내의 통신사업은 한국통신(지금의 KT)이 음성통신 사업권을, 그리고 한국데이타통신주식회사가 전용회선 사업권을 가지고 있었다.

전용회선이라 함은 말하자면 직통선이라고도 하고 핫라인이라고도 한다. 예를 들어서 지방에 있는 공장과 서울 본사 간에 전용회선을 설치하면 전화를 걸 필요도 없이 수화기를 들기만 하면, 공장과 바로 통화를 할 수 있는 것이다.

부동산 전산망은 전국 주요 도시에 지점망을 만들고 그 지점과 본사를 전용회선을 통하여 컴퓨터와 연결하면 부동산 정보 전국 전산망이 만들어지고 그러면 전국의 모든 부동산을 어디서나 거래할 수 있도록 구상한 것이다.

아마 국내 최초의 PC통신이라고 할 수 있을 것이다.

강남 역삼동에 200평 규모의 사무실에 전산실을 비롯하여 시설 공사가 들어갔다.

당시 전산실은 에어컨과 항온항습기 등을 설치하고 컴퓨터를 설치한다. 그렇게 엄청난 시설에 가격도 당시 2억 몇 천만 원 이나 나가는 고가의 IBM 대형컴퓨터의 용량이 겨우 500메가였었다. 지금은 개인용 PC도 몇 기가, 몇 십 기가 하면서 기가급으로 나가는데, 수억 원짜리 대형 컴퓨터가 500메가라 하니 당시와 지금을 비교하면 컴퓨터는 어마어마한 발전을 한 것이다.

그리고 한국데이타통신주식회사로부터 전용회선을 가설하고 체신부로부터 역무 제공 허가를 득한 다음 전국 지점망 구축 작업에 들어갔다.

그러나 이제부터는 그 친구의 몫이었다.
나는 시설에 대한 점검 작업만 남았다.

내 결혼 일자는 6월 초로 잡혀 있다.
나는 반포에 아파트를 얻고, 예식장은 집 앞에 있는 뉴코아예식장이다.
결혼식 며칠 전부터 그녀와 가구 등 살림살이를 준비하러 다녔다.
결혼식은 간단히 끝내고 임신도 하여 신혼여행은 가지 않기로 했다.
나는 이러한 절차와 의식은 별로 좋아하지 않지만 나만이 아니고 그녀도 있기에 식을 올리게 되었다.
허지만 나는 한 가지 걸리는 것이 있었다.
기소중지가 되어 있기에 혹시 야비한 놈들이 나의 결혼식 날에 경찰이라도 데리고 온다면 나는 문제가 안 되지만 그녀는 주위에 망신은 물론, 그로 인한 충격으로 배 속에 아기에게 무슨 일이 있다면 큰일이었다.

그래서 내 결혼을 동생들에게 알리려 하지 않았지만 할 수 없이 동생들을 불러 부탁을 했다.
"내 기소중지 때문에 식이 엉망이 되면 안 되니 너희들이 와서 주위 좀 지켜라. 그래서 이상한 놈들이나 경찰 같으면 무슨 방법을 써서라도 들어오지 못하게 해라. 다음은 식이 끝나고 나서 내가 처리하겠다."
그렇게 6명의 동생들에게 처음이자 마지막으로 하면 안 되는 일을 시키고 말았다.

식은 우리 친척들과 회사의 임직원 등이 참석했으나 동생 녀석들은 내 결혼식도 보지 못하고 밖에서 고생들 하고, 그녀는 친척들과 대학 동창, 그리고 승무원 친구 등 그런대로 많은 사람들이 참석했다. 그녀는 예쁜 드레스를 입고 아름다운 모습이었지만 나는 평소에 입는 양복을 입고 식을 치렀다.

식이 끝나고 나는 양가 친척들과 그녀의 친구들에게 인사를 하고 그녀에게 친구들 접대 잘하라고 하고 집에 들어가 옷을 갈아입고 식장에 들어오지도 못한 동생들하고 강남으로 나와 식사를 한 뒤 사무실로 들어갔다.

나의 결혼식은 그렇게 끝나고, 그렇게 나는 그녀와 부부가 되었다.

명랑하고 밝은 성격의 그녀는 스튜어디스 출신답게 무슨 일이든지 즐겁게 잘했다.

그러나 내가 어려워지면 그녀도 우울해하는 것을 볼 때면 내 마음은 몇 배나 무거웠다.

부동산 전산은 순조롭게 잘 진행되어 나갔다.

전국 일곱 지역의 지점이 개설되고, 전산 팀은 DB 구축 작업을 끝내고, 계속 전국에서 올라오는 부동산 자료를 입력하고 있다.

그러나 사장인 Y에게 문제가 생기기 시작했다.

그는 처음엔 퇴근 후엔 나가 안마시술소에 가서 그들의 패거리와 노름을 즐기더니 나중에는 낮에도 나가 매일 안마시술소에서 살다시피 하고 있었다.

처음 시작하는 이러한 사업은 오너가 항상 신경을 쓰면서 계획된 것이 문제가 있으면 한시라도 변경을 시키든지 아니면 더 좋은 방법이 생기면 그 방법에 대하여 시험과 분석을 하여 대체를 하든지, 이런 회사의 운용에 대한 결정을 즉시즉시 하여야 함에도 그런 것은 고사하고 회사 업무에 대하여서는 직원들에게 맡겨만 놓고 나 몰라라 하는 식의 운영이다.

초기 원활하게 돌아가던 회사는 차츰 조금씩 기울어 가고 있었다.
사장의 노름은 점점 심하여 가는 것 같더니 급기야는 어음을 사채업자들에게 할인까지 하여 노름을 하는 것 같았다.

어느 날 회사에 갔더니 회장을 한 명 모셔 왔다고 하더니 나에게 인사를 하라고 하였다.
그래서 내가,
"회장이 누군데."
라고 물었더니.
사장이 자랑하듯이,
"××× 협회 K×× 회장이야."
그래서 내가,
"전에 명동에 있던 사람 아니냐?"
"응, 맞어."
하기에,
"야, 내가 그런 놈한테 왜 인사를 해!"
하고 안에서 들으라고 큰 소리로 말했다,
우리가 얘기한 곳이 사장실 바로 문 앞에 서서 얘기했기에 마지막 내가 크게 한 말은 아마도 안에 있던 그가 틀림없이 들었을 것이다.

그러자 사장이 놀래서, 손가락을 입에 대고서,

"쉿."

하기에 나는 그냥 나와 버렸다.

그 친구는 내가 아는 사람이었다.

명동에 있을 때, 서로 인사는 하지 않았지만 명동의 주먹 S 씨의 처남으로 아마 그도 내 이야기는 들었을 것이다.

헌데, 묘하게도, 전에 의류 사업 때 A 사장이 회장이라고 데려온 사람이 바지 사장으로 있던 나이트클럽의 원 사장이 여기 회장으로 왔다는 그였다.

나는 씁쓸한 기분으로 사무실을 나와 우성아파트 사거리를 돌아 강남역 사거리 쪽으로 천천히 걸어가고 있었다.

바로 그때, 자동차 클랙슨 소리가 빵빵 울리면서 멋진 0 넘버의 청 녹색 토요다 크레시타 승용차가 내 옆에 서면서 운전석에서 멋진 신사 한 사람이 내렸다.

그러더니 내 앞에 와서,

"야, 너, ×× 아니냐?"

하기에 쳐다보고서,

"어? IH 형 아냐?"

하면서 나도 놀래서 형의 손을 잡았다.

내가 낭인 생활할 때, 많지 않던 형 중에 한 사람이었다.

"형이 어쩐 일이야?"

"야, 우선 차에 타라."

그래서 우리는 가까운 호텔 커피숍에 가서 이야기를 나누었다.

형은 지금 홍콩에 있는데 마피아 극동 총책으로 있다고 하였다.

안 본 지 아주 오래되었는데 당당한 풍채에 카리스마 넘치는 인상은 예전이나 지금이나 멋이 있었다.

더욱이 말쑥한 정장의 형은 정말 멋진 신사였다.

우리는 시간 가는 줄 모르고 반갑게 이야기를 나누었다.

그러더니 형은 내 양복 안의 팔목을 힐끗 보더니,

"야, 너는 사업한다는 놈이 시계도 하나 없냐!"

하면서 자기의 시계를 풀어서 나에게 주면서,

"야, 신사는 시계도 양복에 맞추어서 차고 다녀야 해. 이거 노란색이니 다음엔 하얀색 '피아제'를 갖다줄게."

시계는 금으로 시계의 몸체와 줄이 일체인 수공예 제품인 최고의 명품 '롤렉스'였다.

'롤렉스' 시계 금장이니, 콤비니 하면서 시중에 흔한 투박한 '롤렉스' 시계하고는 품격 자체부터 다른 처음 보는 '롤렉스'였다.

"형, 이런 귀한 거 나 받을 수 없어."

하며 주자,

"야 ××야, 형이 이런 거 하나 너에게 못 줄 만한 형이냐? 너를 이렇게 우연히 만날 수 있던 것도 하늘의 뜻이야."

형은 예전에도 낭인이면서 교회는 착실히 다녔던 것이 새삼 생각난다.

"알겠수, 형, 자 우리 집에 가서 저녁이나 먹읍시다."

"그래, 뜻밖에도 네가 결혼했다 하니 당연히 제수씨 얼굴은 봐야지."
하여 나는 처음으로 나의 손님을 집으로 초대하게 되었다.

집에 손님을 모시고 가자 그녀는 놀래서 인사를 한 뒤 저녁 준비를 하기 시작했다.
형은,
"야, 네가 결혼했다고 해서 의아하게 생각했는데 그럴 만도 하구나. 제수씨, 정말 미인이고 멋이 있구나."

형과 나는 저녁 식사 후에도 재미있는 얘기를 시간 가는 줄 모르고 나누었다.
형은 한국에 오면서 그렇지 않아도 나의 생각을 했었다고 하였다.
나를 만날 수만 있다면 같이 홍콩으로 가려고 했다고 하였다.
헌데 내가 결혼을 한 걸 보고 같이 가지 못하는 건 서운하지만 너무 잘되었다고 하였다.
형이 돌아간 뒤, 그녀도,
"형이라는 분, 정말 멋이 있는 분이네요."
하고 말했다.
정말 그 형은 멋이 있었다. 다방이나 카페에 둘이 가면 마담들이 나하고 그 형하고 있으면 두 사람 카리스마가 가게 안에 넘친다고 하였다.

하여튼 반가웠다.
빠른 시간 안에 한국에 다시 나와 만나기로 하였다.
그녀도 패물 같은 것은 별로 좋아하지 않지만 형이 준 시계를 보고는 기내에서 파는 것이라든지 어디서도 본 적이 없는 귀한 시계이니 잘 간직하라 한다.

허나, 나하고 패물은 인연이 없는 것 같았다.

추석을 며칠 앞둔 어느 날, 부동산 전산 사무실을 찾았다.

사무실에 들어가니 명절을 앞두고 직원들도 즐겁고 활기차야 하는데 사무실 분위기가 썰렁하기만 했다.

사무실 부장에게 사무실 분위기가 왜 이러냐고 물으니, 명절이라고 월급은 고사하고 떡값도 없을 것 같다고 하였다.

내가 사장실에 들어가니 사장은 축 처져서 앉아 있었다.

그러다가 내가 들어가자 제발 도와달라고 우는 소리를 한다.

얘기를 들어보니 회사는 이미 기사회생이 어려울 정도로 최악의 상태가 되어 있었다.

어음이 교환 돌아와도 이제는 막을 힘이 없었다.

나는 마음이 아팠다.

나는 우선 시계를 풀어서 사장에게 주었다.

"야, 이거 얼마 줄지는 모르지만 전당포에 잡히면 직원들 명절 떡값은 될 거야."

하고 밖으로 나왔다.

나도 어려운데….

추석이 지나고 얼마 지나지 않아 부동산 전산은 부도가 났다.
사무실은 지점장들과 채권자들이 난리인 것 같았다.
부도가 나고 얼마 뒤 나는 힘들게 수소문하여 사장을 만났다.

그는 나를 보자 원망스러운 투로 얘기를 했다.
하나같이 비겁한 놈들뿐이다.
사내다운 놈들은 단 한 놈도 없다.

그는 수표보다도 보증금을 받아 챙긴 지점장들을 더 두려워했다.
그것은 사기고 거기다 한두 사람이 아니기에….

얘기를 다 한 후, 시계는 어떻게 했냐고 물으니 전당포에 300만 원에 잡혔다고 하였다.
엄청난 금액이었다.
나는 기껏해야 몇 십만 원 정도로 생각했다.
그러고도 직원들에게는 떡값밖에 안 주었다.
나는 속으로,
'개자식.'
하고 나왔다.

시계는 지금 있었으면 1억 원이 넘는 시계라고 한다.
'롤렉스'사에서 몇 개 안 되는 금 수공예품 최고 명품 시계라고 한다.
나는 마음속으로,
'IH 형, 죄송합니다.'

그리고 또 며칠 뒤, 나는 친동생과 내 후배 몇 명에게 부동산 전산 사무실을 가 보라 하였다.

다녀와서 하는 얘기가 전부 화가 나서 난리들이었는데

그날은 그들이 또 내 이름을 들먹이며 이 사업 내가 다 한 것처럼 얘기하며 마치 내가 주모자라고 떠들며, 내가 기소중지가 되어 있어서 대신 바지 사장을 내세운 것이라고들 하더라고 하였다.

그리고 내 욕들을 하였다고 한다.

그리고 내가 보낸 동생과 후배들을 보고 그들 중 한 사람이 동생한테,

"당신 ×× 씨 동생이 아닙니까?"

하니 동생 놈은,

"아닙니다."

라고 하였다는 말을 듣고 그것이 더 화가 나서 동생 놈에게,

"야, 이 새끼야, 네놈이 내 동생이 맞냐? 이 새끼야 그놈들이 형 욕을 하였다면 맞아 죽을 값에 대드는 것이 당연한 건데, 오히려 동생이냐고 물어보니 아니라고 대답해? 너 이 새끼 다시는 내 앞에 나타나지 마!"

그리고 나는 바로 부동산 전산 사무실로 나갔다.

내가 사무실에 나타나자 한 사람이,

"저게 ××다."

라고 고함을 치자 우- 하면서 모두 내 쪽으로들 다가왔다.

그래서 우선 나를 보고 "저게 ××다." 한 놈에게 가서 귀싸대기를 갈기면서,

"야, 이 개자식아, 네놈이 나보고 '저게'라고 했냐?"

하면서 또 발로 복부를 차 버렸더니, 그놈은 그대로 폭 고꾸라졌다.

그런 걸 다시 일으키면서,

"너 나 알아? 나 본 적 있냐고 개자식아. 너 나한테 돈 준 거 있어?"

하며 큰 소리로 계속 고함을 치자, 그놈은 고개를 설레설레 흔들면서,

"아닙니다, 잘못했습니다."

하면서 겁에 파랗게 질려 있었다.

그리고 사람들을 향하여,

"어떤 놈이 내 욕을 했어? 내가 네놈들에게 사기 친 거 있어? 네놈들이 나한테 돈 준 거 있냐구? 그리고 나 기소중지 있다. 어떤 개자식이 개인 형사정보 빼 갖고 다녀. 그래 내 기소중지가 있다고 하자. 그 기소중지를 너희가 만든 거냐?"

하며 고함을 치자, 어느 놈도 앞으로 나서는 놈들이 없다.

"당신들 이렇게 웅성웅성 매일 나와 쓰레기 같은 짓 한다고 돈이 받아질 것 같으냐? 나 같으면 이렇게 해 보았자 10원 하나 생기지 않아. 여기 있는 자산도 상당히 많으니 서로 의논해서 팔든지, 아니면 필요한 사람이 가지고 가든지 하는 게 현명한 거야. 그리고 지점장들, 당신들 큰소리칠 거 하나도 없어 여기 채권자들이 당신들한테 돈 내놓으라 하면 당신들도 물어내야 해. 당신들도 여기 주주나 임원 아니야?"

하자 다른 채권자들 인상이 지점장 패거리를 보고 험상궂게 변하는 거 같아지자 지점장들은 당황한다.

그래서 나는 지점장들에게 비어 있는 어느 임원실로 모두 들어오라고 했다.

그리고

"내가 간단히 얘기하겠소, 이렇게 된 이상 나도 정보통신 사업을 하려고 합니다. 여러분이 원한다 하면 여러분을 그대로 안고 갈 생각이오. 잘 생각해 본 다음에 모레, 여기서 몇 시에 만납시다."

라고 힘 있게 얘기하니, 그들은 하나같이,

"제발 도와주십시오."라고 사정들 한다.

그래서 모레 만나기로 하고 그 방을 나왔다.

내가 나오자 다른 채권자들도 어떻게 하면 좋을지 알려 달라고 부탁을 한다.

그래서 생각해 보겠다고 하고 그곳을 나왔다.

정말 한심한 사회다.

본인이 없을 땐 갖은 욕과 험담을 하다가 막상 나타나니 아무 말도 못 하고 쥐 죽은 듯 조용하고, 또 어떤 놈은 많은 사람을 믿고서 호기를 부리다가 모두들 조용하니 파랗게 질리고…….

그런 사람들이 집에 가서는 자식들에게 아버지 소릴 듣고 또 야단을 칠 것 아닌가?

'집에 들어가 자식들 얼굴 당당하게 볼 수 있으려면 밖에서의 사회생활도 중요하건만…….'

나는 이틀 뒤 그들을 만나 부동산 전산 사장에 대하여 고소를 않겠다는 각서를 받아 그 비겁한 사장 놈이 무서워하는 것을 말끔히 없애 주면서 내가 생각한 정보통신 사업에 참여시키기로 결정을 했다.

이제 컴맹의 겁 없는 도전은 시작되었다.

역겹고 한심한 대한민국의 공권력

1986-

나의 꿈은 아직도 **지영**과 함께 꿈꾸었던 전원생활과 당시 **지영**과 함께 계획한 농산물유통구조 개선이다.

당시 **지영**과 계획을 세우면서 우리가 시골에 들어가면 산지의 농민들은 고생하여 농사를 지어도 여러 단계의 중간 수집 상인들의 횡포로 고생한 노력의 대가도 없이 헐값에 팔아야 하고 소비자는 비싸게 사 먹어야 한다.

이것을 우리의 힘으로 산지와 소비자 간의 직거래를 만들어 보자 하였던 것도 **지영**과 나의 두 번째 계획이었다.

그래서 나의 정보통신 사업은 부동산 전산에서 만들어 놓은 전국 지점망을 농산물유통에 이용할 계획이었다.

각 지역의 산지의 수확 예정인 농산물을 전국 지점에서 그 정보를 올리면 소비자가 집에서 주문을 할 수 있도록 한다는 것이 궁극적으로는 나의 정보통신 사업 목표였다.

그러나 가정에서 주문하는 방법에 대하여 좀 더 생각이 필요했고 또한 농산물은 아침 일찍 배달을 하여야 하는데 가정에 아침 일찍 일일이 깨워서 배달할 수도 없고 하여 이에 대한 연구도 필요할 것 같았다.

그리고 농산물을 취급하기 위하여서는 나 자신부터 농산물에 대하여 알아야 하고 각 가정에서 아직은 농산물을 산지에서 직접 배달하여 먹을 수 있는 단계가 아니지만, 일차적으로 동네 슈퍼에서라도 싸고 신선한 농산물을 소비자들이 먹을 수 있도록 하여 보자 하여 계획을 세우기 시작했다.

그러기 위하여서는,

첫째, 가정에서 사서 먹기 좋고 슈퍼에서도 팔기 좋게 하려면 소포장을 하여야 하고,

둘째, 항상 신선하게 소비자에게 공급하기 위하여서는 슈퍼에 냉장 시설이 되어 있어야 하고,

셋째, 회사에서 공급한 농산물이 당일 판매가 안 되었을 시는 다음 날 모두 반품을 받고,

넷째, 당장은 산지와 직접 거래를 할 수 없기에 가락동 농수산물 시장이나 청량리 농산물시장에서 가장 싼 금액으로 구매를 하여야 하고,

다섯째, 가장 중요한 것으로 각 슈퍼에서 하루 전날 정확하고도 신속한 주문에 의하여 산지에서 바로 도착한 농산물을 야간에 신속하게 소포장 작업을 하여 새벽에 각 슈퍼에 배달을 하여야 한다.

그러기 위하여서는 정확하고 신속한 관리 업무가 필수적이다.

이러한 쉽지 않은 계획이 전제가 되어야 농산물에 대한 첫 번째 유통 개혁을 할 수 있을 것이라고 판단한 나는 집사람과 사업에 대하여 이야기하자 그녀도 너무 좋다고 하여 그러면 자금을 마련하려면 집을 정리하여야 하였기에 그녀와 상의한 뒤 우리는 어머니와 함께 살기로 하여 집을 정리하였다.

그때는 딸아이가 태어나서 한참 재롱을 부리는 시기이기도 했다.

일차적으로, 대치동에 사무실을 만들고 화물차 3대와 가락동 농수산물시장 안에 농산물을 구매하면 바로 소포장 작업을 할 수 있는 약 100평 정도의 가락동 시장에서는 비교적 큰 장소를 얻고 소포장 기계, 그리고 컴퓨터와 프린터 등의 사무 집기와 장비 등을 나 특유의 신속하게 밀어붙이기식으로 만들어 나갔다.

회사는 법인을 설립하면서 내가 기소중지 상태라 대표이사는 동생 이름으로 하였고, 일단 슈퍼를 확보할 영업 사원과 전산직 사원을 모집하고 야간에 작업할 아주머니를 모집하였다.

그리고 각 농산물의 소포장 규격을 만들고 포장재료를 선정하고 영업 사원들을 각 지역별로 나누어 우리 농산물을 취급할 슈퍼를 모집하게 하였다.

농산물을 취급할 슈퍼는 의외로 빨리 모집되었다.

그도 그럴 것이 냉장고도 무료로 주고, 농산물도 무료로 주어 다음 날 수금하고, 오늘 새벽 배달한 농산물 중 안 팔린 것은 다음 날 그 양이 얼마가 되든 100% 반품을 받아 주고, 이러한 조건이니 슈퍼에서는 너도나도 취급을 하겠다고 하였다.

나는 회사의 업무적인 테스트도 일주일간 계속하였다.

전산의 주문 프로그램 제작 후, 오후 2시경부터 수많은 업소별 주문량을 전화로 받아 컴퓨터에 입력하고 오후 8시까지 주문을 마감하고 밤 11시에 가락동 시장에 나갈 때는 그날 구매하여야 할 총 물량과 작업 물량이 나오고, 가락동 시장에 가서 농산물을 구매한 후 그날의 가격을 사무실에 알려주면 시세에 맞추어 각 슈퍼별 물량과 그날의 공급가가 기록된 각 슈퍼의 전표가 프린트되어 나온다. 당시는 컴퓨터와 프린터의 속도가 늦어 새벽까지 프린트 작업은 계속되고 밤새도록 소포장 작업이 끝나면 주차장에 와서 지역별 그리고 슈퍼별 주문량을 플라스틱 컨테이너에 담아 아침 일찍 배달을 위하여 출발한다.

배달을 끝낸 차량은 다시 각 슈퍼를 돌면서 반품을 수거하여 돌아온다.

헌데, 초기에 반품 물량이 배달한 물량에 거의 50% 이상이 되어 하루에 두 차 가까이나 되는 엄청난 양의 농산물이 반품되어 왔다.

반품된 농산물이라고는 하나 어제 공급하였고 일부는 냉장 시설에 보관한 것이기에 시장이나 그 어느 야채 상점에서도 보기 힘든 신선한 농산물들이었다.

처음 엄청난 반품 물량이 실려 왔을 때 직원들은 시장에다 팔자, 식당에 공급하자 등등 여러 가지의 의견들이 많았다.

이에 곰곰이 생각한 나는,

"반품되어 온 것은 모두 버려라, 시장이니, 식당이니 찾아다닐 시간에 반품을 줄일 수 있는 방법들을 연구해라."

하여 그 엄청난 양의 반품 농산물을 가락동 시장에 버리면 많은 사람들이 서로 가져가려고 하였다.

이후, 반품은 초기에 약 50%, 1주일 뒤 약 30%, 그리고 보름 뒤 약 10%, 그러던 반품이 약 한 달 뒤는 5% 아래를 밑돌았다.

이렇게 농수산물 유통은 하루 종일 움직여야 하기에 고되고 힘들었지만 농산물유통의 개선이라는 긍지와 보람 속에 직원들과 함께 공급 지역을 늘려 나갔다.

가락동 농수산물시장에서 살다시피 한 지 2개월가량 지나고 나서 내가 느낀 것은 가락동 농수산물시장이 처음에 생길 때는

정부에서는 이 시장이 생김으로써 농산물의 거래의 편리는 물론, 농산물 유통구조 개선에도 큰 몫을 한다고 하였었다.

허지만, 산지의 농민들 얘기는 가락동 농수산물시장이 생기고 나서 농민이나 소비자나 오히려 예전보다 못하다 하였고, 그리고 사실도 그러했다.

가락동 농수산물시장의 운영비, 경비, 각종 용역비 등 수많은 비용이 그 농산물 거래에 포함되어 있었다.

집사람도 아기를 돌보며 틈틈이 나와 아주머니들의 작업을 도와 매일매일 고생 속에서도 보람으로 기쁘게 이겨 나가고 있었다.

나는 나의 이 사업에 대하여 좀 더 적극적으로 산지와의 직거래를 위하여 정부에서도 지원을 하여 준다 하기에, 지금의 나의 사업과 가락동 농수산물시장에 대하여 내가 느낀 문제점, 그리고 이러한 것에 대하여 좀 더 적극적으로 하기 위하여 산지와의 직거래가 필요하다.

그러니 자금 지원을 하여 달라는 공문을 농어촌진흥공사에 보냈다.

그러나 얼마 지나지 않아 전화로 퉁명스럽게 안 된다는 말 한마디로 거절하고 말았다.

나는 정부 공기업이라는 곳에서 하는 무책임한 행동에 분노로 지글거리는 것을 참고 힘들지만 보람 있는 사업을 **'그래, 내 힘으로 하지.'** 하면서 계속 진행해 나갔다.

이제는 슈퍼에서도 우리의 고생을 알고 직원들이 가면 음료도 주고 얼마 남지 않은 재고는 자신들이 먹거나 주위에 주겠다고 반품도 하지 않았다.

직원들의 고생과 각 슈퍼의 도움으로 매출과 취급점은 계속 늘어났으며 우리는 낮에는 반품을 받아 오면서 과일까지 공급하게 되었다.

매출과 이익은 하루가 다르게 늘어 가지만 취급점이 늘어나면 냉장고를 제공하여야 하고 차량도 준비해야 하기에 자금은 계속 부족하여 집사람이 처가와 동창들에게 자금을 차용하면서 조금씩 확장하여 나가고 있었다.

이제 얼마 안 있으면 추석 명절이다.

우리 회사는 물량이 늘어나 야간에 작업하는 아주머니들을 추가로 고용하고 직원과 기사들도 야간에 포장 작업을 돕고 있고, 과일 주문 물량도 각 슈퍼마다 명절 선물용으로 많은 양을 주문하여 회사에서도 과일 상회에 엄청난 물량의 과일을 주문하였다.

그런데 우리에게 청천벽력 같은 일이 생기고 말았다.

추석 명절을 3일 앞두고 사무실에 사직동 팀이라 하면서 사복 입은 경찰들이 들이닥쳐 회사의 모든 서류와 장비, 그리고 대표이사인 동생을 연행해 갔다.

회사는 아수라장이 되고 모든 업무는 마비되었다.

나는 어이가 없었다.

북한 공산주의 정부도 아니고, 대한민국에서 어찌 이런 일이 일어날 수 있는 것인가?
도대체 우리 회사가 잘못한 것이 무어란 말인가?
고생만 한 것도 죄란 말인가?

동생은 풀려나오질 못하고 있었다.
추석이 지나고 동생은 사직동에서 신길동으로 넘어갔다고 하였다.
신길동에서는 며칠 뒤 여동생 남편이 면회를 할 수 있었다.

사직동은 청와대 직속 수사기관이고, 신길동도 비슷한 성격의 수사기관이라고 한다.

사직동 팀은 회사에 들이닥치기 45일 전부터 회사 주위를 맴돌며 잠복 수사를 하였다고 했다.

그리고 샅샅이 파헤쳐 보아도 걸리는 것이 없자 나중에는 법인설립 할 때 자본금을 대납시킨 것을 꼬투리 잡아 동생을 풀어 주지 않고 있었다.

자본금 대납은 법적으로는 불법이지만, 거의 모든 법인이 대납을 하고 있다.

그리고 그 죄는 걸려도 벌금이다.

그런데 동생은 풀려나오지 못하고 있다.

나는 모든 라인을 동원해서 무엇 때문에 이런 일이 생긴 것인가 하고 알아보았다.

그래서 알아낸 것은 너무도 어이가 없고 황당했다.

당시 가락동 농수산물시장은 대통령 동생이, 노량진 농수산물시장은 대통령 형이 사실상 지배를 했는데 내가 가락동 농수산물시장을 비방하고 다니고 또, 농어촌진흥공사에 보낸 공문에 가락동 농수산물시장을 비난한 글이 있자, 역겨운 대통령 동생의 충신들이 온갖 고생을 하여 여기까지 이뤄낸 조그만 회사를 무참히 박살 내고 만 것이다.

정말 쓰레기 같은 나라고 쓰레기 같은 공기업과 쓰레기 같은 경찰 놈들이다.

그리고 농민들이 부담한 각종 관리비 등은 한 사람을 위해 착취를 하고 있었다.

쓰레기 같은 한 놈에게 잘 보이려고 그 많은 공무원이 그 긴 시간 동안 조그마하고 보잘것없는 회사 하나를 박살 내려고 하였나!

생각하니 개자식들에 대한 분노가 나를 계속 괴롭혔다.

당장이라도 곡괭이를 들고 사직동 팀 사무실에 가서 모두 찍어 죽이려 하는 것을 내 성격을 아는 집사람이 계속 울면서 말렸다.

개자식들은 회사만 파괴한 것이 아니고, 우리 가정도 파괴하고 말았다.

집 정리한 돈 날린 건 그렇다 치고, 집사람은 이제 문제가 심각해졌다.

처갓집에서 빌린 돈은 문제가 덜하지만, 동창들에게 빌린 돈은 소문이 날 수밖에 없었다,

그 전화를 받고 나면 집사람은 가끔 울곤 한다.

그것을 보는 나는 못난 나에 대하여 자책하면서 가슴이 찢어지고 있었다.

다시 한번 분노가 치민다.

개같은 자식에게 아부하려고 우리를 믿고 있던 농민과, 고생한 직원, 그리고 한 가정을 파멸시켜!

정말 이런 놈들이 우리나라의 공무원이란 말인가?

사법부의 위선과 낭인의 교도소 생활

1987-8

대통령 동생에 대한 쓰레기들의 한심한 아부가 밤낮을 잊고 고된 나날을 보람 하나로 열심히 일하던 직원들의 꿈과 한 가정을 완전히 파괴시키고 동생마저 죄도 없이 교도소 생활을 하여야 했다.

내가 할 수 있는 것은 고작 개자식들, 또는 쓰레기 같은 놈들, 이 같은 욕밖에 할 수가 없었다.

그러한 위의 놈들에게 그놈이 쓰레긴지 뭔지도 모르고 역겹게 온갖 아부나 하면서 집에 가면 새끼들에게 위엄을 보이고 또 그런 인간들이 아래 사람에게는 목에 힘을 주며 온갖 허세는 다 부리는 인간들이다.

우리나라는 그런 놈들에 의하여 그렇게 다스려지고 있었고 사회도 점점 편법과 모순 그리고 교활함이 정의와 인정 그리고 배려하는 마음 등 그 예전의 아름다운 우리의 것을 점점 사라지게 만들고 있었다.

오직 묵묵히 일하는 선량한 사람들의 땀과 노력으로 그래도 나라는 버티고 있었다.

이렇게 되자 집사람도 나도 점점 지쳐 가고 있는 것 같았다.

복잡한 것을 싫어하고 단순한 성격의 나지만 몇 번의 사업을 겪으면서 사업은 돈보다 사람으로 인한 것이 매우 중요하다는 것도 알게 되었고 또 그러기에 다시는 누구하고라도 사업에 연관시키지 않기로 결심하였다.

그리고 이제는 집사람과 아이도 있기에 조용히 살고 싶기도 하였다.

그래서 어느 날 집사람과 의논을 하였다.

우리 이제는 욕심 없이 조용히 살아 보자 하니 집사람도 좋다고 하였다.

그래서 서로 의논한 결과 '커피숍을 해 보자'고 결정하여 작지만 아담한 커피숍을 만들게 되었다.

집도 어머니 집에서 나와 커피숍 근처에 방을 얻어 나도 주방에서 일하면서 그런대로 행복을 찾아가고 있었다,

당시는 모두가 다방이지 커피숍이라는 이름을 붙인 곳은 거의 없었다.

항상 좋아하는 음악이 흘러나오는 곳에서 생각지도 않은 주방일이지만 그런대로 즐거웠다.

그러던 어느 날 재료를 사러 신설동 쪽으로 가던 중, 길에서 답십리에 패션 사업을 만들어 주었던 A 사장을 우연히 만났다.

당시는 어처구니가 없어 이도 많이 갈았지만 오랜만에 보니 반가웠다.

A 사장은 반갑다 하면서 나를 자기 사무실로 데리고 갔다.

사무실은 용두동에 있었는데 직원도 제법 있었다.

사장실 소파에 앉아 커피를 마시며 얘기를 하고 있는데 건달같이 생긴 놈들 세 명이 들어와서 큰소리를 치자 A 사장은 파랗게 질리면서 어린놈들에게 사정을 하고 있었다.

나는 내가 잘못 왔구나 생각하면서도 어린놈들이 나이 많은 A 사장에게 반말로 욕을 하면서 큰소리를 치는 걸 보자 화가 치밀고 있었다.

그래서 내가,

"어이, 친구들 말 좀 예쁘게들 하면 안 되냐?"

라고 하자 한 놈이 있다가,

"야, 너는 뭐야!"

하며 험상궂은 얼굴로 퉁명스럽게 반말로 얘기를 하였다.

"야 이 개자식아, 내가 말 좀 예쁘게 하라 그랬지."

하면서 그놈의 면상을 주먹으로 쳐 버렸다.

그러자 한 놈이 달려들려고 하는 걸 그 좁은 공간에서 발로 배를 차 버리자 다른 한 놈은 주춤하고 만다.

그놈은 그 좁은 공간에서 한 번 발을 위로 올렸다가 그대로 차는 내 솜씨를 보고 얼어 버린 것 같았다.

나는 다시 그대로 내가 앉았던 자리에 앉아,

"야, 이놈들아 모두 앉아."

그러자 놈들은 모두 자리에 앉았다.

놈들이 앉은 다음 내가,

"얼마냐?"

하고 묻자 한 놈이,

"삼백만 원입니다."

하기에,

"야, 개자식들아, 삼백만 원 갖고 어른에게 반말을 해!"

그리고 A 사장보고,

"형 언제나 갚을 수 있어?"

하자 A 사장은,

"응, 한 달 뒤면 충분히 갚을 수 있어."

하기에 놈들에게,

"한 달 뒤면 된다고 하니 한 달만 기다려라."

하니,

"안 됩니다, 저희가 야단맞습니다."

그래서 내가,

"알았다, 내가 대신 각서를 써 주마."

하고 그놈들 얘기도 듣지 않고 내 주민등록증을 내보이며 A 사장에게 백지를 달라고 하여 1달 보름 날짜로 하여 각서를 썼다.

"자 여기 있다. 빨리 가지고 나가."

하며 약간 언성을 높이자 머뭇머뭇하더니 모두 나가 버린다.

놈들이 나가고 나서 나도 일어서면서,

"나 망신당하지 않게 그 안에 저놈들에게 처리해 줘."

하며 나가려 하자,

"미안하다 동생, 오랜만에 만나서…. 할 말이 없네."

나는 그 말만 듣고 아무런 말도 않고 밖으로 나와 버렸다.

커피숍은 근처 구청 직원 등 그래도 단골 고객들이 꾸준히 늘고 있었다.

예쁜 막둥이 딸아이는 이제 제법 재롱도 많이 부리고 엄마가 커피숍에서 일할 때도 착하게 혼자서도 잘 놀고 있다.

그렇게 작은 울안에서 편안한 나날을 보내고 있던 어느 날 이른 아침에 덩치가 커다란 8명의 건달들이 2대의 차를 끌고 집에 찾아와 나를 찾았다.

나는 자다가 일어나 나와서,

"뭐냐?"

라고 하자 지난번 A 사장 사무실에서 보았던 놈이,

"A 사장 놈이 돈도 안 갚고 도망쳤습니다. 형씨가 갚는다고 쓴 각서가 여기 있습니다. 날짜가 지났는데 오늘 갚으시겠습니까?"

참 입맛이 썼다.

"오늘은 안 돼!"

"그러면 죄송하지만 저희와 함께 가주시겠습니까?"

"뭐냐? 너희들 새벽에 와서 사람 납치하겠다는 거냐?"

"아닙니다, A 사장은 도망갔고, 사장님이 약속하신 날도 지나고 하여 저희 사장님에게 가서 말씀 좀 해 주셨으면 해서 모시고 가려 합니다."

"그래, 알았다. 잠깐 밖에들 있거라."

하고 걱정이 돼서 옆에 서 있던 집사람에게 걱정하지 말라고 하고 안에 들어가 옷을 걸치고 나왔다.

그놈들과 함께 차를 탄 나는 차가 시내가 아닌 고속도로로 빠지기에,

"야, 너희들 지금 뭐 하는 거냐?"

라고 하자,

"네, 사장님 댁에 가는 겁니다."

하기에,

"알았다."

하고 지그시 눈을 감고 있었다.

차는 송탄으로 들어갔다.

이놈들은 아마도 평택 아이들인가 보다.

송탄에 도착한 차는 커다란 2층 저택 앞에 차를 세웠다.

차에서 내리자 놈들은 2층으로 나를 데리고 갔다.

2층에 가자 나이가 지긋한 남자 한 명과 몇 놈들이 더 있었다.

내가 들어가자 나이가 많은 사람이,

"네가 ××냐?"

하고 대뜸 반말로 묻는다.

나는 아무 말도 하지 않고 그 사람만 쳐다보고 있었다.

그러자 옆에 있는 젊은 놈이,

"야, 사장님이 묻고 있잖어."

그래도 아무 말이 없자 다른 한 놈이,

"이 새끼가!"

하기에,

"너 망신당할래?"

하면서 내가 험상궂은 얼굴로,

"여기서 한 명씩 할까? 전부다 한 번에 할까?"

하니 전부 어이가 없는 표정들이다.

그러자 처음에 나한테 얘기했던 사장이란 사람이,

"자, 그러지 말고 자리에 앉게."

하며 말이 좀 누그러져 나오기에, 앞에 의자에 앉았다.

그때, 아래서 그 사장의 부인인 것 같은 여자가 올라왔다.

그리고

"그 쥐새끼 같은 놈은 도망가고 이 새끼가 그 각서 쓴 놈이야?"

하며 대뜸 사나운 목소리로 얘기한다.

나는 지금껏 어느 여자한테도 이런 말을 들어 보지를 않았다.

"이런 쌍년이 누구한테 욕이야."

하면서 벌떡 일어났다.

그 여자는 내 사나운 기세에 주춤하는 것 같았다.

"이 개자식들이 아침부터 사람 끌고 와 무슨 짓거리를 하는 거야! 네놈들이 나를 죽이겠냐? 만약 오늘 네놈들이 나를 못 죽이면 망신은 네놈들이 당할 거야."

그러자 옆에 여자가,

"여보, 그러지 말고 오늘 돈 안 내놓으면 그냥 경찰에 끌고 가요."

그래서 내가,

"그래, 여기서 이러지 말고 차라리 경찰로 가자."

그러자 그 여자가 한술 더 떠서,

"여보, 이놈도 그 쥐새끼 같은 놈하고 한패니 이놈 경찰에 끌고 가면 그 쥐새끼 같은 놈 잡을 수 있을 거예요."

그 말에 또,
"이 쌍년이 계속."
그러자 그 사장이란 사람은 일어서면서,
"경찰서로 끌고 가. 내가 경찰에 전화해 놓을게."
하면서 일어나 나간다.

건달 같은 자식이 무슨 경찰서장이나 되는지 경찰에 전화를 한단다.
하나같이 쓰레기들이고 쓰레기 같은 나라다.

모두 나한테 오더니 내 양쪽 팔을 잡는다.
"놔, 안 놔?"
하며 고함을 치자, 한 놈이 나에게 대들려 하다가 그중 한 놈이,
"야, 놔 줘."
그래서 나도 조용히 내려가 차에 탔다.
내 양옆에 놈들이 타고 여자가 앞자리에 탔다.
차가 출발하자 여자가,
"야, 그놈 있는 데만 얘기하면 경찰서까지 안 가도 되지 않아."
나는 아무 말 없이 눈만 감고 있었다.
이건 하나도 겁이 안 나는데 기소중지가 문제다.
그렇다고 이놈들에게 사정하긴 싫다.

이윽고 평택경찰서에 와서 수사과로 들어갔다.
일요일이라서 당직자 몇 명뿐이다.

나는 들어가서 당직 조사관한테,

“나 기소중지가 있소. 그 전에 저년이 날 끌고 왔는데 그것부터 처리해 주쇼.”

하자 주민등록증을 내놓으라 한다. 나는 주민등록증을 주고 잠깐 있으니 조사관이,

“아~ 아깝네, 이제 일주일만 있으면 공소시효가 끝나는데….”

하면서 안타까운 듯 나를 쳐다본다.

그 말을 들은 여자도 얼굴색이 변한다.

“그럼 기소중지 있다고 왜 얘길 안 했어요.”

나는 어이가 없어서,

“그래, 내가 그걸 얘기했다면 너희들이 아…, 안됐구나 하면서 나를 풀어 주었겠니? 그 얘기를 한 순간부터 너희들은 고양이 쥐새끼 갖고 놀듯이 나를 갖고 놀았을 거 아니냐? 여하튼 좋다. 너희들 내가 죄가 있다면 달게 죄를 받겠지만, 만일 그것이 아무것도 아니면 내가 이 기소중지 건 끝나고 나오면, 너희들은 모두 각오하고 있어.”

조사관은 그들의 말을 듣고는,

“이건 아무것도 아니고 더구나 이 사람하고는 전혀 관계가 없는 것입니다.”

하면서 그 건은 간단히 마무리 지었다.

그날은 일요일이라 보호실에서 하루 종일 있었다.

집에 전화 좀 하자 하여 집사람한테 전화를 하였다.

기소중지 건 때문에 지금 평택경찰서에 있는데 아마 내일 중부경찰서로 갈 것 같다고 얘기하자 울먹이면서 걱정을 한다.

조용한 일요일 보호실에 그 사장이란 놈과 마누라가 와서 먹을 것을 넣어주면서 정말 미안하다고 계속 사과를 한다.

그 사람들은 전에 용두동 A 사장 사무실에서 나한테 당한 놈들로부터 어느 정도 내 이야기는 들은 것 같았다.

나는 그 부부가 있는 긴 시간 동안 보호실 구석에 앉아 단 한마디의 말도 하지 않았다.

다음 날, 서울 중부경찰서 내 사건 담당이 와서 나를 데리고 갔다.

수갑을 찬 채 버스를 타고 가면서 담당은 왜 일주일 정도만 더 피해 있으면 공소시효 7년이 다 되는데 조심하지 않고 잡혔냐고 계속 안타까워했다.

내 머릿속은 지금 아무 말도 들어오지 않았다.

오직 **어머니**와 아이들, 그리고 집사람 생각뿐이었다.

중부경찰서에 들어가자 집사람이 남동생과 함께 와서 울기만 하고 갔다.

경찰에 와서 조서를 꾸밀 때 그놈들 고소한 건 모두 사실과 다르다 하였음에도 고소인 조사와 그자들이 내세운 참고인 조사까지 마친 상태에서 조사관은 내 말을 전혀 믿으려 하지 않았다.

이에 검찰에서 구속영장이 발부되고 며칠 후 서대문구치소에 수감되었다.

나는 담당 검사와 다투면서 나의 결백을 주장했지만 전부 믿으려 하지를 않았다.

어머니, 동생, 그리고 집사람은 가게를 정리하고 난 뒤부터 모두 번갈아 가며 면회를 왔지만 너무도 부담이 돼서 이제 모두 면회를 오지 말라고 하였다.

1심 재판에서 하나하나 그들의 진술에 모순된 부분을 얘기하고 경매를 받은 악랄한 행동도 얘기하면서 처벌을 받아야 할 사람은 오히려 그놈들이라고 말했다. 비록 오래된 일이지만 그들의 고소 자체부터 모순이 있고 그것이 충분한 증거임에도 재판장은 재판에서 7년 동안 도망 다닌 것이 죄가 있어서 그런 것 아니냐고 범죄하고는 아무 관련도 없는 사실을 내세우며 얘기하기에 법정에서 재판장하고 다투는 일까지 생기면서 1년의 실형을 선고받고 항소를 하게 되었다.

항소심 역시 극히 형식적인 재판으로 항소이유서에 조목조목 본 사건에 대한 모순을 지적하며 그 모순에 대한 증거도 밝혔음에도 긴 시간의 재판 결과 기각판결로 끝나고 말았다.

그동안 집사람은 시골 친정에 가 있겠다고 한 뒤 한 번도 오지를 않았고 동생과 **어머니**가 가끔 면회를 왔었다.

1심, 2심이 끝나고 이제 상고심만 남겨 놓고 있는 나는 재판 과정에 계속 다투는 바람에 재판이 길어져 이제 1년 만기까지는 2달이 채 되지 않았다.

허지만 나는 이렇게 한심하고 형식적인 사법부에 굴복할 수가 없었다.

그래서 상고를 하기로 결심했다.

지금은 상고를 하면 그 상고기간도 구금 일수로 인정하지만, 당시 상고는 상고기간 동안 교도소에 사는 것은 구금 일수로 인정하지 않기에 거의 모든 사람은 상고를 하지 않았다.

내가 상고를 하겠다고 하자 나를 아는 교도관들은 모두 걱정들을 하면서 상고를 하지 말라고 하였다.

지금껏 상고를 하여 원심 파기가 된 것은 단 한 건도 없었다고 한다.

그렇다고 한다면 우리나라의 형사소송법의 삼심제도라는 것은 국민을 우롱하는 형식적인 절차일 뿐이었다.

소위 국가의 양심이라는 판사들까지 편법에 대강이라는 단어에 익숙해져 있었으며 전관예우라는 탈법의 단어까지 만들어 내고 있으며 '유전무죄, 무전유죄'라는 명언까지 만들고 있었다.

항소심 재판이 끝나고 **어머니**가 면회를 오셨다.

어머니께서는 동생한테 들으셨는지,

"이제, 한 달 조금 더 남았으니 상고하지 말고 있다가 나와라."

하시기에 나는,

"**엄마**, 나가는 게 중요한 게 아니고 어떻게 나가느냐가 중요합니다. 그러니 전 상고할 거니 그리 아시고 너무 걱정하지 마세요."

그리고 나는 상고를 하게 되었다.

당시 서대문구치소는 의왕 쪽에 새로운 서울구치소를 만들어 얼마 전부터 구치소의 집기 비품과 재소자들의 대이동이 시작되었다.

나는 상고를 하였기에 대전교도소로 이송을 하게 되어 있었다.

당시까진 상고자는 모두 서대문구치소에 있으면서 상고심 재판을 받았는데 서울구치소가 의왕에 새로 만들어지면서 상고자는 모두 대전교도소로 보내졌다.

상고하는 사람들은 사형수, 무기징역자는 자연 상고자들이고 그 외 상고하는 사람은 집행유예자가 있는데 상고기간 동안 집행유예 기간을 넘길 수 있으면 집행유예의 형을 살지 않아도 되기에 상고를 한다.

오늘 나는 혼자 대전교도소로 이감을 한다.

내가 서대문구치소 마지막을 장식하는 사람이다.

나를 실은 버스가 구치소 문을 나서는 순간 서대문구치소의 그 문은 두 번 다시 열리지 않았다.

대전교도소는 우리나라 교도소 중 가장 큰 교도소라고 한다.

수많은 무기수와 장기수들이 있어 징역 5년짜리들은 징역 받았다고 얘기도 못 한다.

그곳은 공장도 많고 운동장도 엄청 컸으며 한쪽엔 수영장까지 있었다.

상고이유서를 작성하여 보내고 얼마 뒤 기각이라고 선고한 판결문이 왔다.

기대를 하지 않았지만 허탈과 분노가 나를 괴롭히고 있었는데, 교도관이 와서,

"부인이 이혼 서류에 도장을 받으러 왔으니 나오세요." 하는 소리에

분노한 마음에 또다시 눈앞이 캄캄해지는 것을 느끼며 방 사람들의 측은해하는 시선 속에 비틀거리며 교도관을 따라나섰다.

허지만 그녀는 나타나지 않았다.

여기까지 왔지만 차마 내 얼굴을 볼 수가 없었던 모양이었다.

이후 가장 고통스러운 교도소 생활을 하여야 했다.

결국 나는 A 사장과의 악연으로 교도소 생활을 하여야 했으며, 공소시효 7일을 남긴 그 7일의 시간이 가장 긴 7일을 만들어 주었다.

그래서 결국 나는 징역 1년에, 17개월 가까이 살고 출소를 하였다.

대한민국의 위선이 가득한 '국가의 양심'이라는 사람들 덕분에…….

허지만 1년의 징역에, 형식뿐인 상고를 하여 17개월 산 것에 대하여 절대 후회는 없었다.

그럼으로써 나는 사법부의 횡포에 이긴 것이었기에….

이제는 '송탄' 놈들이다…….

아픈 가슴을 안고
다시 새로운 것에 도전하는 낭인

1988

사법부의 횡포에 맞서 항의성 상고로 징역 1년에 17개월을 살고 나온 나는 송탄에 들러 17개월 전의 빚을 몇 배로 갚은 뒤,

어디로 가야 할지, 무엇을 하여야 할지 방향을 잃었다.

어머니와 아이들 얼굴 볼 면목도 없어 **어머니**에게 전화만 드리고, 동생들의 도움으로 강남의 안마시술소에서 며칠을 있으면서 지나간 신문과 동생들의 방문으로 하루하루를 보내고 있었다.

동생들은 나를 위로한다고 밤에는 내가 좋아하지도 않은 나이트클럽이니, 룸살롱이니 하며 가자고 하여 갔지만 **아버지**와의 일 이후 술을 끊은 나는 단 한 방울의 술도 입에 담지 않았다,

그저 그동안 느끼지 못했던 분위기에 젖는 것으로 만족하여야 했다.

그러나 동생들을 통하여 집사람을 여기저기서 보았다는 정보는 나에게 들어왔다.

그러던 어느 날, **어머니**에게서 시골에 계시는 장인이 나를 만나자고 전화가 왔다고 하였다.

그래서 약속을 하여 서울에 오신 장인을 만나니 처가 일본을 가게 되었으니, 시골에 있는 딸아이를 데리고 가라는 것이었다.

또 한 번 분노가 내 머리를 어지럽게 하였다.

저 살기 위하여 자신의 딸을 버리는 것도 그렇고 그것을 장인이란 사람이 태연히 나에게 얘기하는 것도 그렇고….

나는 동생들에게 집사람의 정보를 수집하여 보라고 하였다.

여기저기서 보았다 했으니 또 나타날 수가 있을 것이다.

하여, 집사람을 여의도에서 두 번을 보았다는 정보를 갖고 곰곰이 생각했다.

여의도에는 동창 집이 있고 대한항공 다닐 때 다니던 에어로빅 센터가 있다.

집사람은 같이 살면서도 에어로빅은 시간만 나면 하려고 하였으나 그 뒤 임신을 하고 딸애를 낳고부터는 한 번도 못 하였으니 여의도라면 에어로빅이다.

그렇게 생각한 나는 혼자 동생 놈 차를 끌고 가 차 안에서 오후부터 에어로빅 센터 앞에서 기다렸다.

한참을 기다리자 오후 늦게 그곳에 들어가는 집사람을 발견하고 나오기를 기다렸다.

그리고 나오는 그녀를 잡자, 깜짝 놀란 그녀는 겁과 울음을 함께 보였다.

그녀를 차에 태운 나는 강남으로 가 내가 있던 삼정호텔로 들어갔다.

룸에 들어간 나는 차에서 올 때부터도 단 한마디의 말도 안 했지만 룸에 와서도 룸서비스에 커피를 두 잔 시키고 그것을 다 마실 때까지도 한마디도 하지 않았다.

다음,
"먼저 당신을 고생시킨 내가 잘못했다. 그리고 며칠 전 아버지로부터 당신의 뜻은 전달받았다. 당신의 행동은 몇 명의 동생들로부터 들어서 이미 알고 있다. 허지만 근본적으론 내가 잘못했다고 하였으니 겁은 먹지 말아라. 나는 오직 당신의 뜻을 알고 싶을 뿐이다."
이렇게 얘기하자 한동안 울기만 하던 그녀는,
"한번 저질렀는데 내가 어떻게 당신 얼굴을 보겠어요? 그래서 그냥 이 나라를 벗어나고 싶은 마음뿐이었어요."

참고로 그녀의 영어와 일어 실력은 본토 사람 이상이었다.

"그래서 아이마저 버리고 가려 하였니?"
"JS도 당신과 마찬가지예요. 그 어린것 얼굴인들 어떻게 보겠어요."
"그럼, 어쩔 수 없는 선택이란 말이냐?"
"내가 어떻게 당신과 아이를 버리고 어디를 간들 편하겠어요?"
"그럼 내가 모든 걸 지워 버릴까?"
"그것이 어떻게 가능한 일인가요?"

나는 한동안 아무 말도 할 수가 없었다.
묵묵히 그녀에게도 담배를 한 대 주고 나도 담배 두 대를 연거푸 피웠다.

참고로 그녀에게 담배는 내가 가르친 거였다.

처음 데이트할 때 담배를 못 피우게 하기에 당신도 한 대 피워 봐라 하면서 가르친 것이 그녀가 피우게 된 동기다.

그러나 임신을 한 뒤는 그 담배를 피우지 않다가 출산을 하고 JS가 조금 큰 다음부터 다시 피우게 되었다.

나는 곰곰이 생각했다.

우선은 그녀에게 뭐라고 할 자격이 나에게는 없었다.

나는 천천히 입을 열었다.

"내가 처음에, 잘못은 나에게 있다고 하였다. 나, 앞으로 살아가려면 지금부터 1년 반 전의 세월은 머릿속에서 지워야 돼. 그냥 전에 커피숍 주방에서의 생활서부터 연결시켜 생활할 거야. 당신도 그래 줄 수 있겠니?"

그러자 그녀는 더 크게 울더니,

"고마워요, 정말 고마워요."

하며 울음을 그치지 않았다.

그래서 나는 1년 반 전으로 돌아갈 수 있었고 나와서 재심청구를 하려던 생각도 억울하지만 버리고 말았다.

우리는 다시 반포에 새 둥지를 틀었다.

예쁘게 자란 우리 JS는 처음엔 아빠를 낯설어했다.

단순한 성격이지만 그래도 정직한 기본이 있는 집사람은 빠른 시간에 상처를 잊고 예전의 그녀로 돌아오고 있었다.

출소 후 만났던 동생들은 더 이상 만나지를 않았다.

고맙고 미안하지만 집사람에 대하여 무엇인가를 알고 있다는 그들을 집사람이나 나를 위해서도 만날 수가 없었다.

나는 또다시 어떻게 살아가야 하는 생각을 하여야 했다.

아직도 낭인의 습관이 남아 있는 나는 무슨 일이든 심각하게 생각지 않기에 **어머니**나 집사람이 때로는 서운하게 생각도 하실 것이다.

나는 일단 88 올림픽이 끝난 뒤 무역센터 KOEX에 사무실을 만들고 전에 도움을 주셨던 분들의 도움으로 사업을 시작하면서 지난번 도전에 실패한 첨단 분야에 재도전을 할 준비를 하였다.

그리하여 일단 KOEX 측에 부탁하여 데이콤의 회선 시설을 건물 내에 시설하고 1차적으로 KOEX 내의 모든 입주사에 데이콤의 전용회선 딜러 사업을 하면서 차후 그 분야의 개발 사업은 무엇이 있는가를 연구하기 시작했다.

약 1년 동안의 KOEX 생활에서 배운 것은 너무도 많았다.

그리하여 데이콤의 PC통신 천리안 개발에 기획에서부터 개발에까지 참여하게 되었다.

당시 PC통신 개발의 롤 모델은 프랑스의 미니텔로 하여 개발을 시작하였다.

2, 3년 이상의 긴 시간을 거쳐 개발하였으나 초기에는 신기하다는 것 외에는 복잡한 부팅 방법과 어렵게 부팅하고서도 볼 수 있는 건 매스컴에서

제공되는 그 흔한 콘텐츠 등 많은 비용과 오랜 기간에 거쳐 개발을 하였음에도 별로 쓸모가 없었다.

개발 과정에서 나는 데이콤 측에 PC통신은 이것을 이용하였을 때 이용자가 생활의 편리 또는 이익이 있어야 한다.

날씨라든지, 극장 프로그램 같은 것은 TV나 신문 등에서도 흔하게 나오는 정보다.

그러한 정보로는 천리안의 보급은 힘들다.

그리고 프랑스의 미니텔 단말기가 8비트라고 해서 데이콤의 천리안 전용 보급형 단말기를 8비트로 개발하여서는 안 된다.

프랑스는 미니텔을 보급한 지 벌써 몇 년이 지났다.

그러니 우리는 적어도 16비트 단말기를 만들자고 제안하였지만, 당시 천리안 개발로 많은 시간과 투자를 한 데이콤으로서는 부담이 되었는지 그냥 8비트 단말기를 제작하여 보급하였다.

그 보급형 단말기의 보급도 우리 회사에서 맡아서 하였지만 하루에 3명 한 조가 나가 겨우 2대 정도밖에 설치를 못 하였다.

그 단말기를 가입자가 설치를 하여도 며칠 사용하다 창고로 들어가는 것이 대부분이었다.

뒤에 한국경제 신문의 PC통신 케텔을 인수하여 하이텔이라는 이름으로 PC통신 서비스를 시작한 한국통신(지금의 KT)도 마찬가지였다.

당시 예전에 체신부에 있을 때 보전국과 시설국에 계시던 많은 분들이 한국통신의 국장 이상의 직책이었기에 나에게 자문을 요청해 와 천리안의 단말기 부분과 콘텐츠 부분의 문제점을 얘기하여 주었는데,

여하튼 PC통신의 개발은 나에게는 보람 있는 일이었지만 회사 경영은 항상 어렵기만 하였다.

당시는 그래도 대기업인 데이콤도 PC통신으로 인한 경영상의 어려움이 있었던 것으로 알고 있었다.

데이콤도 그러한데 소기업인 나는 마지막엔 수익이 전혀 없는 개발사업은 직원 30여 명도 거느리고 운영하기가 어려워지고 말았다.

하지만 그러한 시기였지만 나는 가장 큰 것도 얻을 수 있었다.

나의 소중한 막둥이가 태어난 것이다.

새벽에 갑자기 진통을 하는 집사람을 데리고 서울아산병원에서 입원하자 바로 세상에 나온 우리 막둥이!

출산 때에도 자기 엄마에게 고통도 주지 않으며 태어난 우리 막둥이는 그 이후에도 전혀 울지도 않으며 모든 사람에게 포근한 행복을 주면서 자란 착한 우리 아들이었다.

우리 막둥이와 거의 같이 태어난 PC통신 천리안!

결국 수년간의 고생 속에 국내 최초의 PC통신 개발이라는 목적은 달성했지만 회사 문은 또다시 닫아야만 하고 말았다.

그러나 나를 도산시킨 PC통신은 그 후 인터넷이 나오기 전까지 가입자 수백만 명이 이용하는 첨단 개발품이었다.

그로 인하여 데이콤은 PC통신으로 경영 수지에 많은 혜택이 있었으나 나는 고작 우리 딸아이가 집에서 천리안을 사용할 때,

"JS야, 그거 아빠가 개발한 거란다."

이 말 한마디 한 것으로 만족을 하여야 했다.

나는 당시 PC통신이 비록 인터넷에 밀려 사라지고 말았지만, 지금 인터넷도 그에 대한 첨단기술의 발달로 어느 분야에서는 그것이 오히려 많은 비용을 들이고도 최고의 중요한 정보를 내어 주는 문제를 보이기 시작하고 있다.

이에 나는 그러한 국가안보나 정부의 보안 분야에서는 오히려 당시의 PC통신과 인터넷의 접목이 안전한 정보의 통신수단이라고도 생각하고 있다.

이렇게 낭인은 또 하나의 도전을 마무리하게 되었다.

그러나 그 도전에 대한 후회는 전혀 없다.

세상에 모든 것은 만족이라는 것과 영원이라는 것이 없기 때문이다.

영(0)을 위한 방정식

1993

몇 년간 어려운 상황 속에서 천리안 개발을 위하여 노력한 나는 항상 회사가 우선이었고, 집은 뒷전이었다.

그러나 보니 **어머니**와 집사람의 고생은 말이 아니었던 것 같았다.

하루하루 생활에 대한 불만은 또다시 그녀를 침울하고 나에 대하여 냉담한 여자가 되어 갔다.

그러는 과정에 또 아들을 출산하여 그녀는 두 아이와 고통 속에 생활을 하여야 했다.

내가 무심하여 생활이 어려워도 그녀는 바가지는 절대 긁지 않는 성격이다.

단지 나에 대하여 싸늘할 뿐이다.

내가 천리안 사업으로 회사의 문을 닫자, 얼마 뒤 할 수 없이 우리는 서울을 떠나 안양 쪽으로 작은방 하나를 얻어 이사를 했다.

이제 나 자신은 돈은 물론, 주위에 단 한 명의 도와줄 사람조차 없다.

아니, 이 상황이 나에게 누구와도 만날 수 있는 마음을 만들어 주지 않는 것이다.

항상 어려워도 꿋꿋이 견뎌 온 낭인도 이제는 절대 절명의 어려움 속에 조금은 당황스럽기까지 하였다.

예전처럼 혼자라면 아무런 문제도 없지만 지금은 **어머니**, 집사람, 그리고 2남 2녀의 나의 자식이 있다.

아침 일찍 나는 집을 나온다.
집사람은 친정에서 얼마를 빌려서 생활하는 것 같았다.

나한테는 서울 갈 전철비도 없다.
허지만 나는 그녀에게,
"차비가 없으니 차비 좀 달라." 이런 말은 절대 하지 않는다.
그녀 또한 나가는 내가 10원 1장 없는 줄 알면서 줄 생각도 절대 하지 않는다.

차비가 없어도 나는 무슨 수를 써서라도 서울까지는 나간다.

그러면 돈 달라고 구걸은 못하지만 아무나 불러 커피와 식사는 해결한다.
얼마간의 낭인이 아닌 걸인이나 다름없는 생활을 한 나는 '내가 이건 아니다.'라고 생각하고 다시 침착하게 사업을 구상하기 시작했다.

그러나 사무실도 없다. 어디 연락할 전화도 없다. 더더욱 돈은 동전 한 닢 없다.

허지만 또다시 머릿속에 모든 걸 풀 수 있는 방정식을 만들어 나가기 시작했다.

아이템은 무엇으로 하여야 자금에서부터 모든 것을 쉽게 해결할 수 있을까?

전에 패션 사업을 하였을 때 모든 것을 만들어 주고 나온 디자이너들은 우연히 만났을 때, 나를 보더니,

"전무님 돌아와서 우리하고 함께 계시면 안 돼요?"

하였지만, 나는 한번 하였던 아이템은 그 아이템이 설사 잘되는 한이 있더라도 절대 다시 하지 않는다.

그것은 승부의 의미가 없다.

하루 종일을 생각한 나는 일단 자금을 만들면서 하려면 프랜차이즈밖에 없다는 결론을 내리고, 그러면 아이템은 많은 사람 모두가 공감하고 또한 모두에게 어떠한 임팩트를 줄 수 있는 아이템이어야 한다.

그러면 '그것은 과연 무엇일까?'

피자, 햄버거 모두 성공한 프랜차이즈이다.

그러면 그 주 고객은 누구인가?

그래, 모두 어린 학생 계층이다.

그럼, 먹는 것 말고 이들을 주 고객으로 할 수 있는 아이템은?

그래, 부모들은 자녀의 IQ나 능력에 대하여 관심들이 많다.

학생들이 즐기면서 능력 향상에 도움이 되는 상품의 전문점을 만든다면?

"그래, 학생들의 지능 향상을 위한 '만들기 전문점'을 만들자."

일단 아이템을 결정한 나는 사업을 위한 부분을 하나하나 점검해 본다.

전문점 모집은?

이 아이템은 무엇을 하여 보려는 사람이나, 부업을 하려는 사람들 모두에게 어필할 수 있어 신청자는 많을 것이다.

취급 물품의 확보는?

그 분야에는 이러한 프랜차이즈가 없기에 광고만 나가면 전화만 해도 얼마든지 취급 물품은 확보할 수 있다.

전문점의 규모는?

보증금 500만 원에 물품대 1,000만 원이면 임대료까지 3,000만 원이 안 되어도 전문점을 차릴 수 있다.

나는 이렇게 하나하나 머릿속에 그림을 정리해 나갔다.

이제는 자금을 만드는 방법은?

전문점이 어느 정도 모집된다면 자금은 걱정이 없을 텐데…….

설사 모집이 안 되더라도 신청자만 있어도….

허지만 사무실도 없고 아무것도 없다.

여기까지는 계획이 끝났다,

그러나 여기부터 막히고 말았다.

나는 다시 방정식을 만들어 풀기 시작했다.

드디어 내 머릿속에 방정식의 답이 나왔다.
나는 먼저 서울영동우체국에 가서 내 개인 이름으로 PO Box(사서함)를 신청하고 사서함 번호를 받았다.

다음, 다방에 앉아 그 사서함 번호를 넣고 5단통 광고 원고를 만들기 시작했다.
그리고 광고 초안을 완성한 뒤 사진식자집에 가서 식자를 쳐서 켄트지에 하나하나 오려 붙이고 마지막 사람들의 시선을 끌 수 있는 그에 맞는 그림을 찾아 오려 붙였다.

전문점 이름은 '만들기 전문점'이고 내용은 전문점에 대한 설명과 전문점 안내, 그리고 관심이 있는 사람은 희망 지역, 인적 사항 등을 적은 신청서를 관제엽서에 작성하여 사서함으로 보내라고 하였다.

그리고 모 신문사 광고 담당하는 동생 놈을 만나 그 원고를 주고 광고를 내달라고 부탁을 하자,
"형님, 이 비싼 5단통의 큰 광고를 내시면서 사무실 위치는 고사하고 전화번호 하나 없는데 어떻게 내시려고 하세요?"
하면서 난색을 표했다.

광고비를 주면서 내달래도 그 부분은 지적을 할 텐데 광고비도 안 주면서 그 원고로 내어 달라고 하니 당연한 말이었다.

그래서 나는

“야, 아무 소리 말고 한번 내주기나 해. 알았지!”

하고 강하게 부탁했다.

그러자 그는 할 수 없이

“알았습니다.”

하고 원고를 가지고 갔다.

드디어 다방 구석에 앉아 작업한 광고가 나갔다.

나는 강남의 한 다방에서 그 광고를 보고 있었다.

“이제 답은 나오겠지!”

나의 방정식의 답이 맞는지는 이제 이삼 일 기다려야 한다.

그 답이 맞는 것에 대비하여 나는 또 다음 단계 작업을 해야 했다.

신청자들에게 보낼 세부적인 안내문과 신청서이다.

세부 내용에는 취급 제품과, 매장 인테리어, 그리고 간판은 회사에서 제작하여 공급한다는 것과 보증금, 초기 공급 예정 물량 등을 적어 세부 계획서만 보아도 전문점 전반에 대하여 알 수 있도록 하였으며, 그것을 보고 그래도 할 의향이 있으면 첨부한 신청서를 작성하여 다시 한번 우편으로 보내 달라고 하였다.

신청한 사람이 세부 내용을 보고 또다시 신청서를 보내 준다면 그 사람은 거의 90% 이상은 계약할 사람이다.

일단 이 광고로 10명만 계약해도 이 사업의 첫 단추는 멋지게 끼게 되는 것이다.

이제 2단계 작업인 전문점의 세부 내용과 신청서의 초안 작업은 끝났다.

이틀 뒤, 사서함을 가 보았다.

사서함에는 100통이 넘는 엽서가 도착해 있었다.

나는 이 많은 엽서에 나 자신도 놀라고 말았다.

나는 주저하지 않고 동생 한 놈에게 전화를 하여 안내서를 마스터인쇄를 할 비용과 우편요금 비용을 달라고 하여 곧바로 마스터인쇄를 한 뒤 발송을 하였다.

마음이 뿌듯하였다.

이제 일의 준비를 하여야 한다.

나도 이 분야는 생소한 분야다.

우선 동생 놈들 중 일을 시작하면 데리고 있을 만한 사람을 생각하여 세 녀석을 다방으로 불러, 물건 확보를 위한 업체 상담과 그리고 전문점 신청자들에 대한 상담과 점포 현장 확인 등을 위한 교육과 또 준비 작업을 위한 교육을 시켰다.

그때, 내 호출기에 모르는 전화번호가 나타났다.

전화를 하니, 자기는 모 대기업에 다니는 사람인데 집에서 부업으로 이 전문점은 꼭 운영하여야 한다, 그러니 자기를 우선 만나게 해 달라는 얘기였다.

나는 내 호출기 번호는 어떻게 알았냐고 하니 신문사 광고 담당자를 수소문하여 알았다고 하였다.

그래서 나는 사무실이 없다고 할 수도 없고 하여 내가 요즘 준비 작업 때문에 바쁘니 며칠 뒤 면담 통지를 하겠다 하여도 그러면 자기 사무실이 시청 근처에 있는데 근처에 오시는 길이라도 있으면 보았으면 좋겠다며 자신의 전화번호를 가르쳐 주어 알겠다 하고 전화를 끊었다.

이제는 사무실이다.

나는 강남에 사무실을 만들기로 생각하고 어느 빌딩이 제품을 보관하기도 좋고 사람들이 찾아오기도 좋을까 하며 하나하나 건물을 머릿속에서 떠올리기 시작했다.

그때 번쩍 생각난 곳이 제일생명(지금의 교보문고) 건너 모 금융업 관련 회사 소유의 건물이 생각났다.

뒤에 창고로 쓸 만한 큰 건물도 있고 주차장도 좋다.

뒤에 건물은 내가 부탁하면 창고로 쓰게 해 줄 것이다.

헌데 빈 사무실이 있는지 모르겠다.

나는 바로 빌딩을 찾아갔다.

관리과장을 만나 내가 쓸거니 사무실 하나만 달라 하니 6층에 얼마 전 나간 사무실이 있는데 공사를 하여야 한다고 하여 어차피 사무실 공사는 내가 하여야 하니 바로 달라고 하고 뒤에 쓰지 않는 건물도 내게 좀 빌려달라 하여 뒤의 건물은 약간의 월세만 주고 사용하기로 하여 얘기를 끝냈다.

건물도 괜찮고 위치도 좋다.

이제는 계약금과 전화 신청비만 만들면 된다.

모든 것이 나 특유의 신속하게 진행되고 있었다.

다음 날, 사서함에는 또 몇 십 장의 신청 엽서가 도착해 있었다.

그 신청자에게도 또 안내서를 보내고, 어제의 전화가 생각나 시청 앞에 나가 전화한 사람을 만났다.

안내서와 신청서를 주고 사무실은 제일생명 사거리에 있고 현재 공사 중이라고 얘기하고 신청서를 써서 보내 달라고 하였다.

그러자 그 사람은 자기는 부천 쪽에 꼭 하여야 하니 다른 사람이 먼저 계약하면 안 되니 이백만 원을 내놓으면서 우선 이것을 받고 정식계약 할 때 나머지를 입금하겠다 하며 사정하였다.

나는 지금은 내가 돈을 받을 수 없다고 계속 거절을 하여도 사정을 하는 바람에 어쩔 수 없이 간이 영수증을 써 주고 돈을 받아 왔다.

어쨌든 생각지도 않은 자금이 생겨 사무실 계약, 전화 등 모든 것이 해결되었다.

사무실은 공사를 하면서 한쪽 구석에서 업무를 진행하였다.

전문점에 공급할 제품도 속속 창고로 입고되고 있다.

업체들은 회사에 와 보고 아이템도, 구상도 좋은 데다 강남에 이 정도의 큰 건물을 창고로 쓴다는 데 대하여 우선 놀라는 눈치였다.

제품의 확보는 별 어려움이 없이 순조롭게 진행되었다.

제품의 결제는 짧게는 한 달, 보통은 2개월, 긴 곳은 3개월도 있었다.

전문점 모집도 생각 이상이었다.

신청자들은 상담을 끝내고 회사 창고를 보고 입을 벌리고 만다.

신문광고가 나간 뒤 한 달도 안 돼 100개소 이상의 전문점이 계약 또는 오픈했다.

그리고 전문점 신청자는 꾸준히 들어왔다.

이 전문점 사업을 하기 위해서는 은행의 어음거래는 필수적으로 필요했다.

납품업체들은 이삼 개월 뒤 결제보다 이삼 개월짜리 어음을 원했다.

그래서 할 수 없이 은행에 당좌도 개설했다.

보증금, 물품대 등은 현금으로 들어왔고 강제조항은 아니지만, 매장 인테리어에서도 어느 정도 수익이 있었다.

불과 한 달여 만에 빈털터리에서 수억의 자금을 움직이는 사업가가 되었다.

나는 우선 양재동에 빌라를 구입하고 가족을 이사시켰다.

집사람 또한 내 사업이 활성화되자 밝은 모습을 되찾고 그에 따라 가정 또한 행복을 되찾았다.

그리고 당좌 결제 담보로 사용하기 위하여 송파에 빌라를 구입하여 양재동 집과 함께 은행에 당좌대월을 위하여 담보 설정을 하여 놓았다.

직원은 50명 가까이 되었고 학생들을 위한 각종 이벤트도 개최하였다.
1개 층 500평 이상의 창고 2, 3층은 제품으로 꽉 차 있었다.

그리고 각종 프라모델 전시회 등 일본에서 개최되는 완구 박람회는 영어와 일어에 능한 집사람을 일본에 보내 자료를 수집하게 하였다.
부모들의 자녀에 대한 관심은 내 예상이 정확히 들어맞았다.

단골 거래 사채업자도 생겨 어음교환이 돌아왔는데 자금이 부족하면 전화만 하면 바로 입금을 하여 준다.
만일을 위하여 제품은 항상 창고에 쌓아 놓았기에 제품에 대한 걱정은 없지만 그에 따라 자금 사정은 항상 빡빡한 편이다.
전문점이 한 50개 정도만 더 오픈해 주어도 모든 것이 풀릴 터인데 어느 선에서 새로운 전문점 신청은 많지 않은 상태다.

그래도 전문점의 매출은 꾸준히 늘어 가고 있었다.

우리 예쁜 딸도 초등학교에 들어가 이제 새해엔 3학년이 되어 학교에 재미를 붙였고 막내아들 녀석은 두 돌이 지났지만 착하고 의젓하여 **할머니** 집에 가도 너무 이쁘기에 **할머니**는 한번 데려가시면 보내 주시려고 하지 않으신다.
벼랑 끝에서 기적처럼 올라선 나를 주위에서도 신기해하고 있었다.

직원들은 새로운 분야의 재미있는 프랜차이즈에 모두가 활기 있게 일을 하고 어린이들의 지능 향상을 위한 전문점이기에 새로운 제품을 개발하기 위하여 모두가 노력을 하였다.

넓은 창고엔 항상 제품이 가득 쌓여 있었고 운반 차량은 쉴 새 없이 바쁘게 움직이고 있었다.

그러던 어느 날, 김영삼 정부는 어떠한 예고도 없이 '금융실명제'를 단행한다고 발표하였다.

그동안 자금이 필요하면 전화 한 통화로 자금을 보내 주던 사채업자도 '금융실명제'에 숨을 죽이고 말았다.
그동안 아무런 문제없이 회사를 운영하던 나는 졸지에 위기를 맞게 되었다.

처음엔 양재동 집과 마천동 집으로 당좌대월 담보가 설정되어 있었기에, 돌아오는 어음을 당좌대월로 처리하였으나 이제 다음부터 교환 돌아올 어음이 문제였다.
결국 나는 엄청난 제품 재고와 100개소 이상의 전문점을 가지고 있고, 회사는 활발하게 움직이고 있으면서도 '부도를 내고 말았다.'

'금융실명제'라는 거 꼭 필요한 정책이면 정부에서 시행하는 거 당연한 정책이다.
허지만 조금은 영세 소기업을 위하여 사전에 예고라도 하는 것이 옳지 않았을까 하는 생각을 해 보았다.
그 사전 예고가 금융실명제를 시행함에 문제가 된다면 그 또한 어쩔 수 없다.

허지만 그 금융실명제라는 것이 나중에는 유명무실해 지고 말았다.

역시 생각 없이 정부의 정책을 내놓는 놈들은 '개자식'들이다.

이렇게 해서 나는 또다시 형편없는 국가로 인하여 부도를 맞아 집은 경매로 날아가고 부정수표단속법 위반의 범법자가 되었고 많은 자산의 회사는 데리고 있던 친구들에게 넘겨줄 수박에 없게 되었다.

거친 파도와 함께

1994

나는 항상 회사가 어려워지면 회사 때문에 힘드는 것이 아니고 집사람 때문에 힘이 든다.

이번에도 회사가 부도나자 집안 분위기가 벌써 싸늘해진다.

정부의 갑작스런 금융실명제 정책으로 부도를 당하여 졸지에 고통의 수렁 속에 빠진 남편 입장은 조금도 생각지를 않는다.

양재동 집, 마천동 집 모두 은행에 당좌대월 담보로 들어가 그것도 걱정이다.

나는 부도가 난 뒤에도 회사를 정상적으로 나갔다.

회사 자산이 그 이상이고 도망 다닐 이유가 하나도 없다.

다만 내가 부도가 났다는 소문 때문에 업체들이 조금은 웅성거리고 있다.

나는 회사를 동생들에게 법인을 설립하여 운영하도록 하여 넘겨주고 일단은 쉬기로 하였다.

집은 은행에서 경매에 착수하겠다는 통지서도 날아왔다.

집사람의 불만은 최고조에 달하고 있었다.

그러던 어느 날 수표 채권자 한 사람이 집으로 찾아왔다.

가뜩이나 불만인 집사람은 겁에 질려 있었다.

문을 열자 문밖에는 채권자와 서너 명의 건장한 젊은 친구들이 보였다.

나는,

“뭐야?”

하고 인상을 쓰며 강하게 얘기했다.

그러자 상대는 의외란 듯이,

“당신이 ××× 씨요?”

“그런데?”

“수표 부도난 거 돈 받으러 왔으니 들어갑시다.”

하면서 무조건 들어오려고 하는 것을 막으면서,

“뭐야? 당신 집에서 수표 받은 거야? 회사에서 받은 거 아닌가? 나 지금 회사에 나가고 있는 사람이니 회사에 와서 얘기하도록 해.”

“그래도 나는 지금 얘기를 해서 받겠소. 아님 경찰을 부르겠소.”

이 말에 속이 뒤집힌 나는,

“야, 이 개자식아, 나 도망가지 않고 여기 그대로 있을 테니 경찰을 부르든지 마음대로 해.”

하자 젊은 놈 한 놈이,

“이런 ×팔.”

하면서 밀치고 들어오려 하는 것을 우리 집 3층 계단에서 그대로 발로 차 밀어 버렸다.

그러자 그놈은 계단 아래로 굴러떨어지며 2층까지 나가떨어졌다.

그래서 또 다른 놈들도 차려 하니 모두들 아래로 도망가 버리고 만다.

그 일이 있자 집사람은 아이들은 그대로 둔 채 나가 버렸다.

그리고 얼마 뒤, 집 사람이 일본으로 갔다는 소식을 들을 수 있었다.

또다시 걷잡을 수 없는 분노가 내 온몸을 휘감고 있다.

이제 겨우 두 돌이 지난 아들과 엄마의 보살핌이 절대적으로 필요한 초등학교 3학년의 딸을 두고 외국으로 떠나 버리다니…….

나는 회사의 급한 상황 속에서도 집에서 꼼짝할 수가 없었다.

두 어린것들을 보살펴야 하는 것이 무엇보다도 중요하였기 때문이다.

딸아이가 학교에 가면 아들놈을 차에 태우고 예술의전당 앞 어린이집까지 태워서 보내 놓고 집에 와서 분노 속에 바쁘게 집안일을 하고 하는 일이 매일 반복되었다.

수표의 부도로 기소중지는 떨어졌고, 집은 경매되어 있고, 어린 자식들은 보살펴야 되고, 절체절명의 상황은 계속 이어지고 있었다.

어린것을 재워 놓고 나면 어떤 날은 분노 속에 잠을 잘 수도 없었다.

양재동 집은 이제 비워 주어야 되었다.

할 수 없이 나는 초등학생 딸은 염치없이 또 **어머니**에게 부탁할 수밖에 없었다.

어머니 집의 인근 초등학교로 딸애를 전학시키고 나는 어린 아들과 송파 집으로 이사를 하여 아들은 그 근처 어린이집으로 옮겼다.

아들 녀석은 너무 착하고 잘생겨서 어린이집 선생들에게도 인기가 있었다.

내가 늦어서 어린이집으로 전화를 하면 선생님들은,

"아버지 아무 걱정 마세요. YJ 같으면 하루 종일 같이 있어도 괜찮아요."

하면서 마음을 편하게 해 주었다.

그렇게 어린 아들은 예쁘고 착했다.

그 녀석은 우는 것이라고는 없었다.

그리고 조르거나 떼쓰는 것도 없이 항상 명랑하였다.

또 얼굴도 아주 잘생겼다.

그래서 힘든 아빠의 마음을 편하게 하여 주었다.

토요일이면 학교 끝나고 어린 딸이 집에 와서 일요일까지 어린 동생과 놀아 주고 아빠와 같이 올림픽공원이나 롯데월드 등을 다니곤 하였다.

그러나 이제 또 생활에 대한 걱정을 하여야 했다.

거의 꼼짝없이 집에만 있을 수밖에 없는 나에게 최대의 걱정이었다.

할 수 없이 나는 지난번 정보통신 사업을 하다 사무실을 물려주고 돈을 못 받은 Y 전무라는 사람을 생각하고 그를 찾아 나서기로 했다.

Y 전무는 소위 딱지라고 부르는 사기 어음의 대부로 나이는 당시 50세를 훌쩍 넘은 사람이다.

그의 수제자라고 할 수 있는 사람이 강서 지역에 있는데 그는 그것으로 상당한 돈을 벌어 지금은 지역의 경찰서장 등 기관장들만 상대하는 지역 유지 행세를 하는 사람이다.

Y 전무는 행적이 항상 안개 같은 사람으로 도저히 만날 수가 없는 사람이다.

나는 강서 지역으로 그와 절친한 H 사장을 찾아갔다.

내가 찾아가자 각 방범, 선도 관련 경찰서의 표창장, 위촉장 등이 붙어 있는 그의 사무실 안에서 그는 내가 수표가 부도나서 현재 기소중지 상태라는 것을 내비치면서 은근히 협박을 하였다.

나는 은근히 화가 나서,

"야 H 사장, 나는 거의 평생을 기소중지를 달고 다닌 사람이야. 너희들과 처음 만났을 때도 기소중지가 줄줄이 있었어. 그런 것 같고 나 어쩔 생각은 하지 마…. 너희들로 인하여 그게 끝나게 되면, 너희들은 더 골치가 아파져…, 알겠니…. Y 전무에게 그대로 전해. 나 지금 상황이 매우 어려우니 이삼 일 내로 나에게 연락하라고 해. 나, 그 양반 어려울 때 의리 지켜 준 사람이니. Y 전무도 의리 지키라고 해."

그리고 그의 사무실을 나왔다.

그리고 다음 날, Y 전무로부터 호출이 왔다.

나는 내 어려운 상황을 이야기하고 돈을 보내지 말고 의리를 보내 달라고 하였다.

그는 나하고의 의리를 지켰다.

내가 받아야 될 돈에 10%도 안 되는 돈이지만, 가장 소중한 돈이었고, 그에 대하여서는 지금도 그것을 고맙게 생각하고 있다.

한동안 생활비에 대하여 한숨을 돌린 나는 앞으로 어찌할까를 생각했다.

일단 기소중지를 없애야 했다.

헌데 문제가 생겼다.

내 양복바지에 항상 곰팡이 같은 작은 점들이 있어 이상하다 생각하고 자세히 보니 소변 볼 때 튀어서 묻은 것이 말라서 된 것이었다.

그래서 무슨 일인가? 하고 신경이 써져 근처 약국에 가서 문의하니 혈당계로 내 피를 검사하더니 당뇨라고 하였다.

당뇨 수치가 하도 높아서 혈당계로도 재지지 않을 정도였다.

"이 무슨 청천벽력 같은 말인가!"

건강이라면 누구보다도 자신하던 나인데, 이삼 년 전 명동 성모병원에서 여동생의 친구가 피검사를 하라고 하여 한 결과, 그 여동생이,

"오빠, 나 병원에 오래 있었지만, 오빠 피처럼 깨끗한 피는 보지 못했어요."

하며 놀랬었다.

헌데, 나한테 당뇨병이라니….

그길로 병원에가 당뇨병에 대한 주의 사항을 듣고 약을 받았다.

완전히 중병 환자가 된 기분이었다.

의사 얘기는 당뇨병은 심한 정신적고통에 따른 스트레스가 가장 중요한 발병의 원인이 되기도 한다고 하였다.

여하튼 이제 아이들과 같이 있으려면 기소중지부터 없애야 했다.

할 수 없이 **어머니**께 상황 설명을 해 드리고 내가 어찌될지도 모르니 막내도 부탁드리고 Y 전무로부터 받은 돈을 모두 드리고 일단 당좌수표를 회수할 수 있는 데까지 회수하고 경찰에 들어갔다.

허지만 회수 금액도 많지 않았고 지난번 실형전과도 있다고 하여 또 구속되고 말았다.

악몽 같은 구치소 생활이 또 시작이었다.

헌데 J 신문사 후배가 자신의 신문사의 인감증명과 나의 처벌을 원치 않는다는 각서를 함께 제출하여 주어 구치소를 나오게 되었다.

그 후배에게는 미안하고 하여 아직까지 고맙다는 인사도 못 하였지만 아마도 나에 대하여서는 후배들에게 많은 이야기를 들었을 것으로 생각한다.

이제 기소중지도 없고 나를 막을 아무것도 없었다.

그동안 막내 놈은 훌쩍 커서 많이 의젓해졌다.

내가 **어머니**에게 너무 죄송하다고 말씀드리자 **어머니**는,

“아니다. 나, 이 녀석 없었으면 많이 힘이 들었을 거야. 이 얘가 내 삶의 낙이었단다.”

그 녀석은 친척들과 주위 이웃에서 천사라고 하였다.

어느 날, 데이콤의 본부장으로부터 회사로 한번 들어오라고 연락이 왔다.

들어가자, 부천에 전자 회사를 운영하여 볼 생각이 없느냐고 묻길래, 한번 가서 보자고 하여 가 본 결과 내실이 있는 회사인데 무언가 사장 형제의 장난친 냄새가 났다.

그 회사의 어음을 본부장이 얼마 정도 빌려 썼는데 그것을 갚지 못하고 있는 것 같았다. 그리고 얼마 남지 않아 돌아올 어음도 그들에게는 문제가 되는 것 같았다.

다녀와 보니 모 보일러 회사에 전자부품을 납품하고 있었는데 나쁘지는 않아 보였다

한 달 이내의 교환 어음만 처리하면 정상적으로 잘 돌아갈 수 있을 것 같았다.

나는 다녀와서 좀 생각을 해 보자 하고 그와 헤어졌다.

그리고 며칠 뒤 어느 날 저녁, 호출기에 본부장 전화번호가 찍혔다.

전화를 하니, 본부장이,

“지금 이리로 와 줄 수 없니?”

그래서 내가,
"야, 이 시간에 왜 퇴근도 안 하고 사무실에 있어? 강남으로 와!"
하자,
"아니 그럴 일이 있어, 빨리 좀 와 줘."
나는 이놈한테 무슨 일이 있구나 생각했다.
그는 지금 상무로 승진한 상태다.
사무실에 가자 모르는 놈 두 놈이 있었고 그의 넓은 회의용 테이블은 술병과 안주로 널려 있었다.

내가 들어가서,
"야, 이게 무슨 일이야?"
하자,
두 놈이 나를 쳐다본다.
"응, × 사장 와 주어서 고마워. 여기는 부천의 D 전자 사장과 동생이야."
하기에 속으로 이놈들이 지난번 갔던 전자 회사 사장과 동생이구나 하고 생각했다.
당시 갔을 때는 두 놈 모두 출타 중이어서 만나지 못했다.

본부장은 내가 들어가자 응원군을 만난 것처럼 그 두 사람에게,
"여기는 지난번 회사를 갔던 그 회사를 인수할 × 사장입니다."
이 녀석 아직도 결정을 안 한 것을 인수할 사람이라고 그들에게 말한다.
그러자 그 사람들이 나를 쳐다본다.
술들이 많이들 취해 있는 상태다.
그러자 동생 같은 놈이 술 취한 상태로,

"어느 놈이 인수하건 인수는 인수고 야, 본부장 돈이나 내놔!"

하면서 탁자를 친다.

나는 어느 놈이라고 하는 말에,

"야, 이 쥐새끼 같은 놈아 너 지금 어느 놈이라고 했냐? 이런 개새끼가!"

하면서 술이 들어 있는 병들을 손으로 훑어 버렸다.

순식간에 술병들은 바닥에 떨어져서 산산조각이 났다.

다음, 그 자식의 뺨을 갈겨 버렸다.

"너, 이 새끼, 지금 누구한테 이놈이라고 한 줄 알아?"

순식간에 벌어진 일에 모두 넋을 놓고 있다.

본부장은 파랗게 질려 나를 말린다.

일을 해결하기 위하여 나의 도움을 받으려고 나를 부른 것이 오히려 일을 크게 만들까 봐 겁이 난 눈치다.

본부장이 나를 말리니 사장인 형이란 친구도 동생을 말린다.

나는 느긋했다.

놈들은 본부장에게 돈을 받는 것보다는 회사를 양도하는 것이 훨씬 좋았다.

다들 조용해지자 내가 입을 열었다.

나는 우선 데이콤 사무실에서 이놈들을 데리고 나가는 것이 우선이라고 생각했다. J 본부장은 상무로 결정이 난 상태다. 이런 일이 있으면 임원으로 올라간 그에게 아무런 도움이 되지 못한다.

이렇게 생각한 나는,
"어이, 사장, 이건 아닌 것 같다. 여기는 J 본부장 개인 사무실이 아니고 데이콤 사무실이야. 여기서 당신들 진상 부려 보았자 서로 손해야. 그러니 밖으로 나가자."

그러자 사장 놈이,
"그러면 본부장 집으로 갑시다."

차라리 나을 것 같았다. 지금 시간에 어디 갈 곳도 없다.

나는 본부장 집에 자주 갔었기 때문에 그 집의 분위기를 잘 안다.
나는 본부장에게,
"야, 어떡할래?"
그러자, 별 다른 방법이 없다 보니,
"그래, 우리 집으로 가자."

본부장 부인은 벌써 이 상황을 알고 있었다.
차를 내오고 걱정스런 얼굴로 모두를 쳐다보고 있었다.

그놈들은 더 본부장을 윽박지른다. 특히 인상이 고약하게 생긴 동생 놈은 더 본부장을 괴롭힌다.
본부장은 계속 내 눈치를 보면서 도움을 청하고 있다.

한참 뒤 나는,

"어이 사장, 모레 2시까지 내가 부평 공장으로 갈 테니 법인 양도양수계약서를 만들어 놓으시게 어음발행 대장, 부채 현황, 부품 현황, 장비 현황 등 모두 정확하게 작성하고 계약서도 일반 관례에 준해서 정확하게 작성하시게. 그럼 다음 주 안으로 대표자 변경시키도록 하겠네. 그러면 본부장 건은 자연히 처리되는 거 아닌가?"

그러자 옆에 있던 동생 놈이,

"그거 지금 오늘 시간 벌려고 하는 거 아닙니까?"

그래서 내가 또,

"이런 ×팔, 너 이 새끼, 양아치들만 상대했니? 내가 모레 2시까지 약속했는데 내가 2시 10분 전까지 안 가면 네놈 자식이야 알겠니? 그리고 사장, 자산 부채 현황, 어음, 수표 발행 현황 모두 정확하게 적으라구. 만약 하나라도 틀린 곳이 있다면, 본부장 돈은 끝나는 거고 나도 당신 회사 인수하는 거 그것으로 땡이야, 알겠니?"

그것으로 그날 상황은 종료되었다.

나는 이제 어음교환 자금을 만들어야 한다.

어음을 할인하는 방법 외는 다른 아무런 방법이 없었다.

그래서 영등포 쪽에 사채 하는 사람을 알아 놓고, 그다음은 나는 부도가 나서 신용불량 상태이기 때문에 대표이사를 할 사람을 구하여야 한다.

그래서 나는 아무것도 하지 않고 놀고 있는 내 친척 여동생의 남편을 대표이사로 하여 졸지에 그 전자 회사를 인수하게 되었다.

그래서 결국, 본부장은 그들의 줄기찬 압박에서 벗어날 수 있었지만 나는 또다시 승부의 목적도 없는 골치 아픈 사업의 영역 안으로 들어가고 말았다.

부도에 또 부도

1995-6

계속되는 패배

부평의 전자 공장을 인수한 지도 이제 1달이 지났다.

여동생의 남편은 나하고 동갑이다.

아무리 여동생의 남편이라고는 하지만 나는 그 친구가 사장이 된 이상 가급적 모든 것을 맡아서 하게 하였다.

나는 전에 사장이 발행한 어음의 결제에만 신경을 썼다.

그러던 어느 날, 나는 전자 관련 책을 사러 교보문고를 들렀다.

이리저리 둘러보며 전자 관련 책이 있는 곳을 찾고 있는데 뒤에서,

"전무님, 전무님이시죠?"

많은 사람들 사이에서 부끄러움도 없이 크게 부르며 내 앞에 서는 여자가 있었다.

여자는 나를 확인하고는 내 손을 잡는다.

내가 사업을 시작할 때부터 데리고 있던 경리 직원이다.

그 후 내가 회사 문을 닫은 후 나를 배반했던 이사 놈 회사에 있다가 A 사장하고 답십리 패션 사업을 할 때 나를 따라왔고 또 그 뒤 디자이너들과 명동으로 나올 때 울면서 자기도 데리고 가 달라고 하여 내가 데리고 나왔고 또 내가 명동 사무실을 떠날 때도 하염없이 울던 L 양이다.

나도 반가워서,

"어, 어쩐 일이야?"

그러자,

"전무님, 우리 나가요."

하면서 내 팔을 잡아끈다.

전에도 날씬하면서도 예쁜 여직원이었는데 중년의 그녀는 더욱 세련되고 기품 있는 여인이 되어 있었다.

다방에 앉자 그녀는 또 눈물부터 글썽거린다.

"전무님을 여기서 만나다니, 꿈만 같아요."

"나도 반가워. 그런데 또 눈물이네."

"저 전무님 명동 사무실, 말도 없이 떠나 버리셔서 많이 울었어요."

그녀는 내 밑에서 가장 오랜 생활을 한 여직원이다.

당시 내가 수표를 막으러 정신없이 다니다 지쳐서 사무실에 들어오면 퇴근도 하지 않고 기다리고 있다가, 건너 뉴욕제과에서 빵과 과일을 사서 갖다주곤 하던 여직원이었다.

그녀는 결혼을 하였는데 얼마 전 성격 차이로 이혼을 하였다고 한다.

지금은 작은 화식 집을 운영하고 있고 아이들은 전남편과 미국으로 갔다고 한다.

나에 대해서는 패션 사업 당시 전에 애들 엄마와는 이혼한 것은 알고 있었다.

그 후 또다시 결혼한 것과 지금의 상황을 간단히 얘기했다.

그러자 안타까운 듯,

"전무님은 떠나가신 그 언니분과 결혼하셨어야 했어요."

숙이 내 곁을 떠나고 나자 **숙**과 같은 경리 통으로 둘이 서로 친하였고 **숙**과 동갑이었던 그녀는 아무도 모르는 나의 아픈 마음을 알고 있었고 그래서 나에게 더욱 헌신적으로 잘해 주었다.

그리고 그녀는 은행에 가서 나도 모르고 있었던 **숙**이 떠나면서 당시 1억 원이 넘는 거금을 내 통장에 입금시킨 것을 제일 먼저 안 것도 그녀였다.

"저, 오늘은 전무님과 함께 있을 거예요. 괜찮죠?"

그래서 그녀와의 관계는 오랜만에 만나자마자 시작되었다.

어쩌면 내 주위에서 나에게는 가장 오래된 여인이기도 했고 내가 첫 번째 부도가 날 당시 어려운 회사 살림을 혼자서 맡아서 끝까지 나를 도와주던 직원이었다.

그녀와의 만남은 오랫동안 잊고 있었던 사랑의 감정을 나에게 주었고 과정에 애들을 놓아둔 채 일본으로 간 처에 대한 분노도 삭혀 주고 있었다.

나에 대하여 거의 모든 것을 알고 있는 그녀는 내 아이들에 대한 배려도 잊지 않았다.

나는 할 수 없이 그녀를 아이들에게 보여 주었고 착한 우리 아이들도 잘 따랐고 그래서 그녀는 우리 집도 자주 오고 가곤 하였다.

결혼을 하자고 졸랐지만 나는 더 이상 결혼으로 인한 불행을 만들기 싫어, 우리 이대로가 좋지 않으냐 하면서 그녀를 설득하곤 하였다.

부평의 공장은 힘겹게 움직이고 있었으며 전에 사장들이 발행한 어음은 계속 돌아오고 나는 그것을 막기 위하여 이리 메꾸고, 저리 메꾸고 하면서 대표이사에게 부담을 주지 않기 위하여 안간힘을 썼다.

데이콤의 J 상무가 조금이라도 도움을 주면 좋으련만 그 친구는 항상 우는 소리다.

그 친구는 교회의 선배에게 맨 처음에는 자기의 있는 돈으로 어음을 바꿔 주기 시작한 것이 그것이 물려서 나중에는 여기저기서 마구잡이로 돈을 갖다주게 되었고 그래서 부평 공장하고도 연관된 것이다.

결국 그 회사는 부도가 났고 J 상무는 거기에 물린 돈이 무려 10억 원이 넘었다.

그러니 하루 종일 채권자들에게 시달리는 것을 보면 불쌍하기도 했다.

그러던 어느 날 저녁, J 상무로부터 전화가 왔다,

강남에 R 호텔에 있는데 빨리 좀 와 줄 수 없느냐고 부탁을 하는 전화였다.

나는 이 친구가 또 무슨 일이 있구나 생각을 하고 강남의 R 호텔로 달려갔다.

R 호텔의 1층 로비 라운지에 들어가자 J 상무는 건달로 보이는 놈들에게 둘러싸여 사정을 하고 있었다.

나는 그것만 보고도 사채를 쓴 거로구나 하고 생각할 수가 있었다.

나는 사정하는 J 상무에게 그만하라고 하자, 놈이 있다가,

"이건 또 뭐야!"

하기에 자주 오고 사람 많은 이곳에서 소란 피우기는 싫어서 말로,

"말 좀, 이쁘게 해, 개자식아, 여기서 소란 피우겠니?"

하면서 조용하지만 무게 있게 얘기하자, 그중 제일 나이가 많은 놈이,

"선생은 어떻게 되시는데요?"

"나? 나는 J 상무 해결사야! 아무리 돈을 못 받았다고 안 나오는 돈을 이렇게 한다고 받아 낼 수 있겠니? 지금 J 상무 많이 어려워. 봉급까지 압류당하고 있는 실정이야. 오죽하면 그래도 대기업의 임원인데 너희같이 어린놈들에게 이런 수모를 당하고도 아무 소리 못 하겠느냐."

하고 이야기하자 그 녀석은,

"참 갑갑하네요. 그럼 어찌하면 되겠습니까?"

하고 묻기에,

"야 J 상무, 이 친구 돈 언제까지 갚을 수 있냐?"

하고 내가 물으니 작은 소리로,

"한두 달 정도만 시간을 주면…."

"야, 임마 정확하게 얘기해. 그때도 안 되면 너 그땐 사시미질 당할 거야. 너 그거 틀림없는 거야?"

그렇게 내가 묻자 그는 고개를 끄떡인다.

그래서 내가,

"그럼, 친구들 석 달만 시간을 주시지."

그러자 녀석은,

"안 됩니다, 제가 난처해집니다."

"야, 지금 J 상무 사정 말이 아니야. 오죽하면 봉급까지 그렇게 되겠냐."

"그래도 안 됩니다."

"좋다, 그럼 내가 보증을 설게."

하면서 부평 공장의 명함과 내 주민등록증을 꺼내 보였다.

그놈은 내 주민등록증을 보고 한참 고개를 갸우뚱하더니,

"그럼, 사장님이 보증 각서를 하나 써 주십시오."

하길래,

"그래, 알았다."

하여 J 상무 각서와 내 각서를 써 주고 끝낼 수가 있었다.

지난번 A 사장과의 악몽과 같은 똑같은 상황이 되고 말았다.

일이 끝나고 녀석들이 가자, J 상무는,

"야, 미안하다. 또 신세를 졌다."

하기에,

"야, 전화 좀 그만해라. 이젠 겁이 난다. 지금 나 부평 공장 때문에 얼마나 힘이 드는 줄 아니?"

정말 부평 공장으로 인하여 나는 3가지의 신경을 쓰고 있다.

만약 부도가 나게 되면, 첫째는 여동생 남편에게 평생 지울 수 없는 원망을 들을 것이고, 둘째는 어쩔 수 없이 도와주고 있는 사채 하는 친구에게 미

안하고, 셋째는 현재 일을 하고 있는 근로자들이다.

생각만 해도 끔찍한 일이다.

일이란, 사업이란 때에 따라서는 잘못되었을 경우 그 잘못보다 몇 배의 큰 대가가 있다는 것을 알 수 있게 된다.

그래서 난 최선을 다하고 있는 것이다.

J 상무란 놈 편하게 해 주고자 한 일이 이렇게 힘이 들게 된 것이다.

그러한 고통을 그래도 그녀와 함께 있기에 큰 위안이 되었다.

그녀는 나의 사업에 대하여서는 잘 모르고 있지만 가끔은 내 표정을 보고서 느끼는 것도 같았다.

그래서 지금 하는 일에 대하여 나에게 물어보지만 나는 항상 밝은 웃음으로 답을 대신하여 준다.

그녀는 멀리 떠난 **숙**과 가장 오래 있었고 그래서 나에 대하여서도 너무 잘 알기에 그녀와 같이 있으면 **숙**과 같이 있는 느낌이다.

집도 고등학교에 다니는 큰딸과 초등학생인 막내딸, 그리고 항상 스마일인 막내 녀석 모두 이제는 재미있고 행복한 생활을 하고 있다.

근처에 사시는 **어머니**도 지역에 봉사활동을 하시면서 가끔 우리 집에 오셔서 도와주시고 하시기에 아이들도 모두 즐거운 생활을 하고 있고 그녀도 집에 오면 아이들과 즐겁게 지내고 있다.

그러던 어느 날 부평 공장에 나도 모르는 당좌수표가 은행에 교환이 돌아왔다.

그것도 작은 금액이 아니고 거액의 수표였다.

어찌 된 일이냐고 사장에게 물어보니 당황해하면서 전에 사장 동생 놈에게 빌려준 당좌수표인데 아직 3개월이나 기한이 남은 수표인데 그것이 돌아왔다고 한다.

참고로 당좌수표는 기한이 없다. 기한이 1년이 남았어도 은행에 넣으면 결제를 하여야 한다.

나는 당황할 수밖에 없었다.

그 큰 금액을 1시에 교환 돌아온 걸 알았기에 적에도 4시까지는 입금시켜야 하니 3시간 안에 그 자금을 만들어야 한다.

지금은 사장에게 뭐라고 그럴 시간이 없다.

전에 사장 동생 놈이 사기를 친 거나 마찬가지니 우리는 그 수표를 결제할 필요가 없다. 허지만 은행 시간 안에 자금을 만들어야 피사체 부도를 낼 수 있다.

피사체 부도란 돈을 입금시키되 상대방이 돈을 찾아가지 못하게 하는 것이다.

그러나 우선은 자금을 만드는 일이 급하다.

다행히 며칠 뒤 돌아올 어음 결제 자금이 당좌 구좌에 입금되어 절반 정도만 구하면 결제가 가능할 것 같았다.

영등포 사채업체에게 염치없는 부탁을 하고 할 수 없이 예전의 동생들에게도 부탁을 하여 겨우 위기를 넘길 수 있었다.

수표를 막은 후 공장의 생산부장에게 알아본 결과 교활한 전에 사장 동생 놈이 지금 우리가 전자부품의 하청을 맡고 있는 보일러 회사를 다시 뺏어가기 위해 회사를 부도내기 위하여 지금 사장에게 “당신이 사장인데 왜 내가 어음발행을 마음대로 하게 하느냐”는 등 감언이설로 꾀어 수표를 발행하게 하여 지금과 같은 위기를 만든 것이었다.

허지만 오늘 사용해 버린 며칠 뒤 교환 자금이 또 문제다.

일을 저지른 사장은 하루 내내 전화 한 번 없다.
나도 자존심을 건드리는 것 같아 전화를 하지 않았다.

그리고 며칠 후, 예정된 어음교환이 돌아오는 날 오후 1시경 은행에서 또다시 어음과 예정에 없던 당좌수표가 또 교환이 돌아왔다는 연락이 왔다.

며칠 전 당좌수표를 막느라 사용한 오늘 돌아올 어음 결제 자금도 전부 만들지 못했는데 또다시 거액의 당좌수표의 교환이 돌아온 것이었다.

화가 난 나는 공장으로 전화를 하니 사장은 오늘 출근하지 않았다 한다.
휴대폰과 여동생 집으로 전화를 하여도 받지를 않고 있다.

오늘 결제 자금은 도저히 불가능하다.

그동안 그렇게 고생하면서 전에 사장이 발행한 어음을 막아 왔는데 허탈하기만 하다.

그것도 그렇지만 일을 저질러 놓고 아무 연락도 없는 사장의 행동에 머리끝까지 분노가 치솟고 있었다.

결국 회사는 부도가 났고, 더 이상 부평 공장은 쳐다보기도 싫어 그대로 산산조각을 내고 말았다.

또, 나를 도와준 몇몇 사채 하는 동생들에게 피해만 입히고…….

이렇게 나는 또다시 사람들에 의하여 수렁 속을 헤매게 되었다.

아- 아- 나의 어머니, 그리고…

1998

어머니에게 가니 여동생이 와서 오빠 때문에 자기 남편이 부도가 나 큰일 났다고 하는 말까지 들어야 했고 나는 난생처음으로 **어머니**에게 아무 말도 못하고 묵묵히 꾸지람까지 들어야 했다.

데이콤의 J 상무는 자기로 인하여 내가 부평 공장과 자신의 사채 부채까지 곤란을 겪게 되자 미안해하기는 하였지만 나에게 줘야 할 수억 원의 돈은 현재는 불가능한 상황이기에 도리가 없었다.

그러한 깊은 수렁 속의 고통도 그래도 그녀와 함께 있기에 큰 위안이 되었다.

그녀는 나의 사업에 대하여서는 잘 모르고 있지만 가끔은 내 표정을 보고서 느끼는 것도 같았다.

그래서 지금 하는 일에 대하여 나에게 물어보지만 나는 항상 밝은 웃음으로 답을 대신하여 준다.

고통 속의 나에게 위안이 되는 건 그녀뿐이었다.

아이들 때문에 낮에 밖에서 만날 수가 없기에 밤늦게 집에 와서 아이들이 자고 나면 나와서 같이 보내고 새벽에 들어가고 하는 일이 계속되자 결혼을 조르지만 나는 더 이상 나로 인하여 여자가 힘이 드는 것을 원치 않기에 결혼 이야기만 나오면 그녀를 설득하느라 진땀을 빼야 했다.

그녀는 예전에도 매일매일 수표를 막느라 고생하면 퇴근도 하지 않고 있다가 지쳐 돌아온 나를 챙겨 주고 **숙**이 떠난 후엔 **숙**이 때문에 괴로워하는 나를 조금이라도 위로가 되게 하려고 노력을 많이 하였다.

답십리 패션 사무실에서 만났을 때는 내가 이혼했다는 소식을 듣고 좋아했지만 당시는 나는 더 이상 여자, 그리고 결혼이라는 것은 생각지 않기로 결심을 하였기에 그녀의 마음을 알면서도 모른 체 지나갔다.

다만, 내가 명동으로 나간다고 하였을 때 울면서 자기도 명동 사무실로 데려가 달라고 하여 데려가게 되었다.

그리고 명동 사무실의 모든 것을 직원들에게 물려주고 어느 날 갑자기 잠적을 했던 것이다.

그리고 20년 가까운 세월이 흘렀지만 그녀의 나에 대한 마음은 하나도 변한 것이 없었다.

그것이 나는 더 미안하기만 하였다.

그래서 나도 가끔은 그녀와 결혼을 하여 좀 더 편안한 생활을 하고 싶다는 생각을 할 때도 많았지만 4명의 아이에 대한 부담을 그녀에게 준다는 것은 내 양심이 도저히 허락하지를 않았다.

더욱이 나에게는 또 하나의 가장 큰 근심이 있었다.

그것은 **어머니**께서 폐렴 증세를 보이시다가 증세가 호전되지 않아 정밀 검사를 한 결과 폐암으로 판명이나 **어머님**의 모습이 하루가 다르게 수척해지시고 계셨다.

이에 나는 거의 매일 **어머니**를 모시고 병원과 강남의 한방 침술원을 모시고 다녔다.

어머니는 병세가 위중해지시면서도 성경 필사를 하루도 거르지 않으시고 성당 또한 빠지지 않고 가셔서 미사를 보시고 성체를 영하셨다.

우리 **어머니**, 항상 힘드신 삶을 살아오시면서도 미소를 잃지 않으시고 음악과 함께하며 사시고 봉사활동을 언제나 즐거운 마음으로 하셨기에 그래서 **어머니**의 힘든 모습을 보지 못해 우리 **어머니**는 항상 건강하실 것이라고 생각했는데…….

그녀도 **어머니**의 건강에 대하여 무척 걱정하면서 **어머니**가 좋아하셨던 유부초밥 등을 언제나 정성껏 만들어 가져오곤 하였다.

병원에서는 더 이상 조치할 수 없었기에 통증을 약화시키는 마약 처방이 고작이었다.

한동안 화장실도 가시지 못하고 하시던 어느 날, 혼수상태에 이르셔서 병원 응급실로 모시고 가고 그리고 중환자실에서 일주일을 계시다가 운명하시고 말았다.

우리 **어머니**가 돌아가셨다는 것, 도저히 믿기지가 않았다.

평생을 나하고는 인자하신 **어머니**이자 가장 친한 친구 같으셨던 **어머니**였다.

어머니의 빈소에는 수많은 사람들이 끊이지 않고 찾아왔다.

첫날부터 마지막 날까지 성가 소리와 기도 소리가 끊이지 않았다.

장례식 날, **어머니**의 돌아가심을 슬퍼하듯이 궂은비가 주룩주룩 내리고 있었다.

장례미사가 거행된 성당 안은 평일의 궂은 날씨임에도 불구하고 그 넓은 성당 안은 흐느끼는 울음소리와 조문객들로 가득 찼다.

있는 사람들보다 우리 주위에서는 대접을 받지 못하였지만 우리 **어머니**로부터는 사랑을 받았던 소외된 사람들이 더욱 많았던 것 같았다.

미사가 끝난 후 많은 사람들은 장지인 용인 천주교 묘지까지 와서 **어머니**를 추모하였다.

이렇게 하여 **어머니**는 **외할아버지**, **외할머니**, 그리고 **아버지**와 함께 자리하셨다.

성모마리아님처럼 인자하셨고, 테레사 수녀님처럼 어려운 사람을 보살피시던 나의 가장 친한 친구이셨던 우리 **어머님**은 하늘로 올라가셨다.

평생 고생만을 하시고 돌아가셨지만 양재동에서 모시려 할 때도, 마천동

집을 샀을 때도, 그리로 오시라고 하였지만,

"나는 어려운 이웃이 많은 이곳이 좋단다." 하시면서 거절하시던 **어머니**, 그리고 평생 어려운 사람들을 돌보시던 **어머니**, **어머니**에게는 그곳에 행복이 있으셨을 것입니다.

그러시기에 그 고생은 고생이 아니라 기쁨이기도 하였을 것입니다.

그리고 내가 그곳에 들어가 있을 때, 면회를 오셔서 다른 부모들처럼 눈물을 보이시는 것이 아니시고,

"**엄마**는 우리 아들을 믿는단다. 바보처럼 힘들어하지 말아라."

하시면서 면회 시간 내내 농담을 하시면서 웃겨 주시던 '**어머니**.'

그렇게 좋아하시고 사랑했던 **지영**이가 세상에 없다는 얘기에 몇 날을 우시던 '**어머니**.'

이제 하늘에서 즐겁게 만나시겠네요,

어머니는 **어머니**의 인자함과 좋아하셨던 음악과 함께 언제나 제 마음속에 계신답니다.

'어머니, 사랑합니다.'

어머니가 세상을 떠나신 후 한동안은 **어머니**가 안 계시다는 것이 도저히 실감이 나지 않았다.

그러다 다시는 그 인자하신 모습을 볼 수 없다는 사실에 그리움과 슬픔 속을 헤매어야 하였다.

어머니에 대하여 평소 느끼지 못하였지만 그 자리가 그렇게 넓을 수가 없었다.

금방이라도

"××아."

하시면서 들어오실 것만 같아 깜짝깜짝 놀라고 **어머님**이 15년 가까이 사시던 집 앞을 지나노라면 집 안에는 **어머니**의 인자한 모습이 계실 것만 같았다.

그래서 **어머님**이 사시던 집은 내놓지 않고 큰딸이 그곳에 있겠다 하여 그렇게 하기로 하였다.

어머니가 돌아가신 후 나에게 위안을 주는 사람은 의젓하고 사랑스러운 막둥이와 그녀뿐이었다.

막둥이 녀석은 어느 사람들이나 그 녀석과 함께 있으면 즐겁다고 하였다.

심지어는 먼 친척이 서울에 왔다가 그 녀석을 강원도까지 데리고 가서 일주일 동안 같이 있다가 오는 등 막둥이는 누구든 좋아하였고 착하고 의젓한 막둥이는 누구든 즐겁고 행복하게 해 주었다.

그 녀석은 한마디로 천사였다.

그녀 또한 **어머니** 장례식 이후 슬픔에 쌓여 있는 나를 위하여 자신의 가게는 거의 돌보지 않고 내 옆에서 나와 함께하고 있었다.

그리고 **어머니**가 돌아가신 이후 내 건강도 많이 나빠진 것 같았다. 당뇨

혈당도 높아지고 무슨 이유인지 모르지만 손과 발의 저림 현상도 일어나기 시작했다.

그녀는 내 건강 때문에 걱정을 많이 했다.

같이 병원에 가 보자고 하였지만 나는 계속 괜찮다고 하며 거절하였다.

그럴 때마다 그녀는 서운하다고 하면서 계속 울먹였다.

어느 날은 담배를 끊으면 좋겠다고 하길래, **어머니**도 폐암인 걸 잡아 드리지도 못하였는데 내가 담배 많이 피워 폐암에 걸린들 어떠하겠느냐, 너무 걱정하지 말아라 하며 얘기하니, 나이가 들어도 예전에 오기로 회사 부도낼 때와 조금도 달라진 것이 없다고 어이없어하였다.

여하튼, 그녀는 그 옛날 회사에 근무할 때 어음을 막고 지쳐서 사무실에 돌아오면 내가 좋아하던 빵과 당시엔 엄청 귀하던 바나나 등 과일을 가져오던 것과 같이 하나서부터 열까지 나를 챙겨 주기 위하여 정성을 다하였다.

허지만 지금도 나는 내가 그녀에게 하여 줄 수 있는 것은 마음뿐이었다.

그러면서도 시간은 흘러 막내도 초등학교에 입학을 하였다.

모두들 젊은 엄마들 사이에 나이 많은 아빠가 학교를 가도 착한 우리 막내는 좋아하기만 하였다.

우리 막내는 다른 아이들보다 머리 하나는 더 컸었다.

학교에 가면 맨 뒤에 잘생기고 의젓한 아이가 우리 아이였다.

초등학교를 졸업한 누나도 동생이 학교에 입학을 하자 좋은 모양이었다.

모든 걸 잘 챙겨 주고 보살펴 주었다.

막내의 학교는 집에서 멀지 않았지만 중학교에 입학한 딸아이의 학교는 우리 집 대문과 학교 정문이 서로 마주 보고 있었다.

막내는 학교에 입학한 뒤로 공부도 잘하지만 더욱 씩씩하고 의젓해졌고 중학교에 입학한 딸도 예쁘고 동생한테는 착한 누나였고 막내 또한 누나한테 착한 동생이었다.

그러던 어느 날, 지금은 큰딸이 살고 있는 **어머니**가 사시던 집으로 일본으로 갔던 아이들 엄마로부터 전화가 왔다.

만나자는 것이었다.

나는 그간 잊었던 분노가 다시 살아났다.

어린것들을 버리고 떠날 때는 언제고 이제 와서 뻔뻔하게

만나자고 전화를 하다니….

잠실의 호텔 커피숍엔 와이프와 그녀의 부모가 같이 나왔다.

5년 만이었다.

아이들 엄마는 울면서 아이들이 보고 싶다고 했지만, 내가 절대로 용서해 주지 않을 것이라고 말하자, 같이 왔던 장인이 그러면 호적 정리라도 해 달라는 부탁이었다.

나는 처음 만나서부터 마음속 깊은 곳에서 올라오는 분노로 지글거렸지

만 꾹 참고 알았다고만 말한 뒤 그날은 별말 없이 와이프와 헤어졌다.

그날 저녁, 나는 그녀와 함께하면서 오늘 와이프와 만난 얘기를 했다.
그러자 그녀는 갑자기 얼굴이 굳어졌다.
한동안 아무 말이 없었다.
내가 무슨 말을 걸어도 대답이 없다.

한참을 우울한 표정으로 있던 그녀는,
"오늘은 일찍 들어가셔서 YJ 얼굴을 유심히 쳐다보세요."

나는 그녀의 마음을 헤아릴 수가 있었다.
나도 막내 녀석에게 엄마를 찾아 주면 그 녀석이 얼마나 좋아할까 하는 마음도 잠깐 가졌었다.

그 옛날 첫째 아들 임신하였다는 소식에 나에게 부담을 주지 않으려고 떠나 버린 **숙**과 똑같은 상황이었다.

오늘 저녁, 막내의 얼굴을 쳐다보라고 하는 것은 엄마 얼굴도 모르는 막내에게 엄마를 찾아 주라고 하는 그녀의 마음이다.

나는 살며시 그녀를 안아 주었다.
그녀는 내 품에 안겨 소리 없이 흐느끼고 있었다.

숙과 가장 친했던 그녀는 **숙**이 떠난 후 **숙** 대신 나에게 헌신적으로 보살펴 주었고 내가 부도가 난 이후 답십리 사무실, 명동 사무실에서 계속 나와 함께하면서 행복해하던 그녀, 그 이후 내가 아무 말도 없이 명동 사무실을 떠나자 결혼을 하였지만, 성격 차이로 이혼을 하고, 그러던 중 기적처럼 나를 만나 행복한 시간을 보냈지만, 또다시 **숙**과 똑같은 상황이 되자 슬픔이 밀려오는 것 같았다.

일찍 들어가라고 한 그녀는 말은 그렇게 하고서는 도저히 헤어질 것 같지가 않았다.

나는 큰딸에게 전화하여 집에 가서 동생들과 함께 있으라고 한 뒤, 그녀에게,

"바보같이 왜 그래? 당신 혼자 생각하고, 당신 혼자 결정하고 뭐 하는 거야!"

그러자 그녀는 잠시 후 눈물을 닦고,

"아니에요. 아이들 엄마가 일본에 계속 있었으면 모르지만 한국에 온 이상 엄마 얼굴도 모르는 아이들에게 엄마를 찾아 주는 건 너무도 당연해요. 이제 그때의 **숙** 언니 마음 알 것 같아요."

다음 날, 나는 학교에서 돌아온 막내와 같이 있으면서 막내의 얼굴을 물끄러미 바라보다가,

"××야, 너 엄마 보고 싶지 않니?"

하고 묻자, 아빠의 뜻밖의 질문에,

"엄마요?"

하면서 눈만 껌뻑껌뻑하면서 말을 하지 못했다.

나는 막내가 엄마가 보고 싶지만 아빠한테 엄마 말을 하면 아빠가 가슴이

아플 것이란 생각에 말을 못 하는 것이란 것을 알 수 있었다.

그러한 막내의 표정과 생각을 읽고 나는 울컥 가슴속에서 뜨거운 것이 올라왔다.

나는 집사람과 같이 있어도 어차피 정상적인 부부 생활을 하기는 힘들다.

지난번에도 그랬었지만 지금은 더욱더 힘이 들 것이다.

허지만 이 어린 착한 아이들에게 엄마를 찾아 주면 얼마나 좋아할까?

그녀가 막내의 얼굴을 쳐다보라는 깊은 마음을 충분히 알 수 있었다.

나는 며칠 뒤, 잠실의 호텔에서 와이프를 만났다.

나는 다른 말은 일체 하지 않았다.

다만,

"난 또다시 지난 세월을 지우려 노력할 것이다. 대신 더 이상 아이들한테 죄를 짓는 일은 없었으면 좋겠다."

그러자 와이프는 울기만 하고 있다.

나는 우는 와이프를 데리고 집으로 왔다.

막내는 아직 학교에서 돌아오지 않았다.

잠시 후,

"아빠."

하는 씩씩한 소리와 함께 막내가 들어오더니, 와이프를 보고 고개를 갸우뚱갸우뚱한다.

집사람은 너무도 의젓하고 잘생긴 자기 아들을 보더니 울음을 터트린다.

그때 내가,
“××아, 엄마야.”
하고 말하자, 작은 소리로,
“엄마?”
하더니 눈물을 글썽인다.
그러자 와이프가
“××아.”
하면서 막내를 끌어안았다.

얼마를 울고 나자, 막내는 금방 엄마, 엄마 하면서 이것도 보여 주고 저것도 보여 주고 신이 났다.

그러자 잠시 후, 바로 앞이 학교인 누나가,
“××아!”
하면서 들어왔다가 엄마 얼굴을 보더니, 믿기지 않는 듯 멍하니 쳐다본다.
그때, 막내가,
“누나, 엄마야, 엄마.”
하면서 신이 나서 얘기하자, 그때서야 울음을 터트린다.

그러자 와이프도 딸애를 끌어안고 울음을 터트린다.

울음을 멈춘 와이프는,

"모두 예쁘고 의젓하게 너무 잘 키우셨네요. 정말 미안해요."

이렇게 해서 5년 반 만에 와이프와의 생활은 다시 시작되었다.

함께 생활하게 된 후 와이프는 그간 여자가 없었냐고 물었다.

있었지만 아이들을 선택했다고 얘기하고 가슴이 찢어지도록 아픈 건 사실이다, 허지만 아이들이 즐거워하는 것을 보니 잘했다는 생각이 든다고 솔직히 얘기해 주고 아이들도 아줌마가 좋았다고들 하니 자기도 한번 보고 싶다고 하여 가게를 가르쳐 주었더니 그녀를 보고 와서는,

"정말 날씬하고 기품 있고 우아하게 생기셨네요."

하면서 탄복을 하였다.

그녀는 나보고 결정을 잘했다고 하면서 자기도 가게를 정리하고 아이들이 있는 미국으로 가겠다고 하였다.

자기가 이혼한 건 남편하고의 문제지 아이들 때문이 아니니 아이들은 버릴 수가 없을 것 같다고 하면서 우리 모두 옳은 길을 찾게 되어 잘된 것 같다고 하면서도 울음을 감추지를 못했다.

이렇게 나는 또 한 여인의 가슴에 못을 박고 말았다.

또다시 아픔 속에 새로운 도전

1999-2002

출국장의 그녀는 눈물을 거두지 않았다.

그러면서,

"**숙**, 언니와 나, 모두 바보 아닌가요?"

"그래, 그리고 나도."

"그래도 나는 당신과 함께 보낸 소중한 몇 년이 있어서 행복해요. 그 몇 년을 그리며 살면 살아갈 수 있을 거 같아요."

"아니야, 새롭게 씩씩하게 살아."

"그리고 당신 건강 챙기세요. 예전과 많이 달라지셨어요. 제가 가기 전에 이것 하나만 꼭 약속해 주세요."

"응, 뭔데?"

"병원에 가셔서 검진 꼭 받으세요. **숙** 언니처럼 많은 돈은 못 드리고 가지만 그 돈은 당신 통장에 입금했어요."

"당신도 **숙**처럼 바보 같은 짓 했구나. 돈 같은 거 있어 보았자 나에게는 어떻다는 건 잘 알고 있으면서…."

"그래도 내가 드린 거잖아요. 꼭 건강 챙기세요."

"알았어."

그녀가 떠나자 뭔가 허전하면서 죄를 진 기분이었다.

이렇게 또다시 아이들을 위해 **숙**이 떠날 때와 마찬가지로 지금도 그녀와 나는 가슴 아픈 희생을 선택했다.

이제 아이들의 엄마는 아이들의 엄마로서는 돌아왔지만 나하고의 정상적인 부부 관계는 불가능할 것이다.

아이들은 엄마와 즐거운 생활을 하고 있다.

막내 녀석은 그동안 불러 보지 못한 엄마라는 말을 다 부르려는 듯 하루 종일 엄마, 엄마 하며 보내고 학교도 엄마가 가니 무척 좋은 모양이다.

조금은 새침한 딸아이도 한층 밝고 명랑해졌다.

내 마음은 아픈 것도 있었지만, 아이들이 즐거워하는 것만으로도 집사람을 받아 준 보람은 있었다.

내 몸은 내가 신경이 갈 정도로 오른쪽 팔다리가 나빠지고 있었다.

사용하는 것은 고사하고라도 감각 차체가 없어지고 말았다.

그런데 또 생각지도 않은 문제가 생기고 말았다.

부평 전자 공장의 대표이사로 있었던 동생 남편이 부정수표단속법으로 검문에 걸려 경찰에 잡혀 가게 되었다.

나는 그 당좌수표 건은 그 쥐새끼 같은 전 사장의 동생 놈이 여동생 남편을 감언이설로 꾀어 빌려 간 수표이기에 걱정을 하지 않았다.

당시 그 수표는 전에 대표로 있었던 사장 동생의 꾐에 빠져 여동생 남편이 발행해 준 것으로 자기가 책임지고 처리하겠다고 한 것인데 차일피일 미루다 이렇게 되고 만 것이다.

나는 여동생 남편에게도 화가 났지만 그 전 사장의 동생 놈에 대하여 치미는 분노를 주체할 수가 없었다.

당시 부도가 났을 때는 여동생 남편을 생각하여 덮어 두었지만 이제는 그 교활한 놈을 그냥 둘 수가 없었다.

허지만 지금은 여동생 남편이 경찰에 들어갔으니 그것이 문제였다.

나는 할 수 없이 경찰서에 들어가 당좌수표를 회수할 테니 여동생 남편에 대한 영장 청구는 이삼 일만 기다려 달라고 부탁하고 수표가 어디 있는지 입금 은행에 가서 조회하여 달라고 하여 소지자를 수소문하여 회수에 대한 것을 협상을 하여 할 수 없이 그녀가 미국에 가면서 병원에 꼭 가라고 하면서 내 통장에 입금시킨 돈을 찾아 수표를 회수하여 동생 남편을 빼내 주었다.

다음, 그 부평 공장 전 사장의 동생 놈을 찾기 위하여 동생들을 풀어 쫓아다녔지만 결국 그 쥐새끼 같은 놈은 잡지를 못하고 내 평생 처음으로 고소장이란 것을 인천지검에 제출하였다.

결국 그녀가 주고 간 돈은 그렇게 허무하게 없어지고 말았다.

몸은 계속 나빠져 오른쪽의 팔다리가 저리고 감각이 없어지는 증세가 더욱 심해지고 있었다.

그래서 할 수 없이 집 근처 조그만 종합병원에 가서 진찰을 받자 손의 신경이 눌려서 그렇다고 하면서 그 신경을 펴 주면 된다고 하여 양 손목의 동맥 부분의 피부를 자르고 양손의 피부를 벗겨 수술을 받았다.

허지만 그 수술을 받아도 나아지지가 않았다.

×× 새끼, 그 돌팔이 같은 의사 놈 때문에 피부의 껍질을 벗긴 손목 때문에 그 이후에도 20년 가까이 고생을 했다.

그래서 인근 대학 종합병원으로 가서 MRI 촬영을 하자 신경외과의사가 어떻게 지금까지 이러고 다니셨냐고 하면서 당장 목에 칼라를 차게 하고 다음 날 수술 계획을 잡아 수술을 하였다.

원인은 1994년 가을 양재동 교육문화회관 입구 삼거리에서 좌회전을 하려고 좌회전 차선 맨 앞에서 신호를 기다리고 있었는데 갑자기 엄청난 충격과 함께 차가 전면 반대 차선으로 무려 50m 이상 날아가 버렸다. 놀라 내려서 보니 자동차의 뒤가 산산조각이 났고 운전대도 떨어져 있었는데 기적처럼 몸은 아무 이상이 없는 것 같았었다. 이에 정신을 차리고 사고 난 곳을 보니 거대한 덤프트럭이 서 있는데 운전자가 사고를 내고도 나오지 않아 이놈이 도망갔나 하여 가 보니 젊은 운전자가 사색이 되어 운전대를 잡은 채 있었다. 그것을 본 나는 처음엔 화가 났지만 그 모습을 보니 측은한 생각이 들어서 물어보니 이제 군대에서 제대한 지 3일밖에 되지 않은 친구였다. 그래서 이 친구 강하게 윽박지르면 이 사고가 앞으로 이 친구의 삶에 큰 영향을 줄 것 같아,

"야, 보험은 들었냐?" 물어보니 들었다고 하여,

"그럼 내 몸은 이상 없는 것 같으니 내 차나 보험 처리하여 수리하여라."

하고 아무런 조치를 하지 않았는데 시간이 지나면서 점점 증상이 나타나기 시작했고, 결국 목의 경추가 다 부서져 자칫 방치하여 신경이 잘못되면 반신불수가 되었을 것이었다.

수술은 목 앞쪽을 절개하여 내 골반뼈를 잘라 깎아 경추를 만들어 볼트로 조여 경추 대신 사용할 수 있도록 하는 수술로 무려 8시간 이상이 걸린 대수술이었다.

수술은 잘되었다고 하는데 문제는 그다음이었다. 뼈가 아물 때까지 약 1달 이상을 반듯하게 누워 있어야 한다고 하였다.

먹는 것도 누워서 먹고 대소변도 누워서 보고 하는 엄청난 고통을 겪어야 했다.

허지만 나는 5일 뒤부터 일으켜 달라고 한 뒤 목에 찬 칼라를 꽉 조이고 수액을 줄줄이 달고 밖으로 나가 바람을 쐬고 담배도 피웠다.

그런 내가 안쓰러웠던지 담당 의사는 수액을 하나씩 줄여 주기 시작했다.

나는 1인실을 쓰고 있었는데 그래도 답답하였다.

경추 수술을 받은 나는 완쾌가 되어도 역기나 아령 같은 근력운동은 하지 못하고 뛰는 것도 어렵고 뒤를 보려고 해도 전에는 목만 돌리면 되었지만 이제는 몸 전체를 돌려야 뒤를 볼 수 있다고 하였다.

다른 무엇보다 평생을 운동으로 살아온 내가 앞으로 운동을 할 수 없다는 것이 나에게는 큰 고통이었다.

졸지에 장애인이 된 것이다.

한 달 가까이 병원에 있자 병원비가 약 2천만 원 이상이 청구되었다.

나는 만들기 전문점을 할 때 데리고 있던 동생 같은 친구들이 데이콤 전무를 알기에 그 친구들에게 데이콤에 가서 내가 수술을 받은 것을 얘기하고 돈을 좀 받아 오라고 시켰다.

집사람은 돈도 없으면서 무슨 배짱으로 1인실에 있느냐고 어이없어하고 있었다.

허지만 내가 살아온 것이 이랬고 무엇이든 심각하게 생각하기가 싫었다.

데이콤에 심부름을 간 친구들이 돌아왔다.

그래도 데이콤 친구는 의리를 저버리지 않았다.

심부름 간 친구들에게 7천만 원을 보내왔다.

돈을 받아 온 그 친구들은 내 눈치를 보고 있다.

내가 얼마라도 주기를 바라면서…….

'그래 기왕 주는 거.'

이렇게 생각한 나는 그 친구들이 무척 어렵다는 것을 알고 있기에 7천만 원을 삼등분하여 서로 똑같이 나누었다.

그 친구들은 뜻밖인 모양이었다.

나누고 보니 병원비가 오히려 모자랐다.

할 수 없이 얘기하기는 싫었지만 집사람에게 모자란 금액을 부탁하여 퇴원할 수 있었다.

집사람은 병원비를 어떻게 만들었냐고 신기해하였다.

집사람이 원무과에 물어서 병원비를 준비하고 있었는데 내가 지불을 하였다는 소리에 병원에 누워서 어떻게 만들었는지 궁금한 모양이었다.

허지만 사실대로 얘기할 수가 없었다.

심부름 한 친구들과 똑같이 나누었다면 집사람뿐 아니라 누구라도 미친 짓을 했다고 할 테니깐….

목에 칼라를 차고 불편은 하였지만 오른쪽 손과 발의 저림이 없어졌기에 살 것만 같았다.

내가 병원에 있는 동안 아이들과 집사람은 이제는 5년을 떨어져 있다 새로 만났다는 어색한 관계는 완전히 사라졌다.

집사람은 내가 수술을 받고 한동안 활동에 제약을 받게 되자 무엇인가는 하여야 한다는 생각에 일본에서 모아 온 자금으로 우리가 사는 집 외부의 점포를 얻어 한복 가게를 차리기로 했다.

나는 불편한 몸이지만 가게 인테리어부터 미싱 구매 등 목에 칼라를 찬 채 운전을 해 가면서 도와주었다.

집사람의 한복 가게 오픈 후 나는 새로운 도전을 위하여 준비를 하였다.
아무리 수술 후 몸이 불편하다 하여도 내 성격상 가만히 있을 수만은 없었다.

첨단기술을 요구하는 지금….
예전의 수출 관련 기업이 봇물 터지듯 생겨나고 지금은 너도나도 벤처기업을 설립하고 있었다.
대부분이 솔루션 관련 기업이었지만 나는 새로운 제품으로 승부를 걸고 싶었다.

그래서 새로운 제품에 대한 개발에 승부를 걸어 보기로 하였다.

앞으로의 IT 부분의 품목별 트렌드를 생각하여 본 결과 가정의 정보통신 단말기 분야와 휴대전화 부분으로 압축하여 가정의 종합 정보통신 단말기와 무선전화기의 유선전화기와의 연동 기술, 그리고 휴대전화기의 휴대용 충전기로 목표를 세우고 집에서 해당 분야의 기술에 대하여 공부를 하기 시작하였다.

자~ 이제 비록 몸은 불편하고 마음은 그녀와 헤어짐으로 인한 아픔은 있지만, 이제 다시 시작이다.

새로운 분야에 도전하려는 나의 노력은 밤낮이 없었다.
그 노력으로,

무선전화기를 일정한 구내에서 유선전화기와 연결해 쓰는,
'무선전화기의 구내 송수신 방법'

앞으로의 온라인쇼핑 시대를 위하여,
'가정 홈쇼핑 상품의 무인 수납 장치'

차후 정보화시대를 위하여
'가정✓용✓ 정보처리 단말기'

미래 휴대전화기의 일반화 시대를 위하여
'모바일기기의 휴대용 충전장치'

이 4가지 제품에 대하여 특허출원을 하였다.

그리고 대학교수인 후배들이 모여 내가 출원한 기술을 근간으로 하여 벤처 법인을 설립하였다.
그리고 미국 MBA 출신을 대표이사로 영입하고 직원을 모집하고 연구 기자재 등의 확보 등, 그들은 의욕적으로 출범하여 내가 출원한 기술에 대하

여 세부적으로 연구 작업을 적극적으로 진행하여 나가고 있었다.

그러나 얼마 지나지 않아 문제가 생기기 시작했다.

회사를 시작한 지 얼마 되지도 않았건만 서로들의 주식 지분을 갖고 불만을 갖기 시작했고 그것이 급기야는 회사 안에서 노골적으로 서로 대립하는 사태까지 되었다.

내가 제일 싫어하는 회사 지분 욕심을 갖고 다른 사람도 아닌 교수라는 친구들이 직원들이 알 수 있을 정도로 회사 안에서 싸움을 하니 화가 치밀고 말았다.

나는 어느 날 모두를 모이게 했다.

그리고

"이런 마음들 갖고 무슨 회사를 운영하겠느냐. 모두들 그만두어라. 내가 이제는 몸도 좋지 않고 또 사업이라는 것이 하기 싫어 자네들에게 모든 것을 주고 해 보라고 한 것인데 이건 아닌 것 같다. 회사를 시작하자마자 서로 지분을 갖고 싸움을 하면서 무슨 회사가 되겠느냐. 자네들이 출자한 돈은 모두 돌려줄 터이니 그만들 두어라. 나는 IT라는 것을 전혀 모르지만 내가 직접 하겠다."

하고 강하게 얘기하고 인수인계 수순을 밟도록 했다.

그들은 내가 화가 나서 그렇게 얘기하였겠지 하고 생각했지만, 나는 내 입으로 뱉은 이상 그것이 설사 잘못된 결정일지라도 그것으로 끝이다.

나는 화가 나서 그들에게 그렇게 얘기는 하고 왔지만 문제가 생겼다.

먼저 대표이사를 할 사람이 없었고, 그들이 출자한 자금도 문제였다.
곰곰이 생각하다 나는 집사람에게 부탁을 했다.
한복집은 영업이 시원치 않아 문을 닫고 있은 지 오래되었다.
그래서 지금의 벤처 회사 얘기를 하고 나는 현재 지난번 부도로 신용불량 상태고 더욱이 벤처기업은 대표이사의 학력과 경력을 중요시하니 집사람에게 해 보라고 하고 지금 있는 집을 줄여서 자금을 보태자고 하였다.

어려운 부탁이었지만 집사람은 쾌히 승낙을 하여 나는 회사의 인수인계 작업을 하면서 자금 준비를 위하여 집을 내어놓는 등 바쁘게 움직였다.

다시는 사업을 하지 않으려 했는데 할 수 없이 다시 할 수밖에 없게 된 나는 또다시 벤처사업이라는 새로운 분야에의 도전을 위하여 밤낮을 잊고 있었다.

막상 인수인계 작업은 끝났으나 회사의 운영자금이 걱정이었다.

그래서 벤처 자금을 받으려 노력하였으나 그것도 쉬운 일이 아니었다.
그 부분에서도 우리 사회는 모순으로 가득했다.

소위 새로운 직종인 컨설팅 회사의 사람들이 벤처 자금을 받아 주겠다고 회사를 방문하고 있었지만 나는 그러한 브로커들한테는 회사를 안 하면 안 했지 그런 놈들과는 거래를 하기 싫었기 때문에 그냥 사회의 모순 속에서 하루하루 고통을 겪어야 했다.

그 고통 속에서도 내가 개발한 아이템에 대한 기술 부분에 대한 연구를 멈추지 않았다.

그러한 노력으로 우리 회사는 기적처럼 중소기업청에서 주관한 제1회 INNO Biz 기업으로 선정되었다.

회사 설립, 불과 4개월 정도밖에 안 되는 우리 회사가 오랜 기술개발을 하여 온 수많은 알찬 중소기업도 탈락한 INNO Biz 기업으로 선정되다니 꿈만 같았다.

중소기업청에서 최초 INNO Biz 기업 선정 안내문에는 INNO Biz 기업으로 선정되면 자금 지원은 물론, 수많은 특혜가 있다고 하였기에 기술을 취급하는 우리나라의 모든 중소기업이 INNO Biz 기업이 되기 위하여 모든 노력을 다하였다.

그러한 INNO Biz 기업에 우리 회사가 선정된 것이다.

우리는 이제 모든 고생이 끝났구나 하고 생각하였다.

그러나 그러한 환희의 기쁨도 잠시였다.

역시 우리나라는 모든 것이 정직하고는 거리가 먼 나라이다.

무엇이든 말뿐이다.

그것도 고생에 고생을 하고 있는 작은 회사들을 상대로 정부가 사기를 치고 있는 것이다.

그대로 아무것도 모르고 고생을 하였다면 덜 힘이 들었을 것이다.

환희의 기쁨 뒤의 고생은 고생이 아니라 그것은 절망이었다.

대한민국 정부의 공무원은 교활한 브로커들과 함께하면서 힘없는 중소기업은 쳐다보지도 않는다.

할 수 없이 나는 도리 없이 손위 처남과 여동생의 집을 보증으로 1억 원을 대출받아 급한 불을 끌 수밖에 없었다.

이제는 사생결단을 할 수밖에 없다.

밤낮을 잊고 개발품에 대한 연구를 하였다.

당시 나의 특허인 '무선전화기의 구내 송수신 방법'에 대하여 삼성전자가 PCS 사업자에게 제공한 서비스기술이 나의 특허를 침해하여 이에 대하여 삼성전자로 내용증명을 발송하였다.

하였더니, 우리의 대기업은 이에 대하여 잘못을 인정하려 하지 않고, 수원 삼성전자 본사의 특허 담당 팀장을 비롯하여 대여섯 명이 산더미 같은 자료를 가지고 우리 회사 사무실을 방문하여 자기들의 기술에 대하여 당위성을 주장하면서 법으로 해 보겠으면 해 봐라 하는 식이었다.

그때 느낀 것은 대기업과 특허소송 싸움은 자금이 없는 소기업으로서는 대기업이 특허를 침해하여도 법으로 이긴다는 것은 계란으로 바위를 깨는 것보다 더 힘이 드는 것이고 특허소송이나 민형사소송이나 법이라는 것은 모순덩어리인 것뿐이었다.

이제 회사는 절체절명의 순간을 맞이했다.

그러나 그때, 또 하나의 빛이 보이기 시작했다.

'모바일기기의 휴대용 충전장치'의 기술특허가, 한국기술거래소에 감정을 의뢰한 결과 기술 가치가, 25억 원, 사업성 가치가 150억 원의 감정이 나와 또다시 희망을 갖게 되었다.

'모바일기기의 휴대용 충전장치'는 휴대폰 등 모든 모바일기기를 충전하는 기술로 리튬이온전지를 내장한 충전장치에 휴대폰 등 모바일기기를 연결하면 충전기 내부의 CPU가 기기를 읽어,

"이기기는 몇V 기기다."

라고 하면 그 V에 맞게 충전을 하고 충전 또한 CPU가 충전 상태를 읽어 완전히 만충이 되도록 충전하는 기술특허였다.

당시 수많은 충전기기가 나왔지만 모두가 대강 충전 방식의 충전기로 그 경우 모바일 기기 배터리의 수명 단축은 물론, 충전기의 역할을 제대로 발휘할 수가 없다.

우리의 시제품은 당시 PDA 등 모바일기기 애호가들에게 큰 호평을 받기도 했다.

이 특허는 미국 특허까지 출원하였던 특허로 우리는 한국기술거래소의 당시로서는 상당히 큰 기술 가치인 150억 원이라는 감정에 힘을 얻어 기술

신용보증기금에 자금 지급 보증을 얻기 위하여 약 2개월이라는 긴 시간 동안 쫓아다녔다.

그러나 처음에 아주 좋은 기술이라고 하면서 자금 지급 보증을 하여 주기로 약속한 기술신용보증기금에서는 마지막에 이 특허가 내가 발명한 특허로 내가 당시 신용불량자이기 때문에 이 발명품으로써는 보증을 서 줄 수 없다고 결정을 내렸다.

나는 치미는 분노를 삭힐 수가 없었다.
"개새끼들, 신용불량자가 발명한 기술은 그 기술도 신용불량 기술이란 말인가."
결국 나는 산더미 같은 부채를 안은 채 회사를 접어야 했고 집사람도 결국 신용불량자가 되고 말았다.
가정은 엉망이 되었고 집사람과의 관계는 또다시 금이 가기 시작했다.
나는 그동안 힘써 왔던 특허 등 모든 기술 관련 자료를 던져 버리고 말았다.

'모바일기기의 휴대용 충전장치'는 모든 모바일 충전기의 근간이 되는 특허로 현재 대기업에서 개발하는 무선충전기 등 모든 충전기가 이 특허에 속하게 되고 미국, 일본 등의 모바일기기의 어댑터 외 휴대용 충전기는 내 특허의 범주를 벗어날 수 없게 되어 있었다.

그러기에 지금의 스마트폰, 태블릿 PC 시대에 꼭 필요한 특허이고, 지금은 당시 한국기술거래소에서 평가한 150억 원 이상의 엄청난 가치를 지닌 기술이었다.

그 기술을 '신용불량자가 개발한 기술은 기술도 신용불량 기술'이라고 하는 아주 똑똑하고 유능한 기술신용보증기금의 조치는 그것이 과연 중소기업을 육성하고 기술 강국을 외치는 우리나라의 방침이었나.

그래서 나의 인생은 또다시 암흑 속에 빠지고 말았다.

위선으로 가득한 세상

2005-2009

나는 행운이라든지, 요행이라는 것은 생각지도 않고 평생을 살아왔다.

묵묵히, 줄기차게 도전을 하면서….

그것을 주위에서는 모두들 바보 같은 삶을 산다고도 한다.
이제 내 나이는 환갑을 바라보고 있었다.
나의 의지도 이제는 쉬어야 한다고 나에게 계속 속삭인다.

가족들의 불만, 최악의 건강상태, 허지만 이대로 나 자신을 끝낼 수는 없었다.
생활은 점점 어려워지고 있었다. 시시각각 나를 압박하면서….

나는 집사람과 앉아 최후의 계획을 세웠다.

"나는 이제 더 이상 내 고집만 세울 수가 없구나. 당신이 나를 도와주어야 될 것 같다. 당신이 하고 싶은 것이 무엇이 있니?"

라고 하니 '피자 가게를 만들고 싶다고 하였다.'

그래서 모든 걸 정리하여 피자집을 두 곳을 만들어 주고 나는 조금은 홀가분한 상황에서 나의 일을 하기로 하였다.

나는 내 마음속에 생각한 것이 있었다.

'전원의 꿈.'

그 옛날 **지영**과 함께 꾸었던 언덕 위의 하얀 집과 조그만 농장.

허지만, 나에게는 단 한 평의 땅도 없었다.

모든 사람들은 부동산을 좋아한다.

그래서 수많은 '기획부동산'이 때로는 서민을 울리면서 영업을 하고 있다.

개발할 수도 없는 땅을 사서 몇 십 배씩 올려서 파는 것을 보고,

'그래, 설사 땅은 없더라도 지주를 설득하고 개발계획과 인허가 과정까지 내가 마무리하여 분양자들에게 타당성 있는 가격으로 모두 힘을 합쳐서 분양하고 그곳에 모두의 꿈인 전원 단지를 만든다면 충분히 승산이 있다.'

라고 생각한 뒤, 서울 근교를 다니며 덕망 있는 지역 유지들의 협조로 지역마다 개발 가능한 최상의 토지를 확보하여 차곡차곡 추진을 하여 나갔다.

지역마다 나의 건강한 계획을 듣고 모두들 좋아하였으며 토지 분양의 부정적 이미지를 지우고 함께 지역을 발전시킬 수 있는 좋은 계획이고 사업이라고 하여 지주, 유지, 군청 등 지자제 그리고 나, 이렇게 모두가 한마음이 되어 움직일 수 있었고 나 자신 또한 어려운 처지였지만 측량, 설계 등 사전 타당성 조사의 적지 않은 비용을 들여서 차근차근 꿈을 만들어 나갔다.

드디어 토지의 기본적인 준비는 끝났다.

이제 가장 중요한 과제인 '분양 팀'의 구성만 남았다.

나는 그 부분은 생소하였기 때문에 강남의 전문 분양 팀에게 취지를 설명하자 그들도 모두 좋아하여 합류를 하게 되어 무난히 팀 구성을 마치고 드디어 일을 시작한 지 2년여 만에 마케팅 사무실을 열고 본격적인 사업을 시작하게 되었다.

그러나 사회는 내 마음 같지가 않았다.

새로운 팀들과 현장을 다녀와 토지의 시가, 계획, 앞으로의 전망 등, 사업 전반에 대한 설명을 하자, 지금까지 우리 사회에서 만연되어 온 편법과 사기성이 있는 부동산 사업이 아니고 참신한 기획이었기에 정말 좋아하는 사람들도 있었지만, 일부 기존의 부동산 사업에 빠져 있는 사람들이 내가 선별하고 지주들로부터의 협조로 아주 싼 금액으로 지주 작업을 한 것을 가로채기 위하여 너도나도 지주들을 찾아가 개별 작업들을 하게 되었고 이들의 공작으로 일부 지주들은 하나둘 그들에게 넘어가기 시작했다.

아무리 양심적인 지주라도 평당 얼마를 더 준다 하면 수만 평의 땅은 엄청난 금액을 더 받을 수 있는데 마다할 이유가 없었다.

이러한 생각지도 않은 상황에, 그간 나로서는 큰 자금을 들여 측량을 하고 설계를 하는 등 타당성 조사를 하여 온 나는 분노의 심적 고통과 함께 심한 경영의 압박까지 받아야 했다.

그러자 그 경영의 압박은 이번에는 회사 운영진의 내부 불화로 이어졌고 드디어 일부 임원은 교활한 자들과 함께하면서 나에 대한 고소장을 지역 경찰서에 접수시키게 되었다.

모든 사람들이 부정적으로 생각하는 부동산 관련이다.
그러면서도 엄청난 넓은 땅이 계약만 되어 있지 땅은 단 한 평도 없다.
그리고 분양한단다.

경찰로서는 그것만 보고도 대박 사건으로 생각하고 무려 6개월 가까이 피고소인을 불러 진위 여부도 조사하지 않고 회사 주위 사람들에게 전화하여 회사를 흔들기 시작했고 지주들을 불러 나를 사기꾼으로 만들어 나갔다.

어려운 회사는 더욱 최악의 상황이 되어 가고 있었다.

설사가상으로 집사람의 피자 가게도 어려움을 이기지 못하고 두 가게 다 문을 닫게 되었다.

고소장이 접수된 지 6개월이 지나서야 나는 피고소인 조사를 받게 되었다.
조사 과정, 나와 회사의 금융 자료를 압수수색 한 경찰은 최초에 사업에 함께한 임원 2명의 출자금, 내가 나의 지인들에게 차용한 자금, 그리고 고소를 주도한 교활한 사기꾼의 주지도 않은 돈을 주었다는 거짓 사실까지 들먹이며 나를 사기꾼으로 만들어 나갔다.

고소장이 접수되었을 시 큰 건 한 건 했다고 생각한 한심한 담당 경찰은 6개월간 회사를 초토화시켜 가면서 나의 범법을 찾으려 했으나 아무것도 찾지 못하자 다음은 진실을 밝히는 것이 아니라 나를 사기꾼으로 만들어 나갔다.

조사를 받으면서 나는 담당 경찰에게,

"본 사건을 고소한 실질적 주모자인 저 사기꾼 놈이 나에게 돈을 주었다 하니 그것을 조사해 보면 알 것 아니냐?"

하여도, 큰 건으로 생각하고 6개월 이라는 긴 시간 동안 피고소인 조사도 없이 공권력을 이용하여 회사를 흔들 대로 흔든 담당 경찰은 어떻게 하든 나를 사기꾼으로 만들어야 허기에 경찰의 눈엔 진실은 보이지도 않았다.

결국, 나는 구속이라는 최악의 상황을 맞게 되었고 이제는 검찰과의 싸움이 시작되었다.

검찰에서도 담당 검사실 조사관과 고성이 오가는 실랑이는 계속되었지만 안 좋은 심증과 상대가 사회적약자라고 생각되면 검찰도 사건의 진실은 외면하고 경찰과 하나가 되었다.

검찰과의 고성이 오가는 시간이 계속되었다.

악랄한 검찰은 구치소에서 나를 불러내어 하루 종일 구치감에 앉혀 놓고 일과 끝날 무렵 불러 조사를 하고 하는 일이 매일 반복되었다.

그 기간은 검찰의 1차 기소 기간을 넘기고 2차 기소 기간 마지막 날 유치하고 허위로 가득 찬 공소사실로 기소를 하게 되었다.

이에 썩어 빠진 공권력에 대한 분노의 고통 속에 나는 구금되어 있는 구치소 안에서 고소인들을 '무고죄'로 고소장을 접수시켰다.

며칠 뒤, 나를 조사했던 경찰이 구치소로 나에게 고소인 조사를 하려고 와서는,

"무엇 때문에 고소를 했느냐?"

라고 하기에, 나는,

"너희들 무고한 사람 억지로 죄를 만드는 것이 목적이니 이 고소가 엉터리면 나를 또 무고에 무고죄로 죄를 추가하면 너는 얼마나 좋으냐!"

하면서, 조사를 받았다.

그러나 그것으로 끝이었다.

나의 고소에 대하여 아무런 결과도 없었다.

뒤에 내가 출소 후 조사를 하였더니 경찰과 검찰은 내 고소인 조사에 피고소인 조사도 없이 혐의 없다는 판결을 하였고 그 결과도 내가 구치소에 수감되어 있는 것을 알면서도 내가 있지도 않은 주소지로 보낸 걸 확인할 수 있었다.

그 뒤에도 이제는 사법부와의 치열한 싸움이 계속되었다.

재판은 1년이 넘었고 그 과정은 한심한 국가의 양심을 보면서 보내야 했다.

극히 형식적인, 그리고 한심한 권위, 이 속에서 또 나는 범죄자가 되어야 했다.

출소하자마자 나는 재심청구를 하였지만, 우리의 형사소송법은 경찰, 검찰, 사법부는 사회의 약자들에게는 그 법에 의하여 집행을 하지만 정작 그 법을 지켜야 할 자신들은 그 법을 악용하면서 그 법을 자신들 권위의 도구로 사용할 뿐이었다.

법보다 앞서는 것은 선후배 관계, 상급심과 하급심 관계, 그리고 약자와 강자뿐이었다.

그러기에, 하나같이 '전관예우'라는 불법적인 단어를 당연히 사용하는 역겨운 위선이 우리 사회에 가득하기만 하다.

전두환 정권 때는 농민과 소비자를 위한 농산물의 유통 구조 사업을 하다 가락동 농수산시장을 좌지우지하고 있던 당시 실세인 대통령 동생의 주위에 아첨하는 공권력에 의하여 망하고,

노태우 정권 때는 한국데이타통신주식회사(그 후, (주)데이콤)의 PC통신 천리안을 수익성보다는 새로운 IT 분야의 도전이라는 승부로 PC통신 천리안은 완벽하게 개발하였지만 회사는 망하고,

김영삼 정권 때는 아무런 준비와 예고도 없이 '금융실명제'라는 것을 무책임하게 시행하는 바람에 기적처럼 만들어 낸 프랜차이즈인 '만들기 전문점'이 부도가 나고 말았으며,

김대중 정부 때는 수많은 IT 분야의 특허를 만들고 또 한국기술평가원의 수백억 원 가치의 기술 제품을 개발 생산하였으나, 신용불량자가 개발한 발명은 그 기술도 신용불량 기술이라는 식의 한심한 논리에 의하여 또다시 망하고,

이명박 정부 때는 공권력에 도전하는 자는 이유 여하를 불문하고 엄벌한

다는 한심한 작태로 인하여 기획부동산의 고소장 하나를 접수한 공권력은 반년 동안 회사 주위에 공권력을 이용하여 무고함이 밝혀졌음에도 자신 위치의 난처함을 모면하기 위하여 나를 사기꾼으로 만들고 결국 우리 회사를 도산시킨 후 나를 파멸시키고 말았다.

이러한 마지막의 분노로 인한 고통으로 나는 수감 중 뇌경색이라는 반신불수의 불구자가 되고 말았다.

그러나 나는 반신불수가 된 나의 고통보다 나를 쳐다보는 주위 사람들의 시선에 마음이 더욱 무겁다.
그것은 가족도 예외는 아니다.

처음엔 그래도 가족이라는 단어 속의 사람이기에 할 수 없이 나를 상대했지만 애당초 나와의 사랑이라는 단어는 사라진 지 오래인 우리 부부는 지금의 나의 상황이 서로가 또 다른 고통 속에 들어가 있었다.

나는 또다시 집사람과의 마지막 대화를 하였다.

"나는 지금까지 어느 누구에게도 부담을 주며 살아오지를 않았다. 그것은 가족이라 하여 예외가 될 수 없다. 모든 걸 정리하자! 아이들에게도 마찬가지다. 이렇게 망가질 대로 망가진 애비에 대한 짐을 자식들에게까지 지우게 할 수는 없다. 그러니 이제는 당당하게 자란 아이들의 앞날을 위해서도 전과자인 애비보다 최고의 학벌과 화려한 경력이 있는 당신 앞으로 하여라. 부디 행복하게 살아라…."

라고 말한 뒤, 집사람의 그래도 그 몸으로 혼자서 어찌 지내려 하느냐는 마지막 고마운 말을 마음에 담고, 모든 걸 정리하였다.

이후, 모든 걸 던지고 반지하 골방으로 나와, 화장실은 기어서 가고 배 속에는 아무거나 닥치는 대로 쓸어 넣었다.

그리고 간신히 일어나 한 걸음, 한 걸음 움직인다.

마비된 오른쪽 신체는 모든 것이 고통이다. 팔다리는 물론, 몸뚱이 내부의 장기까지 마비되어 한쪽 폐는 기능이 정지된 것처럼 숨이 가쁘기만 하다.

불구가 되어 버린 내 몸뚱이와 싸우며 이를 악물고 고통과 친해지려 노력했다.

그리고 한편으로는 예전에 사용했던 노트북을 A/S 받아 인터넷을 연결하여 그간의 대화가 없었던 아이들에게 그래도 무엇인가는 알리고 그리고 또 나 자신을 위하여 인터넷에 '이것이 아빠란다'라는 카페를 만들었다.

그러자 그 인터넷 카페가 나의 고통을 크게 담아 가고 있었다.

아이들과의 만남은 물론, 내가 사랑했던 **어머니**와 **아버지** 그리고 어느 한 여인을 만나게 해 주었고 그리고 또, 고통 속에 한동안 잊었던 그리운 음악과도 만날 수 있게 되었다.

이제 뇌경색을 만난 후 2년….

일어서서 절뚝이며 겨우 걸을 수 있었다.

그간 악착같이 지팡이는 집지 않고 걸으려다 수도 없이 넘어져 정강이는 깨진 상처투성이였다.

이제 나는 또다시 생각한다.

이제 내 나이는 60대 중반을 넘어서 얼마 안 있으면 70대다.

거기다 극심한 고통과 함께하는 뇌경색 불구자다.

그리고 비록 몇 걸음 걷다가 쉬고 몇 걸음 걷다가 또 쉬고 하는 몸이지만, 아직도 생각은 남아 있는 것 같다.

이대로 죽을 순 없다.

여기서 이대로 끝난다면, 나는 실패한 인생일 뿐 아무것도 아니다.

이제 다시 시작이다.

지금부터가 '진정한 승부이다.'

마치 다시 태어나서 새롭게 시작하는 것과 같이!

생각한 이상 나의 행동은 주저하지 않는다.

나는 평생 내가 무엇을 하겠다고 마음먹으면 주저하지 않는다.

생각과 행동이 함께하는 것이 나의 단점이자, 장점이기도 하다.

몸이 이리 되었다고 나의 그러한 성격은 달라질 것이 없다.

마지막 나의 목표는 그 옛날 **지영**이와의 꿈인 농산물유통 프로젝트다.

그로부터 3년, 경기도 광주의 농산물 집화 센터, 가락동의 사무실 등을 오가며 수백 명의 직원들과 함께한 기쁨과 절망이 수없이 교차하는 끈기의 세월을 보내면서 그래도 내가 숨을 쉬고 있음을 만족하며 지내던 어느 날, 갑자기 심장이 멎고, 병원으로 들어가 심장 수술을 받고, 드디어 길고 긴 나의 험난하기만 하였던 승부의 시간을 마감하게 되었다.

평생을 도전과 승부로 살아온 세월!

그러나 나에겐 **지영**과의 이별 후의 삶은 전혀 후회가 없는 삶이었다.

승리, 패배, 성공, 실패, 이 모든 것의 연속인 삶이었지만 항상 기쁨과 만족 속의 삶이었다고 생각한다.

나의 평생 중 내 삶의 근간은 언제나 가정, 의리, 관용, 배려, 도전, 이 말들을 가슴에 품고 또 이를 실천하며 살아왔다.

혹 글을 읽다 보면 수많은 여자가 등장하지만, 처와 자녀들이 함께할 때는 절대로 다른 여자와는 눈길을 주어 보질 않았다.

다른 여자와의 관계는 처에게는 물론, 자식들에게도 죄를 짓는 것과 다름이 없기 때문이다.

그것은 언제나 당당한 애비로서의 모습을 나의 마음속에 담고 있었기 때문이다.

그러기에 자식들에게 절대 부끄러운 애비로 살아오지 않았다는 것에 가장 마음속에 평화를 지니고 있다,

나의 도전의 삶의 시작은 사실은 본 승부의 계절 첫 번째 이야기 이전에 있었지만, 그 승부는 맨주먹으로 중동으로 건너가 어느 회사의 어려움을 해결하여 준 승부였지만 엄청난 편법과 범법이 있었기에 이곳에 기록하지 않았으며, 본 승부의 세월, 마지막 이후에도 뇌경색 불구의 몸을 가지고 몇 차례의 도전과 실패가 있었고, 또 남들은 평생에 없는 영광이라고 생각하

는 것이 나에게 찾아왔지만 그 영광을 미련 없이 버리고, 지금의 생활을 선택한 현재!

마음의 평화가 가득한 지금이 나에게는 가장 행복한 시기이다.

오늘, 그래도 지금까지 나에게 고통만을 안겨 주었던 정부가 지금의 이 천국에 정착할 수 있게 해 주었다.

이곳은 장애인, 노약자, 그리고 우리 사회에서 가장 취약한 사람들이 사는 영구임대아파트 단지이다.

이곳에는 어렵게 살아온 사람들의 고집과 성깔, 그리고 욕심 등은 있지만 지금의 우리 사회에 가득한 위선이나, 사치, 향락 이러한 것은 조금도 찾아볼 수 없는 맑은 호수같이 따뜻한 곳이다.

지금 우리의 사회!
높은 사람이 되고, 돈을 많이 번 사람은 성공한 사람이라고 한다.
과연 그럴까?
매일매일의 뉴스는 그 성공한 사람들의 비리로 가득하다.
그 주인공들은 끊이지 않고 계속 나오고 있다.

진정으로 성공한 사람, 묵묵히 어려운 사람들을 돕고, 희생을 마음에 가득 담고 그들과 고통을 함께하는 사람들, 그들이 진정 성공한 사람들이라는 것을 이곳에 와서 바보처럼 이 나이에 비로소 느낄 수가 있었다.

얼마 전 일이었다,

늦은 저녁 갑자기 세찬 비가 내리는데, 휠체어를 탄 장애인이 아파트 정문 앞 도로 중간에서 신발이 벗겨져 떨어트린 것을 주우려고 불편한 몸으로 안간힘을 쓰고 있었다.

양쪽에 차들은 요란하게 계속 경적 소리를 울려 대고….

세차게 비가 오니 오가는 사람들은 장애인의 불편은 관심조차 없이 바쁘기만 하였다.

이것을 본 나는 불편한 손으로 겨우 들고 있던 우산을 집어 던지고 그 장애인에게 가서 불편한 다리를 힘들게 구부려 비에 젖은 신을 주워 흠뻑 젖어 있는 발을 잡아 겨우겨우 신을 신겨 휠체어를 한쪽으로 이동하여 주었다.

그 일이 있고 며칠 뒤?

나는 한 휠체어를 탄 장애인이 나를 쳐다보면서 웃으면서 고개를 끄떡하는 걸 보았다.

그제사 나도 그날 빗속에서의 일을 기억하고 나에게 미소를 보내는 그를 보았을 때 그 어떠한 일보다 기쁘고 벅찬 감동을 느낄 수 있었다.

어쩜 평생 물질을 목표로 달려온 평생의 승부!

그 승부는 이겨도 항상 뭔가 부족하고 불안하기만 한데, 그러나 진정한 승부는 흐뭇함이 가득한 가장 순수한 마음과 함께하는

이것이 평생의 도전 중에 가장 행복한 승리가 아닐까?

이것이 아빠란다 ❷

승부의 세월

초판 1쇄 발행 2023년 12월 8일

지은이 신형범
펴낸이 이기봉
편집 좋은땅 편집팀
펴낸곳 도서출판 좋은땅
주소 서울특별시 마포구 양화로12길 26 지월드빌딩 (서교동 395-7)
전화 02)374-8616~7
팩스 02)374-8614
이메일 gworldbook@naver.com
홈페이지 www.g-world.co.kr

ISBN 979-11-388-2567-2 (03810)